D1870347

Aus Freude am Lesen

Harald Martenstein erzählt von den Lieben und den Liebhabern einer Frau, von den verschiedenen Spielarten der Zuneigung, vom Wunsch nach Nähe und Distanz, von der ganzen Bandbreite der Gefühle.
Dabei lernen wir diese Frau durch die Augen der 23 Männer ihres Lebens kennen, die großspurig, skrupellos, sensibel, nachtragend, manchmal auch liebevoll und großherzig sind. Die Geschichten und Situationen ergänzen sich, zeigen Verhaltensmuster, sind komisch oder herzzerreißend, ergeben eine Sittengeschichte im Privaten – aber sie sind vor allem eins: genau beobachtet.

HARALD MARTENSTEIN, geboren 1953, ist Autor der Kolumne »Martenstein« im *ZEITmagazin* und Redakteur beim Berliner *Tagesspiegel*. 2004 erhielt er den Egon-Erwin-Kisch-Preis. Sein Roman »Heimweg« wurde 2007 mit der Corine ausgezeichnet, 2010 erhielt er den Curt-Goetz-Ring.

HARALD MARTENSTEIN BEI BTB
Heimweg. Roman (73864)
Männer sind wie Pfirsiche. Subjektive Betrachtungen über den Mann von heute mit einem objektiven Vorwort von Alice Schwarzer (73927)
Der Titel ist die halbe Miete. Mehrere Versuche über die Welt von heute (74088)

Harald Martenstein

Gefühlte Nähe

Roman in 23 Paarungen

btb

MIX
Papier aus verantwortungsvollen Quellen
FSC® C083411

Verlagsgruppe Random House FSC-DEU-0100
Das für dieses Buch verwendete
FSC®-zertifizierte Papier *Lux Cream*
liefert Stora Enso, Finnland.

1. Auflage
Genehmigte Taschenbuchausgabe Juni 2012,
btb Verlag in der Verlagsgruppe Random House GmbH, München

Umschlaggestaltung: semper smile, München, nach einem Umschlagentwurf von R·M·E Roland Eschlbeck und Rosemarie Kreuzer
Satz: Uhl + Massopust, Aalen
Druck und Einband: CPI – Clausen & Bosse, Leck
UB · Herstellung: BB
Printed in Germany
ISBN 978-3-442-74414-5

www.btb-verlag.de

1

Einmal in der Woche traf Rühl sich mit Sybille Bär, einer geschiedenen Kollegin aus dem Droste-Hülshoff-Gymnasium, und schlief mit ihr, was er sehr angenehm fand. Mit seinem großen Projekt, einem Liebesroman, war Rühl seit Monaten nicht vorangekommen. Ihm fehlte die innere Ruhe. Auf den Straßen wurde demonstriert, Terroristen verübten Anschläge. Die Amerikaner hatten den Mond erobert, an der Eroberung von Vietnam waren sie gescheitert. Das Ende des Krieges konnte nur noch eine Frage von Monaten sein. Rühl hatte den Eindruck, dass dies eine aufregende Zeit war, aber ihm fehlte der Zugang zu diesen Dingen. Er konnte sich für die Zukunft nicht begeistern. Trotzdem las er gründlicher Zeitung als früher und schaute regelmäßig die Nachrichten im Fernsehen. Allmählich schien die Unruhe auch die Schule zu ergreifen, manchmal sah er am Morgen vor dem Schultor junge Männer, wahrscheinlich Studenten, die Flugblätter verteilten. Einmal hatte auch er ein Flugblatt genommen. Die Männer verlangten, dass verhaftete Terroristen als Kriegsgefangene angesehen würden.

Rühls Unterricht war beliebt. Er hörte das von Kollegen. Stolz war er darauf nicht, seiner Ansicht nach war er kein guter Lehrer. Die Schüler wurden von ihm in Ruhe gelassen, das mochten sie. Er ging in das Klassenzimmer, grüßte, setzte sich und sprach nahezu die gesamten fünfundvierzig Minuten lang. Nur selten stellte er eine Frage. Während er redete, malte er auf einem Blatt Papier, das vor ihm lag, geometrische Figuren. In der ersten Stunde hatte er gesagt: »Sie können mir zuhören, Sie können es auch lassen. Wenn Sie während des Unterrichts etwas anderes tun möchten, setzen Sie sich bitte nach hinten und versuchen Sie, leise zu sein.«

Rühl trug immer einen Anzug. Er sprach halblaut, sodass er nur in den ersten Reihen gut zu verstehen war. Die meisten Schüler lasen, machten Hausaufgaben für andere Fächer oder unterhielten sich. Wenn ihm das Gesumm der Gespräche zu laut wurde, verstummte Rühl für einige Minuten, er stand dann auf, ging zum Fenster und schaute hinaus, bis es ruhiger geworden war.

Zu dieser Zeit behandelte er Kleist, einen Dichter, den er heimlich verachtete, nicht wegen seines Werkes, das natürlich hochrespektabel war, sondern wegen seines theatralischen Endes. Heinrich von Kleists Selbstmord am Wannsee, mit dem er die Welt und seine große Liebe zu beeindrucken versuchte – nun, das war dumm, aber letztlich seine Sache. Kleist hatte allerdings eine junge Frau, Henriette Vogel, die er noch gar nicht lange kannte, dazu überredet, mit ihm in den Tod zu gehen. Diese Frau war verheiratet, hatte ein Kind, war allerdings schwer krank und dementsprechend verzweifelt, das ideale Opfer für einen Romantiker, der Blut sehen will. Kleist hatte zuerst Henriette Vogel erschossen, dann erst Hand an sich selber gelegt. Henriette Vogel war eine Geisel, die hingerichtet wurde, um die Welt zur Hochachtung für einen überspannten Literaten zu erpressen. Starke Gefühle und Revolutionen führten nach Rühls Ansicht im Allgemeinen zum gleichen Ergebnis, Terror und Unglück.

Wer kann schon die Grenze ziehen zwischen sogenannter Liebe und Narzissmus? Sicher ist bei so etwas nur, dass es Verluste gibt, der Gewinn ist ungewiss.

In Rühls Roman sollte es um ein Paar gehen, das zu Beginn leidenschaftlich verliebt und vollkommen unglücklich ist, am Ende sollten sie einander gleichgültig und hochzufrieden sein.

Die Liebe, das war natürlich etwas, das fast alle anstreben, eine Utopie, ein Ideal. Rühl hatte vor, dieses Phänomen mit anderen Utopien und Idealen zu vergleichen, dem Sozialismus, dem Frieden, dem Wohlstand für alle. Diese Ziele klangen alle gut und entfalteten trotzdem in der Regel eine destruktive Wirkung, wenn man sie zu ernst nahm. Viel weiter war er mit seinen Überlegungen noch nicht gekommen.

Der Klassenfahrt sah Rühl mit bösen Ahnungen entgegen. Die Schüler würden abends in ihren Zimmern trinken und feiern, von ihm würde man erwarten, dass er auf die Einhaltung der Regeln bestand. Er würde laut werden müssen und dabei lächerlich wirken, vielleicht würde er auch den Dingen ihren Lauf lassen und hinterher von den Eltern und dem Direktor mit Vorwürfen überzogen werden. Ein erfreulicher Verlauf der Klassenfahrt lag jenseits seiner Vorstellungskraft. Die zweite Begleitperson, eine Kollegin kurz vor der Pensionsgrenze, Sport und Biologie, war zum Glück eine resolute Person, auf ihr ruhten Rühls ganze Hoffnungen.

Sie fuhren zu einer Burg am Rhein, die zu einem Begegnungszentrum und Schullandheim ausgebaut worden war. Am ersten Nachmittag besichtigten sie ein römisches Kastell, was die Schüler mit erwartungsfroher Gelassenheit über sich ergehen ließen. Der Rest des Tages war mit der Verteilung der Betten in den Zimmern ausgefüllt, ein stundenlanges Hin und Her, Geschrei, Palaver. Zwei- oder dreimal wurde Rühl gebeten, einen Streit zu schlichten, aber er zuckte nur mit den Achseln. Entweder wurde so etwas von den Lehrern entschieden, oder die Schüler organisierten es selber. Darum hatten sie gebeten, er hatte zugestimmt, was wollten sie jetzt von ihm.

Beim Abendessen saßen die Kollegin und er an einem separaten Tisch. Die Herbergseltern trugen Wurst, Käse und Mixed Pickles auf.

Rühl hätte gern ein Bier getrunken. Aber er wollte kein schlechtes Beispiel geben, also holte er sich eine Flasche Zitronenlimonade und trug seinen Namen in die Liste ein, die neben den Getränkekisten an der Wand klebte. Vier Tage sollte der Aufenthalt dauern, bis zum Donnerstag. Rühl hatte, um nicht in den letzten Kriegstagen noch an die Front geschickt zu werden, als sehr junger Mensch vier Tage in einem Luftschutzbunker verbracht, angeblich verletzt, mit einem dicken Kopfverband, ohne Toilette, das habe ich auch überstanden, sagte er sich. Den Freitag würde er zum Glück frei haben. Er nahm sich vor, Sybille Bär anzurufen und sich für den Freitagabend mit ihr zu verabreden.

Als er in sein Zimmer eintrat, eigentlich eher eine Kammer, am Ende des Ganges, sah er, dass auf seinem Bett ein Päckchen lag. Es war etwas kleiner als eine Schokoladentafel und sehr bunt. Auf dem Papier klebten bunte Prilblumen. Das Päckchen enthielt eine Musikkassette und einen Brief.

»Lieber Dr. Rühl! Ich hoffe, die Musik gefällt Ihnen. Seien Sie nicht böse. Sie sind mein Lieblingslehrer. Es war an der Zeit, dass ich auch einmal etwas für Sie tue. N.«

In den beiden Klassen gab es nur zwei Mädchen, deren Vornamen mit einem »N« begannen, eine Schüchterne, Unscheinbare, Dämliche und eine gazellenhafte, ständig von

Jungs umschwärmte Schönheit, obendrein die beste Schülerin des Jahrgangs. Dies hier passte wohl eher zu dem dämlichen Exemplar. Trotzdem war Rühl sicher, dass seine Verehrerin die schöne, kluge N. aus der Unterprima B war. Diese N. gehörte zu der Handvoll Schüler, die bei ihm immer in den vorderen Reihen saßen und ihm, bis auf Doubek, konzentriert zuhörten. Kein Wunder, N. war ehrgeizig und stand fast überall auf eins, auch bei Rühl. Neben ihr saßen meistens ein gewisser Benno, unauffällig, faul, aber nicht dumm, und der bei allen Kollegen gefürchtete Doubek, renitent, laut, bösartig, demnächst hoffentlich zum zweiten Mal sitzen geblieben und von der Schule verwiesen. Wenn N. in der Nähe war, betrug Doubek sich allerdings fast mustergültig, in Rühls Stunden tat er so, als lese er in den Schriften von Mao Tse-tung. Beide Jungen waren so offensichtlich in N. verliebt, dass sogar Rühl es bemerkte.

Der Brief war, wenn man einmal darüber nachdachte, harmlos. Die Abkürzung des Namens, nun, das war ein romantisches Klischee, bei Kleist findet sich das auch, die Marquise von O., eigentlich gab nur dieses Detail dem kleinen Brief eine frivole Note. War es verboten, Geschenke von Schülern entgegenzunehmen? Das hing wahrscheinlich vom Wert des Geschenks ab. Rühl beschloss, die Sache auf sich beruhen zu lassen, wahrscheinlich tat er damit sogar das pädagogisch Richtige. Die Kassette zurückzugeben wäre ein pathetischer Akt gewesen, demütigend für die Schülerin, peinlich für ihn selbst.

Rühl hörte aus dem Aufenthaltsraum Lachen und das Klirren einer zerberstenden Bierflasche, dann dröhnte die Stimme seiner Kollegin, ein kräftiger, tiefer, Alt, fast schon Tenor. Danach war Ruhe. Sie hatten verabredet, dass sie sich die nächtliche Aufsicht teilten, nur im äußersten Notfall würde man sich gegenseitig zu Hilfe rufen. Rühl schlief ein.

Beim Frühstück stieß er, als er sich an der Theke ein zweites Kännchen Kaffee holte, beinahe mit N. zusammen, die einen Teller mit Käse und Marmelade trug. N. lächelte ihn an.

Rühl sagte: »Vielen Dank, Sie wissen schon, wofür, das hat mich sehr gefreut.« N. antwortete: »Ich mag Sie, weil Sie kein Angeber sind. Sie durchschauen diese ganze Scheiße. Sie stehen über den Dingen.«

Rühl spürte, dass er rot wurde. Außerdem bemerkte er, dass sie, nur zwei oder drei Meter entfernt, von Doubek beobachtet wurden. Vielleicht hatte Doubek ihren Dialog mitgehört. Rühl sagte: »Das ist schön«, und ging. Stand er über den Dingen? So hatte er es noch nie betrachtet. Ja. Eigentlich stimmte es.

Am Vormittag fuhren sie mit einem Reisebus nach Koblenz, zum Deutschen Eck, nachmittags trugen die Schüler ein Tischtennisturnier aus. Doubek siegte. N. gehörte zu einer Gruppe von Schülern, die sich nicht für Tischtennis interessierten und eine kleine Wanderung hinunter zum Rheinufer unternahmen, begleitet von der Kollegin. Rühl versuchte, über den Dingen zu stehen.

Beim Abendessen setzten sich N. und ein anderes Mädchen an Rühls Tisch, vorher fragten sie um Erlaubnis. Rühls Kollegin lud sie mit einer Handbewegung ein, kein Problem, gerne. Rühl sprach mehr als üblich. Später, als die Schüler sich in den Burghof setzten, redeten, lachten und heimlich Bier tranken, holte Rühl sich aus seinem Zimmer ein Buch, setzte sich auf eine Treppe, von der aus er die Schüler im Blick hatte, und las. N. sprach mit dem Mädchen, das mit ihr am Abendbrottisch gesessen hatte, und schaute von Zeit zu

Zeit zu ihm. Einmal ging Doubek zu ihr, nach einigen Minuten begannen sie zu streiten, das zweite Mädchen mischte sich ein, Doubek stand auf und verzog sich. Rühl fragte sich, ob er der Anlass für den Streit war. Dass N. mit ihm flirtete, hatte Doubek wahrscheinlich mitbekommen. Andererseits, was war schon passiert? Nichts.

Um zweiundzwanzig Uhr sollte die Nachtruhe beginnen. Rühl ging zu den Schülern und erinnerte sie daran, es gab ein leises Murren, aber keinen ernsthaften Widerstand. Alle gingen, wenn auch demonstrativ langsam, zu den Waschräumen und in ihre Zimmer. Auch Rühl ging in seine Kammer. Eine Weile lang waren noch Gespräche und Lachen aus den Schülerzimmern zu hören, dann wurde es leiser.

Als es klopfte, war Rühl gerade eingenickt, er schaute auf die Uhr, es war ungefähr halb zwölf. Rühl öffnete die Tür und sah N., sie trug ein ärmelloses Hemd und ein Höschen, auf dem Hemd waren lachende kleine Hasenfiguren zu sehen.

»Ich habe Angst, mir ist unheimlich, darf ich zu Ihnen kommen?«

Rühl fragte sie, wo die anderen Mädchen aus ihrem Zimmer seien.

»Die anderen sind alle bei den Jungs und spielen Karten.«

Rühl trat zur Seite, N. schlüpfte in seine Kammer. Damit war eindeutig die Grenze des Erlaubten übertreten. Rühl fragte sich, was er stattdessen hätte tun sollen. N. zurückzuweisen hätte ein Gespräch erfordert, womöglich ein längeres, Argumente, Gegenargumente, während all dieser Zeit hätte das leicht bekleidete Mädchen barfuß vor seiner Tür gestanden.

Sie einzulassen war einfacher und unauffälliger. Reden konnten sie auch in seiner Kammer.

Als N. die Kammer wieder verließ, glaubte er, im Dunkel des Gangs das Gesicht Doubeks zu erkennen, hinten, in Richtung der Toiletten. Aber das war vielleicht auch nur ein Hirngespinst. Er machte sich zu viele Gedanken wegen dieses Jungen. Schon in ein paar Wochen würde Doubek die Schule wechseln müssen.

Es musste inzwischen zwei oder halb drei sein. Rühl hätte gern ein Foto von seiner Kammer gemacht. Das zerwühlte Bett, die Blutspritzer, die umgestürzte Flasche Rotwein, es sah wie arrangiert aus, Spitzweg auf Abwegen. Dabei war es gar nicht so verrucht gewesen. Das Mädchen hatte, obwohl es den entscheidenden ersten Schritt tat und ihn küsste, erwartungsgemäß wenig Erfahrung, und er war in diesen Dingen weder besonders einfallsreich noch besonders aktiv. Das war ihr aber bestimmt nicht aufgefallen.

Was nun? Rühls schlechtes Gewissen hielt sich in Grenzen. Er hatte N. nicht verführt, er hatte ihr auch nichts Schlimmes angetan, ein traumatisches Erlebnis konnten die letzten zwei Stunden jedenfalls nicht gewesen sein. Es war eher ein bisschen langweilig gewesen.

Rühl hörte, dass bei den Jungen gelacht wurde, er hörte auch das Klirren von Gläsern. Er zog sich notdürftig an und kämmte sich. »Dass jetzt aber Ruhe ist!«, schrie Rühl in das Jungenzimmer hinein. »Sonst geht es morgen wieder nach Hause!« N. war nicht in dem Zimmer.

Am nächsten Morgen entschuldigte sich Rühl bei seiner Kollegin, er könne nicht am Frühstück teilnehmen. Er fühle sich nicht wohl, er müsse zur Apotheke. Den Fußweg zum Ort, der normalerweise eine halbe Stunde dauerte, schaffte er in zwanzig Minuten. Vor einer Telefonzelle wartete er bis zur ersten großen Pause. Dann rief er Sybille Bär in ihrem Lehrerzimmer an.

Sie solle bitte kommen. Er brauche sie. Er sei in eine dumme Geschichte hineingeraten. Eine Schülerin schwärme für ihn, sie bedränge ihn, ohne dass er sie dazu ermutigt habe, alles Weitere wolle er ihr erzählen, wenn sie erst einmal da sei.

»Wenn ich dich richtig verstehe«, sagte Sybille Bär leise, »dann soll ich dich vor einer wild gewordenen Lolita beschützen? Ich habe morgen drei Stunden Unterricht. Das wird nicht so einfach sein.«

Rühl sagte, es sei sehr wichtig.

Auf dem Weg zurück zur Burg wurde sich Rühl zum ersten Mal darüber im Klaren, dass er gerne Lehrer war. Er wollte nicht, dass diese Geschichte ihm zum Verhängnis wurde. Er war wohl doch kein ganz schlechter Lehrer, die Tatsache, dass N. für ihn schwärmte, war ein Beweis dafür.

Die Schüler spielten im Burghof Völkerball. Am Nachmittag standen eine Bootsfahrt und ein Besuch der Loreley auf dem Programm. Rühl ging zu seiner Kollegin, er entschuldigte sich ein zweites Mal. Es ginge ihm jetzt besser.

Er setzte sich auf Treppenstufen. N. beteiligte sich nicht an dem Völkerballspiel, sie stand mit ihrer Freundin ein paar Meter entfernt unter einem Baum und sah zu ihm, mit der linken Hand deutete sie ein Winken an. Rühl nickte zurück, mit einer verhaltenen, vorsichtigen Bewegung, die N. vielleicht gar nicht bemerkte. Beim Mittagessen wartete er, bis N. ihr Tablett beladen und sich gesetzt hatte, dann wählte er einen Platz, der weit von ihr entfernt war, er setzte sich zu einigen Jungen.

Nach dem Essen rauchte er in dem sich langsam leerenden Speiseraum eine Zigarette. Er bemerkte N. erst, als sie sich bereits neben ihn gesetzt hatte.

»Was ist denn los? Bist du böse auf mich?« Sie legte ihre Hand kurz auf seine Hand.

Rühl war fassungslos. Dem Mädchen musste doch klar sein, in welcher Situation er sich befand. Allein schon, dass sie ihn duzte. Das allein schon.

Rühl sagte: »Wir können über alles reden, wenn wir wieder zurück sind. Jetzt geht das nicht.«

N. sagte: »Es war wunderschön. Genauso schön habe ich mir das erste Mal vorgestellt. Ich bin total verliebt in dich.«

Rühl lächelte sie mühsam an. Er spürte, dass er schwitzte. Dieses Kind. Diese lächerliche Klischeesprache. Mein Gott, warum hast du mich verlassen?

Während des Nachmittags gelang es ihm, Begegnungen mit N. zu vermeiden. Auf dem Boot sprach er fast eine Stunde lang mit dem Kapitän über Flussschifffahrt, er ließ sich jedes Verkehrszeichen am Ufer erklären, jede Boje, jeden Strudel. An der Loreley dagegen hielt er einen längeren Vortrag. Doubek stand langhaarig und ungepflegt in der ersten Reihe. Rühl spürte, dass Doubek ihn fixierte. In Doubeks Augen las er einen Hass, wie er ihn, soweit er sich erinnerte, bei einem Schüler noch nie bemerkt hatte.

Als sie wieder in der Burg ankamen, regnete es. Im Hof parkte ein Karman Ghia. Sybille Bär saß im Speisezimmer, der Herbergsvater hatte für sie den Fernseher angemacht. Rühl umarmte Sybille Bär, die gelassene Zuversicht ausstrahlte, und stellte sie seiner Kollegin vor. »Meine Freundin«, sagte er, »hat zufällig in der Gegend zu tun. Sybille, ist das nicht ein wundervolles Fleckchen Erde? Du müsstest es erst einmal sehen, wenn die Sonne scheint.«

Er zeigte Sybille Bär kurz den Blick über das Rheintal, dann holte er ihren kleinen Koffer aus dem Auto und trug ihn nach oben. In der Kammer, die er sorgfältig aufgeräumt hatte, legte er den Koffer aufs Bett. Rühl fühlte sich erleichtert und beschämt. Warum war er so schwach? Warum? Ich kann mich nicht dauernd verstecken, dachte Rühl. Ich muss etwas tun, ich muss endlich aktiv werden.

Als er wieder nach unten kam, saß N. im Speisezimmer neben Sybille Bär und redete auf sie ein. Sybille Bärs Hand lag auf N.s Schulter. Sie hörte konzentriert zu, mit dem Anflug eines höflichen Lächelns. Der Fernseher lief immer noch.

Rühl sagte: »Habt ihr euch miteinander bekannt gemacht. Fein.«

Beide schauten ihn an. Alle drei schwiegen. Plötzlich spürte Rühl, wie in ihm etwas aufriss, wie eine Wunde, und sich unmittelbar danach wieder zusammenzog. Ihm wurde übel. Er murmelte ein paar Worte, die er selber nicht verstand, stützte sich mit einer Hand am Türrahmen ab, machte kehrt und ging wieder nach oben; dort schloss er sich, neben seiner Schlafkammer, in der Toilette ein. Er weinte vor Wut.

Nach einigen Minuten hörte er Schritte auf der Treppe. Sybille Bärs Stimme rief nach ihm. Rühl hörte, wie die Tür zu seiner Kammer geöffnet wurde, Sybille Bär ging hinein.

Obwohl er sich immer noch schwach fühlte, schlüpfte Rühl leise aus der Toilette, schloss die Tür wieder, nahm die Treppe, ging schnell und war nach ein paar Sekunden im Freien. Dort standen einige Schüler herum, die kaum Notiz von ihm nahmen.

Rühl lief zum Dorf und versteckte sich hinter einem Baum, bis ein Bus kam. Es schien aber niemand nach ihm zu suchen. Der Bus fuhr zum Bahnhof, dort nahm er den Zug. Zum Glück hatte er, wegen des Regens, seine Kapuzenjacke angezogen, in deren Innentasche sein Geld und sein Ausweis steckten.

In Mainz setzte sich Rühl in ein Café und aß ein Stück Kuchen, ohne zu wissen, weshalb. Er hatte keinen Hunger. Es war später Nachmittag, der Regen hatte wieder aufgehört. Am Bahnhof gab es mehrere Telefonzellen, dort suchte er in einem Telefonbuch die Adresse, die er brauchte. Zum ersten Mal seit Jahren nahm er sich ein Taxi. Das letzte Mal war nach dem Tod seines Vaters gewesen, vom Krankenhaus zum Bahnhof, irgendjemand, erinnerte er sich, war mit ihm gefahren, seine Mutter oder seine Schwester wahrscheinlich.

Das Haus des Direktors lag in Gonsenheim, einem Vorort, in dem viele Lehrer und mittlere Angestellte lebten. Als Rühl auf die Klingel drückte, kam ihm zum ersten Mal der Gedanke, dass niemand zu Hause sein könnte. Was dann? Was als Nächstes? Während er überlegte, klingelte er ein zweites Mal. Jetzt öffnete sich die Tür.

Rühl hätte im Nachhinein nicht sagen können, ob es die Frau des Direktors war oder der Direktor selbst, der ihn hereinbat. Er wusste auch nicht mehr genau, mit welchen Worten er die Störung entschuldigt und sein Anliegen geschildert hatte. Sicher machte er einen verstörten Eindruck, dazu kam seine ungewöhnliche Garderobe, die Kapuzenjacke, die Wanderschuhe.

Er saß im Arbeitszimmer des Direktors auf einem Sofa. Die Frau des Direktors brachte zwei Tassen Tee, dann ging sie wieder. Der Direktor saß ihm gegenüber auf einem Plüschsessel. Während Rühl sprach, stand der Direktor auf und ging in seinem Arbeitszimmer auf und ab, dabei nahm er manchmal eine der Nippesfiguren in die Hand, die auf seinem Schreibtisch standen, betrachtete sie und stellte sie vorsichtig wieder zurück an ihren Platz.

Rühl gestand als Erstes, dass er die Unterprima B während der Klassenfahrt verlassen hatte, ohne Ankündigung, ohne

Erklärung. Die Kollegin sei jetzt dort alleine. Dies allein schon sei unverzeihlich, begründen könne er sein Versagen nur mit seinen Nerven, er befinde sich, wie der Direktor wahrscheinlich bereits bemerkt habe, in einer nervlichen Ausnahmesituation.

»Ich habe mit einer Schülerin unerlaubten intimen Kontakt gehabt«, sagte Rühl.

Der Direktor fragte, was er sich darunter im Einzelnen vorzustellen habe.

»Sie haben sich darunter Sex vorzustellen«, sagte Rühl. »Das Mädchen stand nachts vor meiner Zimmertür, es wollte zu mir, es schwärmt für mich, es hatte fast nichts an. Damit will ich nichts entschuldigen. An der ganzen Sache bin ganz allein ich schuld.«

Der Direktor wollte wissen, um welche Schülerin es sich handele, ob die Eltern informiert seien und ob eine Schwangerschaft im Bereich des Möglichen läge.

Rühl nannte den Namen. Er glaube nicht, dass die Eltern von der Sache wüssten. Eine Schwangerschaft sei unwahrscheinlich, er habe aufgepasst.

Der Direktor fragte, was jetzt mit dem Mädchen sei.

»Das weiß ich nicht«, antwortete Rühl.

»War sie denn noch unberührt?«, fragte der Direktor.

»Ich glaube schon«, sagte Rühl.

»Fahren Sie nach Hause, Dr. Rühl«, sagte der Direktor. »Morgen gehen Sie am besten zum Arzt und lassen sich Beruhigungstabletten verschreiben. Er soll Ihnen auch gleich eine Krankmeldung geben, rückwirkend, ab heute. Ich fahre ins Schullandheim und schaue, was da los ist.«

Rühl spürte, wie Tränen in ihm aufstiegen. Der Direktor legte ihm die Hand auf die Schulter. Seine Stimme klang trotzdem kühl.

»Machen Sie bitte nicht so ein Bohei. So was kommt schon hin und wieder mal vor. Behalten Sie doch um Gottes willen die Nerven. Warum sind Sie denn abgehauen und zu mir gelaufen?«

Rühl schluchzte. »Ja, ist das denn nicht meine Pflicht?«

Der Direktor sagte nichts mehr, er griff Rühls Arm und führte ihn sanft zum Ausgang.

N. wechselte auf das Droste-Hülshoff-Gymnasium, an dem Sybille Bär unterrichtete, dort machte sie auch das Abitur. Obwohl Rühl ihm in Deutsch eine Vier minus gab, blieb Doubek zum zweiten Mal sitzen. Er versuchte, ebenfalls auf dem Droste-Hülshoff-Gymnasium anzukommen, wurde aber abgelehnt und begann eine Banklehre, die er nach kurzer Zeit abbrach.

Rühls Krankheit dauerte vier Wochen, danach waren ohnehin Ferien. Er wechselte nicht nur die Schule, sondern zog auch an den Stadtrand. Mit Sybille Bär sprach er nur noch einmal kurz am Telefon, sie rief an. Rühl erklärte ihr, dass er den Kontakt zu ihr abbrechen wolle, weil er sich zu sehr schäme, er könne ihr nicht mehr in die Augen schauen. Sie sagte, dass er sich bei ihr melden könne, wenn er es sich anders überlege. Sie sei jederzeit dazu bereit, mit ihm zu reden, falls er es wolle. Rühl wollte aber nicht. In dieser Hinsicht war er sich sicher.

Einige Monate nach dem Vorfall bekam er einen anonymen Drohbrief. Die Buchstaben waren aus einer Zeitung ausgeschnitten, der Text lautete: »Du Schwein wir kriegen dich eines Tages fühl dich nie sicher.« Rühl war der Ansicht, dass der Brief von Doubek kam. Er ging nicht zur Polizei.

Jahre später, als er bereits, lange vor der üblichen Pensionsgrenze, wegen gesundheitlicher Probleme aus dem Schuldienst ausgeschieden war, legte er, zum ersten Mal, die Kassette ein, die N. ihm geschenkt hatte. Rühl war weißhaarig geworden. Er trug immer noch Anzug und lebte in einer kleinen Eigentumswohnung. Rühl brühte sich einen Tee, öffnete das Fenster, blickte auf den See. Und Rühl hörte »Stairway to Heaven«.

2

Dieses Weihnachtsfest würde Gunnar Reich bis zur letzten Sekunde seines Daseins in Erinnerung bleiben, weil er, während die Familie über dem Gänsebraten saß und sein Vater Geschichten aus dem Krieg erzählte, aufstand, zur Toilette ging und dort heftig masturbierte, obwohl er keine große Lust dazu hatte und dementsprechend lange brauchte. Dies erschien ihm als ein Akt des politischen Protestes gegen die verlogene Harmonie des Festes – die Ehe seiner Eltern war lange schon zerrüttet – und gegen die Lustfeindlichkeit der Gesellschaft.

Danach ging er an den Tisch zurück, an dem die anderen, seine Eltern, seine beiden Schwestern, die drei noch lebenden Großeltern und eine alleinstehende Tante, inzwischen mit dem Nachtisch beschäftigt waren. Nur an seinem Platz stand immer noch der Teller mit der halb gegessenen, inzwischen erkalteten Gänsekeule, besser gesagt der halb gegessenen halben Gänsekeule, den anderen Teil hatte seine ältere Schwester bekommen. Auf die Frage seines Vaters, wo er so lange geblieben sei, antwortete er, dass er, auf seine Weise, das Gleiche getan habe, was sein Vater mit Hilfe seiner Kriegsgeschichten tue, er habe sich einen runtergeholt.

Sein Vater begann, nach dieser Antwort, am ganzen Körper zu zittern. Dieses nervöse Zittern, das mit irgendeinem

Kriegserlebnis zusammenhing, überlief ihn immer, wenn er sich aufregte. Er zuckte wie ein Pferd, auf dessen Augen und Nüstern sich Fliegen gesetzt haben. Alle anderen am Tisch schwiegen und sahen seinem Vater beim Zittern zu, bis das Zittern, nach ein oder zwei Minuten, allmählich verebbte. Dann fragte seine Mutter, mit bemüht heiterer Stimme, ob noch jemand Pudding wolle. Der Vater räusperte sich und sagte, ja, gerne.

So ging es bei ihnen zu. Lüge und Verdrängung wurden großgeschrieben.

Gunnar Reich stand kurz vor dem Abitur. In seinen letzten Schulferien arbeitete er in der Waggonfabrik, die von allen so genannt wurde, obwohl dort längst keine Waggons mehr hergestellt wurden, sondern Geschenk- und Einwickelpapiere aller Art. In der Weihnachtszeit druckten sie schon das Papier für Ostern und nahmen, auch wenn es nur für zwei, drei Wochen war, ganz gern ein paar Schüler und Studenten als Aushilfen. Er belud fahrbare Paletten mit Kisten, auf denen lachende Hasen abgebildet waren, danach schob er das Osterpapier von der Produktionshalle etwa fünfzig Meter weit in die Lagerhalle, wo ein Arbeiter und ein Student es wieder abluden.

In den ersten Tagen testete er aus, wie oft er außerhalb der Pausen zur Toilette gehen durfte, ohne ernsthaften Ärger mit dem Vorarbeiter zu bekommen. Drei- oder viermal pro Tag wurden milde bespottet, schwache Blase, der Bubi. Beim fünften Mal hieß es: So geht's aber nicht, Kleiner, ab sofort eine Stunde Lohnabzug.

Viermal reichten ja auch, obwohl Gunnar Reichs persönlicher Rekord bei elfmal lag, aber das war ein extrem heißer Sommertag gewesen, im Schwimmbad. All diese halb nackten Körper um ihn herum und die Hitze und die Umkleidekabinen, wo man jederzeit hinkonnte und nur die Badehose runterziehen musste, es war zum Verrücktwerden. Viermal tagsüber, einmal morgens, ein- oder zweimal abends, das reichte ihm normalerweise.

Die Toilettentüren und auch die Zwischenwände reichten nicht bis zum Boden, es gab unten den üblichen Spalt. Er musste sich also hinsetzen, um nicht auffällig zu werden. Drei Minuten brauchte er mindestens. Wenn jemand drei Minuten lang in der Kabine steht, und es plätschert nicht, kann man sich denken, was los ist.

Am ersten Arbeitstag nach dem missratenen Weihnachtsfest, bei seiner zweiten inoffiziellen Pause, etwa um halb zehn, war zum ersten Mal eine der anderen Kabinen besetzt, die ganz hinten an der Wand. Insgesamt gab es fünf. Beim Eintreten fiel ihm das sofort auf. Eigentlich wollte er wieder kehrtmachen. Dann entschied er sich anders, ohne zu wissen, warum. Er ging in die vorletzte Kabine, die Kabine neben der, die besetzt war, und setzte sich. Er versuchte, so leise wie möglich zu sein.

Gunnar Reich wusste, dass seine Angewohnheit normal war, also relativ normal. Das wusste er seit Jahren, das konnte er überall lesen, sogar in der »Bravo« seiner kleinen Schwester. Vielleicht übertrieb er es ein bisschen, und wenn schon. Jeder Mensch ist halt anders. Es wurde aber immer mehr, die Tendenz war eindeutig steigend. Was ihn beunruhigte, war außerdem die Tatsache, dass ihn zu Mädchen, oder Frauen, eigentlich nichts hinzog, obwohl er nicht annahm, dass er schwul war. Er hatte ein paarmal versucht, sich das vorzustellen, wie das sein würde, was er tun würde, was ein Mann tun würde, aber das hatte ihn kaltgelassen. Trotzdem zog er diese Phantasie, um seiner Sache sicher zu sein, bis zum Ende durch.

Nein, er musste sich eine Frau vorstellen, damit es gut funktionierte. Aber außer Sex fand er an Frauen nichts, aber auch wirklich gar nichts anziehend. Die Vorstellung, mit einer Frau drei, vier oder fünf Abende verbringen zu müssen, bevor sie es endlich miteinander taten, denn so waren die Frauen nun einmal gestrickt, erschien ihm an manchen Tagen öde, an anderen Tagen machte ihm das Angst, an wieder anderen Tagen deprimierte ihn diese Aussicht einfach nur. Der Preis, den ein Mann für Sex zahlen musste, Zeit, Aufmerksamkeit, nicht enden wollende Gespräche, erschien ihm zu hoch. Eigentlich war er mit seiner Lebensweise ganz zufrieden, und genau das machte ihm Sorgen. Denn gerade diese Zufriedenheit war doch, aller Wahrscheinlichkeit nach, das wirklich Perverse an ihm. Die unkomplizierte Coverversion mochte er lieber als den echten, hochkomplizierten und extrem arbeitsaufwendigen Originalsong.

In der Trennwand zwischen den beiden Kabinen befanden sich dort, wo ursprünglich ein Papierhalter befestigt gewesen war, zwei Löcher. Als Gunnar Reich sich, sechs Monate vor seinem neunzehnten Geburtstag, und noch immer unberührt, außer von ihm selber, niederkniete, um durch das größere der beiden Löcher zu spähen, war es ihm nicht ganz klar, was er eigentlich bezweckte, was er suchte, ob es endgültige Klarheit war über seine sexuelle Vorliebe, ob es der Einblick war in Techniken der Befriedigung, die ihm noch unbekannt waren und die sein Leben bereichern könnten, oder ob er einfach nur die Bestätigung dafür suchte, dass er, mit seiner sonderbaren Freude an der Einsamkeit, nicht alleine war auf der Welt, dass auch dieser Robinson Crusoe, auf seiner unbewohnten Lustinsel, eines Tages seinen Freitag finden könnte.

Er sah eine Frau, zumindest Teile einer Frau. Das Gesicht

lag außerhalb seines Blickfelds. Auf diesen Gedanken war er vorher nicht gekommen, dass auch so etwas möglich war. Die Waggonfabrik besaß eine Damentoilette, vorschriftsmäßig. Aber sie lag dort, wo die Büros sich befanden, also am anderen Ende des Geländes, so dass dieser Ort hier, was achselzuckend akzeptiert wurde, in dringenden Fällen auch von der Handvoll Frauen mitbenutzt wurde, die in der Produktion arbeiteten und nicht in den Büros. Mehr als zehn waren es sicher nicht.

Die Frau hatte ihre Jeans zu Boden geschoben, die Jeans ruhte auf ihren Knöcheln, ihre Hand befand sich in ihrer Unterhose, oder wie immer das bei den Frauen hieß, und bewegte sich dort rhythmisch hin und her. Eines der beiden Beine war angewinkelt, der dazugehörige Fuß klopfte in genau dem gleichen Rhythmus auf den Boden, in dem die Hand auf- und niederging, während das andere Bein ausgestreckt war und sich an der Toilettentür abstützte. Das Becken der Frau bewegte sich eher unregelmäßig, von Zeit zu Zeit, zitternd. Gunnar Reich musste, was er ärgerlich fand, an das Kriegszittern seines Vaters denken.

Die Frau war sehr leise, nur ihre Gürtelschnalle, die auf dem Kachelboden lag, klapperte manchmal ein wenig. Sie selber machte kein Geräusch. Ihre Bewegungen wurden nach und nach schneller, zum Schluss noch einmal schneller, dann hielt sie inne, wartete einige Sekunden und zog die Hand aus ihrer Hose wieder heraus. Sie drückte auf den Knopf der Wasserspülung und verließ die Kabine. Gunnar Reich hörte, wie sie sich die Hände wusch, dann hörte er, wie sie ging.

Wer die Frau war und wie der Rest von ihr aussah, musste sich leicht herausfinden lassen, vor allem mit Hilfe des Gürtels, den er sich genau eingeprägt hatte, ein geflochtener brauner Ledergürtel mit einer Schnalle, die wie ein Schmetterling aussah. Gunnar Reichs Aktionsradius war allerdings auf die Rampe der Produktionshalle und den Weg zur Lagerhalle begrenzt, dafür, irgendwo anders hinzugehen, gab es keinen Grund, zumindest nicht aus Sicht seines Vorarbeiters.

Die meisten Frauen arbeiteten, soweit er wusste, an den Zuschneidemaschinen, weil zum Zuschneiden nicht viel Kraft erforderlich war. Eine Kantine gab es nicht, jede Abteilung hatte einen kleinen Pausenraum. Mindestens eine Stunde lang überlegte sich Gunnar Reich, welchen Grund es für ihn geben könnte, den Zuschneidemaschinen einen Besuch abzustatten, oder ob es vielleicht eine Alternative gab, zum Beispiel, am Ende der Schicht so schnell wie möglich an den Fabrikausgang zu laufen und dort, vor dem Ausgang, rauchend auf und ab zu gehen, als ob er auf jemanden warte. Er musste das heute klären, morgen konnte die Frau etwas völlig anderes anhaben.

Dann wurde ihm klar, dass er einfach nur abzuwarten brauchte. Der Weg zu den Toiletten führte über den Hof, der zwischen den beiden Hallen lag, jede Person, die dorthin wollte, musste zwangsläufig an ihm vorbeigehen. Er hatte bisher nur nicht auf diese Leute geachtet. Er musste aufpassen. Er musste, beim Auf- und Abladen, die Augen offen halten.

Um halb zwölf ging sie über den Hof, Richtung Toiletten. Der Gürtel, der Schmetterling, kein Zweifel.

Sie war ungefähr in seinem Alter, keine Arbeiterin, das sah er gleich, weil sie einen selbst gestrickten, grobmaschigen Pullover trug und lange, offene Haare hatte, sie musste eine Aushilfe sein, wie er, Schülerin oder vielleicht Studentin. Sie sah gut aus.

Das war schon seltsam, diese Tatsache fiel ihm immer als Erstes auf, ob eine Frau gut aussah oder mittel oder gar nicht gut, das registrierte er meistens sofort, ganzheitlich, und zwar noch bevor irgendwelche anderen Details den Weg in sein Gehirn fanden. Als sie wieder verschwunden war, hätte er nicht mit Gewissheit sagen können, welche Haarfarbe sie hatte, ob sie größer oder kleiner war als er, ob sie einen großen Busen hatte oder einen kleinen. Er wusste nur, dass sie gut aussah. In diesem Punkt war er sich immerhin sicher.

Er wartete eine Minute und meldete sich dann ab. Er war diesmal leiser als beim letzten Mal, er drückte die Türklinke besonders langsam und vorsichtig herunter, er verzichtete auch darauf, den Deckel hochzuklappen. Sie war wieder in der letzten Kabine, an der Wand.

Im weiteren Verlauf des Arbeitstages besuchte sie diesen Ort noch viermal, immer für ziemlich genau fünf Minuten. Entweder war ihr Chef großzügiger als seiner, oder ihr war es egal, wenn Zeit abgezogen wurde. Gunnar Reich folgte ihr kein weiteres Mal. Falls er es getan hätte, wäre er früher oder später aufgefallen, die Witze des Vorarbeiters konnte er sich ausmalen. Außerdem wusste er ja jetzt, was da abging und wie, seine Neugierde war fürs Erste gestillt. Und er brauchte die letzten beiden Gänge, die er noch auf seinem inoffiziellen Konto guthatte, dringend für sich selber. Das Wissen um die Frau, um ihr Geheimnis, um ihre Leidenschaft, die er mit ihr teilte, der Gedanke an diese Frau, deren Aussehen er sich inzwischen besser eingeprägt hatte, all das machte die beiden letzten Gänge dringend notwendig. Gunnar Reich war sich nicht ganz sicher, aber er hielt es, zum ersten Mal, für möglich, dass er sich verliebt hatte.

Bis vor ein oder zwei Jahren war er regelmäßig in die

Kirche gegangen, bevor er politisch wurde, deshalb fielen ihm Adam und Eva ein, die im Paradies vom Baum der Erkenntnis gegessen hatten und sich daraufhin erkannten. Sie sahen, dass sie nackt waren, so hieß es wohl. Nun, in diesem Fall hatte Adam die Eva erkannt. Das war ein Anfang. Nun musste auch Eva den Adam erkennen. Aber wie sollte er das anstellen?

Dies war die Frage, die ihn in den folgenden Tagen beschäftigte, während er Kisten auflud und wieder ablud, während er die Frau über den Hof gehen und wieder zurückgehen sah, während er registrierte, dass sie jeden Tag die gleichen Jeans trug, die Haare aber manchmal offen, manchmal zusammengebunden. Er registrierte, dass sie mit einem Mofa zur Arbeit fuhr wie er, dass sie nach der Arbeit nicht abgeholt wurde wie er und dass aus ihrer Umhängetasche manchmal Zeitschriften herausschauten, die er ebenfalls las, zum Beispiel »konkret«.

Er entschloss sich, ihr einen Brief zu schreiben. In diesem Brief gestand er ihr, dass er sie beobachtet hatte, das erste Mal aus Zufall, mehr oder weniger, das zweite Mal gezielt, danach nicht mehr.

Er schrieb, dass er sich deswegen sehr wahrscheinlich schämen müsse. Aber er schäme sich nicht. Er schrieb, dass Liebe nicht bedeute, die Einsamkeit zu überwinden, in die jeder Mensch nun einmal rettungslos eingesperrt sei, sondern diese Einsamkeit zu teilen. Zu zweit einsam zu sein, das auszuhalten, ohne sich Illusionen zu machen und ohne Angst zu bekommen, sei das höchstmögliche Glück. Er schrieb mit einem Pathos, das er an sich nicht kannte, auch kitschig, das war ihm schon klar, aber trotzdem nicht unintelligent. Jedenfalls kam es ihm so vor. Danach packte er den Brief in seine Sporttasche, ganz unten. Unmöglich, das abzuschicken.

Ein- oder zweimal nickte sie ihm zu, morgens, beim Betreten der Fabrik. Man kannte sich inzwischen vom Sehen. Bis die Ferien vorbei waren, hatte er ihren Namen und ihre Schule herausgefunden, auch ihre Adresse. Er fuhr, absichtlich, möglichst oft am Haus ihrer Eltern vorbei, einem Reihenhaus mit Blumenkästen voller Geranien, sah sie dabei aber nie. Er ging zu einer Party, die regelmäßig samstags von der Kirche veranstaltet wurde, sonst war in der Stadt ja nicht viel los. Dort sah er sie mehrere Male, sie erkannte ihn aber nicht oder wollte ihn nicht erkennen. Sie tanzte auch nicht, sie trank Sinalco und ging immer früh.

Im Sommer, die Abiturprüfungen lagen schon hinter ihnen, folgte er ihr ins Freibad. Sie hatte ihren festen Platz, und er hatte seinen festen Platz, von dem aus er sie gut sehen konnte.

Er glaubte inzwischen fest daran, dass er sie liebte, und er fragte sich, wie viele Lieben dieser Art es wohl gab auf der Welt. Wie viele von den Männern, die auf ihren Handtüchern lagen, lasen und von Zeit zu Zeit, scheinbar zufällig, aufblickten, waren aus dem gleichen Grund hier wie er? Sicher einige. Vielleicht hatte jede Frau, oder fast jede, einen oder mehrere wie ihn.

In Gedanken war er schon so oft ihr Geliebter gewesen, dass er es gar nicht mehr zählen konnte, und der Vorsatz, sie eines Tages anzusprechen, ließ allmählich nach. Nicht, weil sie ihm gleichgültiger wurde, sondern weil er zu wissen glaubte, dass die Realität den Bildern seiner Phantasie nicht würde standhalten können. Die gefühlte Nähe genügte ihm.

Solange er lebte, blieb Gunnar Reich der Begleiter von N., und er hörte nicht auf, sich die Frage zu stellen, wie viele von seiner Art es wohl gab, wie groß die Schattenarmee der unerkannten Liebenden wohl war. Geister, Unsichtbare, Untote, die nur in der Dunkelheit unterwegs sind.

Als sie zu studieren anfing, an derselben Universität wie er, sah Gunnar Reich sie manchmal in der Mensa. Wenn sie dort längere Zeit mit jemandem sprach, dann suchte er die Nähe dieser Person, um etwas über sie herauszufinden. Er wusste, dass sie bei ihren Eltern ausgezogen war, sich mit den Eltern aber ganz gut verstand, dass sie unheimlich viel las, mit einer Kurzgeschichte an einem Literaturwettbewerb teilgenommen hatte und E-Gitarre lernte, es aber nach ein paar Wochen wieder abbrach, weil sie den Gitarrenlehrer bescheuert fand. Gemeinsam mit N. besuchte er zwei oder drei Seminare, sie nickten sich wieder zu, aber sprachen auch diesmal nicht miteinander und besuchten auch verschiedene Arbeitsgruppen. Er war sehr vorsichtig. Seine Leidenschaft fiel niemals auf.

Als sie anfing, für eine Musikzeitschrift Kritiken zu verfassen, freundete Gunnar Reich sich mit einem der Redakteure an. Er wusste, dass N. ungefähr ab August des Abiturjahres einen Freund hatte, der Tobias hieß und mit dem sie einige Wochen nach Indien fuhr, Goa und so weiter, er wusste von Doubek, er hörte etwas von der Sache mit Rühl. Als sie nach Berlin zog, in den Bezirk Schöneberg, suchte auch er sich dort eine Wohnung.

Manchmal, wenn N. ins Quasimodo ging oder in die Ruine, saß dort, weit hinten in einer ruhigen Ecke, Gunnar Reich, der inzwischen einen Bart trug, deshalb war er kaum wiederzuerkennen, und schaute sie an. Nach einer Weile stand er auf und ging zur Toilette.

Wegen N. lernte er, ein wenig Gitarre zu spielen. Kurz nacheinander war er Bassist in ein paar schlechten Bands, dann in einer etwas besseren. Er begann zu singen und stellte fest, dass er Talent zum Songschreiben besaß. Er war Mitte zwanzig, als er zum ersten Mal mit einer Frau schlief, danach mit noch einer, in den folgenden Monaten mit zwei weiteren. Wenn er auf der Bühne stand, strahlte er etwas aus, das den Frauen gefiel. Er schrieb, nach langem Zögern, endlich einen Song über N., einen Song über eine Frau, die man einmal sieht und nicht mehr vergessen kann, der Song wurde ein Hit. Jetzt trat er nicht mehr in kleinen Klubs auf, sondern in mittelgroßen Sälen. In Berlin war es die Neue Welt.

Als er auf die Bühne kam, sah er, dass N. in der ersten Reihe stand. Während er das Lied sang, ihr Lied, schaute er sie ununterbrochen an. Das war das Mutigste, was er jemals zustande brachte. Aber auch diesmal sprach er sie nicht an.

Nach dem Konzert betrank er sich, so schwer wie noch nie. Auf dem Nachhauseweg fuhr er mit dem Motorrad, das er sich erst vor ein paar Tagen gekauft hatte, gegen die Berliner Mauer. Er wusste, dass er starb. Dieses Gefühl erschien ihm so vertraut, als ob er schon hundertmal gestorben wäre. Zitterte er? Er dachte an das verrückte Weihnachtsfest, an den Abschied von seinen Eltern, mit denen er seit Jahren keinen Kontakt mehr hatte, das tat ihm leid. Dann dachte er an N., und er war glücklich.

3

Doubek fuhr Taxi zu dieser Zeit. Meistens übernahm er die Frühschicht, die um fünf Uhr begann. Er liebte es, der Stadt beim Aufwachen zuzusehen.

Frühmorgens gingen die Fuhren oft zum Flughafen, obwohl es nach Frankfurt ziemlich teuer war. Die Leute warteten meistens schon auf der Straße, wenn er ankam. Neben ihnen standen Koffer, ihre Hände tasteten nach Handtaschen und Geldbörsen. Sie bemerkten Doubek kaum. Sie schauten auf ihre Uhren, sprachen über das Reiseziel und beruhigten ihre Kinder.

Hin und wieder stellte Doubek ihnen Fragen, vor allem, wie lange die Reise dauerte. Das war gefährlich, sie würden sich an ihn erinnern. Deshalb schwieg er lieber. Weniger als eine Woche verreiste sowieso niemand, nicht in den Schulferien.

Er wusste, dass er es nicht zu oft tun durfte. Sonst fiel die Sache auf. So viel, dass ein hohes Risiko sich gelohnt hätte, brachte es nicht ein.

Wenn die Fahrgäste aus einer der reicheren Gegenden der Stadt kamen, Rosengarten, Kapellenstraße, Rheinufer, hielt er, nachdem er sie abgesetzt hatte, manchmal an einer Telefonzelle und gab Schulz, ohne seinen eigenen Namen zu nennen, die Adresse durch. Schulz hatte, für den Fall, dass es etwas Schweres zu tragen gab, drei oder vier Helfer, die sich untereinander nicht kannten. Schulz setzte sie abwechselnd ein, damit keiner zu viel über ihn wusste und damit er von keinem abhängig war.

Wenn es eine Alarmanlage gab, ließ er die Finger von dem Haus, obwohl er sich mit Alarmanlagen auskannte. Schulz war vorsichtig. Er fuhr nicht mal ein dickes Auto. Nur solche Typen schaffen es, dass sie nie erwischt werden. Solche Typen schaffen es auch, rechtzeitig wieder auszusteigen. Das kannst du nicht ewig machen, sagte Schulz oft. *Crime is for boys. Legal life is for men.* Doubek mochte diesen relaxten Stil.

Schulz las auch Todesanzeigen. In den Anzeigen waren hin und wieder die Adresse des Verstorbenen und der Termin der Beerdigung abgedruckt, mit Uhrzeit. Wer tot ist, sagte Schulz, der ist schon mal garantiert nicht zu Hause. Und Witwen schwänzen Beerdigungen fast nie. Er hatte Doubek pro Anruf zehn Prozent der Beute angeboten. Aber so sehr, dass er sich auf seine Abrechnungen verließ, vertraute er Schulz nun auch wieder nicht. Doubek nahm lieber pauschal hundert Mark für jeden Tipp.

Er rief Schulz nicht nur wegen des Geldes an. Die hundert Mark, von Zeit zu Zeit, waren natürlich ganz nett. Aber er kam zur Not auch ohne diesen Nebenjob über die Runden. Er genoss, dass er Entscheidungen treffen durfte. Entweder er rief Schulz an, dann würde es für diese Leute bei ihrer Heimkehr eine unangenehme Überraschung geben. Oder er ließ es bleiben. Das lag ganz allein bei ihm.

Er entschied aus dem Bauch heraus. Manchmal lieferte er Leute aus, die er eigentlich nett fand, mit denen er sich gut unterhalten hatte, die ein gutes, aber nicht demütigend hohes Trinkgeld gegeben hatten. Alles prima mit diesen Leuten, und trotzdem. Andererseits verschonte er manchmal Arschlöcher. Sein Vorbild war, das durfte er keinem erzählen, sein Vorbild war Gott. Doubek war nicht im Geringsten gläubig, aber er fand Gott als Idee interessant. Eine oberste Instanz, die undurchschaubar und unberechenbar ist und das Gute wie das Böse zulässt und die von den Menschen dafür auch noch jahrtausendelang verehrt wird. Wenn die Leute so etwas brauchten, dann sollten sie es bekommen, warum nicht zum Beispiel von Doubek.

Als er an diesem Morgen um kurz vor sechs in der Hechtsheimer Straße um die Ecke bog, nicht weit vom Rosengarten entfernt, sah er N., die vor einer Dreißiger-Jahre-Villa wartete. Neben ihr stand ein dünner Typ, etwa in ihrem Alter, schätzte Doubek. Haare fast bis zum Arsch, Koteletten breit wie Fischstäbchen, bunte Klamotten, Gitarrenkasten in der Hand. Sie trugen beide Rucksäcke.

N. erkannte ihn sofort. Sie sagte: »Hey, Doubek, du im Taxi, das gibt's doch gar nicht.« Er hatte sie seit der Schulzeit nicht mehr gesehen, als er so verliebt in sie gewesen war, wie er, seiner Einschätzung nach, nie wieder verliebt sein würde. Das hatte richtig wehgetan damals.

Er hatte dummes Zeug gemacht, zum Beispiel einen anonymen Drohbrief an den Lehrer geschrieben, der sie gevögelt hatte. Er hatte N. eine Zeit lang täglich angerufen, sie bestimmt zehnmal ins Kino eingeladen, was sie jedes Mal mit einer anderen Ausrede ablehnte. Baggern brachte bei ihr überhaupt nichts. Sie gehörte, so schätzte er es rückblickend ein, zu der Sorte von Frauen, die es eher abtörnt, wenn ein Mann zu deutlich Interesse zeigt.

Bei seinen ersten Freundinnen hatte er sich beim Sex immer N. vorgestellt, zumindest ihr Gesicht. Den Rest kannte er nicht so genau. Das war wie ein Zwang, sonst klappte es nicht bei ihm. Nach dem zwanzigsten Mal ungefähr begann der Fluch von ihm zu weichen.

Sie wollten nach Indien. Acht Wochen. Goa. Der Typ erzählte begeistert über die indische Spiritualität und das billige Gras, als ob Doubek das nicht alles selber wüsste. Er gab sich trotzdem freundlich und interessiert. Auf der Autobahn fuhr er langsamer als sonst und schaute oft in den Rückspiegel, um N. zu betrachten. Beiläufig fragte er, wer in den acht Wochen bei ihnen die Blumen gießen würde, acht Wochen, das sei doch bestimmt eine verdammt lange Zeit für so eine Blume. Er vermutete, dass in der Villa sonst niemand wohnte. Wenn es Eltern gäbe, dann hätten die sie wahrscheinlich zum Flughafen gefahren.

Der Typ antwortete, Zimmerpflanzen, nee, sowieso nicht. Für den Garten würde es einen Gärtner geben. Sein Vater arbeitete an der deutschen Botschaft, ein Zweck der Indienreise war auch, seinen Eltern N. vorzustellen. Das Haus, klar, ziemlich spießig, ein Scheißhaus letztlich. Er passte für seine Eltern darauf auf, bis sie in zwei oder drei Jahren aus Indien zurückkamen. So lange studierte er sowieso.

Am Flughafen fragte Doubek N. nach ihrer Telefonnummer. Dabei schaute er sie intensiv an, mit einem Blick, den er in letzter Zeit schon ein paarmal mit gutem Erfolg ausprobiert hatte. Sie lachte und gab ihm die Nummer, danach fragte sie ihn nach seiner Adresse. Er schrieb die Adresse mit Filzstift auf ihr Handgelenk.

In diesem Moment kapierte der Typ, was Sache war. Er wurde nervös und sagte, ey, beeilt euch, das Flugzeug wartet. Kein Selbstvertrauen. Das ist kein Gegner, dachte sich Doubek. Nach der Indienreise ist bei den beiden der Ofen aus. Das steht so was von fest.

Diesmal wollte er nicht aus dem Bauch heraus entscheiden.

Am Abend ging er zu einer Parteisitzung, was er wegen der Frühschichten nur noch selten tat. Außerdem lag die Partei in den letzten Zuckungen. Heute hielt Schulz das Referat. Es war üblich, dass ein bewährter Genosse auf Einladung des Ortsvorstands einen vom Ortsvorstand vorher abgesegneten Vortrag von zehn bis zwanzig Minuten Länge hielt, über den anschließend diskutiert werden sollte. Die Diskussion bestand daraus, dass man Verständnisfragen stellte, Ergänzungen anbrachte oder die Thesen des Referates mit anderen Worten wiederholte. Widerspruch wurde nicht gerne gesehen.

Schulz sprach über Stalin. Was Stalin zu einem der größten Geister des Jahrhunderts machte, war seine Fähigkeit, die Dinge von ihrem Ende her zu betrachten. Welche Voraussetzungen sind nötig, um eine humanistische Gesellschaft zu errichten, eine Gesellschaft ohne Unterdrückung, ohne Ungleichheit, ohne Klassen, den Kommunismus also? Die Voraussetzungen einer solchen Gesellschaft kann man wissenschaftlich herausfinden, und wenn man sie kennt, muss man sie schaffen. Dabei wird es Opfer geben, aber diese Opfer werden mehr als aufgewogen durch das Glück der nachfolgenden Generationen. Das ist wahrer Humanismus, ein Humanismus vom Ende her. Das Glück und der Fortschritt der Menschheit haben ihren Preis. Wer ihn nicht zahlen will, der landet zu Recht auf dem Müllhaufen der Geschichte.

Schulz war ein guter Redner. Er vergeudete sein Talent, fand Doubek. Aus Schulz konnte mal was werden. Wenn er allerdings so weitermachte, würde er trotz seiner Vorsicht früher oder später selber auf dem Müllhaufen der Geschichte landen.

Jedenfalls war das ein interessanter gedanklicher Ansatz – die Dinge von ihrem Ende her zu betrachten. Was würde Stalin tun, an Doubeks Stelle?

In den folgenden Wochen gab er Schulz keinen Tipp. Wenn er ihn in der Mensa traf, wo er manchmal hinging, um Studentinnen kennenzulernen, erzählte er ihm etwas über Rückenschmerzen, er sei dauernd krank, und über neue Schichtpläne, er müsse jetzt immer in der Neustadt herumfahren.

Nach vier Wochen kam die Ansichtskarte. Sie zeigte einen Tempel. N. schrieb aus Madras, das war in Südindien. Auf der Karte stand nichts Besonderes. Indien ist wahnsinnig interessant, eine super Kultur, die Menschen sind aber leider sehr arm. N. schrieb, wann sie zurückkam, Tag, Flugnummer, Ankunftszeit. Es wäre schön, wenn er sie beide abholen käme, mit seinem Taxi. Falls er zufällig Zeit habe. Das wäre echt schön.

Sie kamen abends an. Als N. und der Typ durch die Schranke kamen, lächelte N. ihn an, N. war braun geworden und schön wie eine indische Liebesgöttin aus Bronze. Der Typ lächelte nicht, er schlurfte, er roch wie eine indische Sondermüllhalde. Ein gemeinsamer Urlaub ist die Stunde der Wahrheit, dachte Doubek. *Europe is for boys, third world is for men.*

Im Taxi redete fast nur N., Doubek beschränkte sich auf Verständnisfragen und Ergänzungen. Oder er wiederholte einfach, in leicht veränderter Formulierung, was N. gesagt hatte.

Doubek hatte Schulz vor zwei Stunden angerufen. Du, endlich habe ich wieder was für dich. Es lohnt sich. Eine Villa. Die sind aber nur bis morgen früh weg. Du musst dich beeilen.

Als sie die Villa erreichten, spürte Doubek, dass Schulz

schon da war. Er glaubte, hinter den Fenstern das schwache Glimmen einer Taschenlampe zu erkennen.

Dass der Zeitplan aufgehen würde, war alles andere als sicher gewesen. Doubek kannte ungefähr den Rhythmus von Schulz, aber der hätte natürlich trotzdem schon längst weg sein können, oder noch lange nicht da. Das war Schicksal. Wenn es nicht klappte, dann klappte es eben nicht, dann würde er sich ein anderes Mal etwas anderes einfallen lassen. Schulz war allerdings ausgehungert, der hatte lange nichts mehr gemacht. Deswegen rechnete Doubek damit, dass er so schnell wie möglich zupacken würde, obwohl er in dieser kurzen Zeit sehr wahrscheinlich keinen zweiten Mann organisieren konnte. Und so war es offenbar auch.

Er holte die beiden Rucksäcke aus dem Kofferraum und verabschiedete sich von N. mit einem Kuss auf die Wange. Er versprach, demnächst einmal anzurufen. Ihren Typen beachtete er gar nicht. N. wollte bezahlen. Doubek winkte ab. Lad mich einfach mal auf ein Bier ein, wenn's passt, sagte er. Dann stieg er ein, schaltete das Taxilicht aus und drehte langsam eine Runde.

Es konnte jetzt alles Mögliche passieren, genau wie bei einer Revolution. Irgendein Ereignis setzt die Kettenreaktion in Gang. Es kann ein Streik sein, eine militärische Niederlage, der Tod einer wichtigen Persönlichkeit, alles Mögliche. Etwas passiert, dieses Etwas bringt die gesellschaftlichen Verhältnisse, die scheinbar stabil sind, ins Rutschen. Das Große bleibt groß nicht, und klein nicht das Kleine.

Als er, nach etwa zehn Minuten, zu dem Haus zurückkam, bog er, bevor er gesehen werden konnte, in eine Nebenstraße ab und fand dort einen Parkplatz. Er musste vorsichtig sein. Doubek stand hinter einem Baum, in sicherer Entfernung, als der Polizeiwagen vor der Villa hielt. Zwei Polizisten stiegen aus, ein älterer und ein junger. Das Gartentor war offen. Sie klingelten an der Haustür. Sie klingelten noch einmal. Einer der Polizisten, der ältere, ging um das Haus herum, wahrscheinlich suchte er einen Hintereingang.

In diesem Moment wurde die Haustür von innen geöffnet. Schulz stürzte heraus. Er schlug dem jüngeren Polizisten in die Magengrube, der zusammenklappte wie ein Taschenmesser, und rannte auf die Straße. Der Polizist rappelte sich schnell hoch, Respekt, topfit, der Bulle, dachte Doubek, und schrie etwas zu seinem Kollegen, der, ebenfalls ziemlich flott, wieder hinter dem Haus hervorkam. Schulz rannte auf die andere Straßenseite und sprang über eine Hecke, in den gegenüberliegenden Garten. Er wollte wohl durch die Gärten abhauen. Der jüngere Polizist spurtete ihm nach, während der ältere ins Auto stieg, um ihm auf der anderen Seite der Gärten den Weg abzuschneiden.

Schulz hatte die Nerven verloren. Was sollte das bringen? Die hatten ihn gesehen. Sie würden ihn garantiert kriegen, früher oder später. Doubek bezweifelte, dass Schulz ihn verdächtigen würde, so ein anonymer Anruf bei der Polizei kommt meistens von Nachbarn.

Ungefähr zwei Stunden später war Doubeks Schicht vorbei. Er setzte sich auf sein Fahrrad, es war schon fast elf, als er wieder vor der Villa stand. N. öffnete, nachdem sie ihn durch den Türspion betrachtet hatte, er entschuldigte sich für die späte Störung. Er fragte, ob die Geldbörse, die er in der Hand hielt, vielleicht N. oder ihrem Freund gehöre. Er habe sie im Taxi gefunden, nachdem er sie beide abgesetzt habe, und natürlich nicht hineingeschaut, aber vielleicht sei ja etwas Wichtiges drin. Deswegen störe er noch so spät.

N. bat ihn herein. Sie sagte: »Du glaubst nie im Leben, was passiert ist. Bis vor ein paar Minuten war die Polizei da.«

Im Wohnzimmer war eines der Bilder abgehängt, es lehnte an der Wand. Der Tresor, der dahinter versteckt gewesen sein musste, war geschlossen. Ihr Freund sei ins Krankenhaus gefahren, sagte N. mit verächtlichem Unterton, nur zur Sicherheit. Eigentlich sei er kaum verletzt.

Ein paar Monate später fuhr Doubek, an einem Tag, an dem er nichts Dringendes vorhatte, ins Gefängnis. Schulz war gut drauf, er machte sogar das Abitur nach. »Der Knast ist das Beste, was mir passieren konnte«, sagte er. »Das konnte nicht ewig so weitergehen. Wenn die mich erst in ein paar Jahren erwischt hätten, wäre mein Leben voll im Arsch gewesen. *Crime is for boys.*«

Er wollte Medizin studieren. Aus der Partei war er ausgetreten, ganz offiziell.

Als die beiden in das Haus kamen, arbeitete er gerade am Tresor, das Bargeld, das herumlag, hatte er sich schon eingesteckt. Der Typ schaute ihn fassungslos an, Schulz meinte, dass der am liebsten abgehauen wäre, aber er wusste wohl, dass so etwas bei seiner Freundin nicht gut ankam. Also fasste er Schulz an der Schulter, was der hasste, sagte: »Was soll das, Freundchen?«, und fing sich von Schulz einen Schwinger, und noch einen und noch einen, bis er zu Boden ging. Dann aber kam die Frau, krallte sich von hinten an ihm fest, und Schulz war ratlos; du kannst eine Frau doch nicht einfach so schlagen, wo sind wir denn.

Die hat sich an mich gehängt und geschrien, die hat Power, sagte Schulz, ich hab die mir lediglich vom Hals gehalten, wollte natürlich weg, aber die hat mich nicht gelassen. Das ging, ich weiß nicht, wie lange, bestimmt ein paar Minuten. Wenn ich nicht so gutmütig wäre, hätte Gott weiß was passieren können. Der Freund machte gar nichts. Als die Polizei geklingelt hat, habe ich mich losgerissen.«

Doubek konnte Schulz nicht erzählen, dass er seit diesem Abend mit N. zusammen war, weil das Schicksal, der Zufall, oder vielleicht sogar Gott, an diesem Abend sämtliche Puzzlesteine genau passend zusammengesetzt hatte, zum Besten aller Beteiligten. Er fand es schade, dass er mit Schulz nicht offen reden konnte, denn Schulz wusste besser als andere über Dialektik Bescheid. Schulz kannte auch den Unterschied zwischen objektiven und subjektiven Interessen. Aber in diesem Fall war er leider befangen.

4

Liebe N., ich bin zu Hause und warte darauf, dass du anrufst. Du hast doch versprochen, dass du dich diese Woche meldest. Es ist jetzt Sonntagnachmittag, und wenn ich nicht mit dir reden kann, schreibe ich eben. Denk bitte nicht, dass ich sauer oder beleidigt bin. Wenn du keine Zeit zum Anrufen hast, ist das schon okay.

Willst du wissen, was ich heute gemacht habe? Ich habe das Unizeug geordnet, das Haus aufgeräumt und dabei mal wieder die Kraftwerk-Kassette gehört, die du mir aufgenommen hast. Sie eiert schon ein bisschen. Mir ist durch den Kopf gegangen, was du mir in Indien gesagt hast, ich bin ein netter Typ und so, aber einfach zu langweilig, und deswegen wird das nichts mit uns. Wenn du nicht in mich verliebt bist, kann ich nichts machen, ich kann ja kein anderer Mensch werden. Aber auf der anderen Seite fühlen wir uns doch beide wohl, wenn wir zusammen sind, das sagst du doch auch, und wir ergänzen uns, das siehst du doch genauso, und zwar genau deswegen, weil ich ein bisschen ruhiger und zurückhaltender bin als du.

Was ich besonders schön finde, sind die Telefongespräche, in denen uns beiden nichts mehr einfällt und wir beide nichts mehr sagen, sondern nur noch dem anderen beim Atmen zuhören. Dann sitzen wir beide am Telefon und hören unserem Schweigen zu. Das können nicht alle, so etwas. Mit Leuten, die man nicht so gut kennt, kann man immer über irgendetwas reden, aber lange gemeinsam schweigen, ohne dass es unangenehm ist, kann man nur mit ganz wenigen. Ich kann das nur mit dir.

Während ich darauf warte, dass mein Telefon klingelt, denke ich, dass du vielleicht gerade das Gleiche tust. Das kommt bestimmt sehr oft vor. Zwei Menschen, die gerne miteinander reden würden und die beide im gleichen Augenblick darauf warten, dass die andere Person anruft. Beide sitzen in der gleichen Haltung neben dem Telefon und essen eine Tafel Schokolade, beide fassen manchmal mit Schokoladenfingern den Telefonhörer an. Und warum tun sie beide nicht den ersten Schritt? Aus Stolz sehr wahrscheinlich.

So, jetzt habe ich gerade versucht, bei dir anzurufen. Du bist nicht zu Hause oder gehst nicht ans Telefon, aber ich hab es probiert, da kannst du mir gratulieren. Ich habe meine kindlichen Reflexe überwunden, ich war erwachsen!

Wenn du dich mit anderen Männern getroffen hast, dann hat mir das immer einen kleinen Stich gegeben, aber damit bin ich trotzdem ganz gut zurechtgekommen. Das Einzige, was ich brauche, oder gebraucht habe, war das Gefühl, die Nummer eins zu sein. Ohne dieses Gefühl komme ich nicht klar, und ohne dieses Gefühl kann man sich zu zweit doch kein Leben aufbauen. Also, dass man auch mal zu zweit auf ein Fest geht, und es ist klar, die gehören zusammen, die werden auch zu zweit wieder nach Hause gehen. Als wir vor drei Wochen das Wochenende zusammen verbringen wollten und du am Samstagnachmittag gesagt hast, so, ich gehe dann jetzt, ich bin mit dem Doubek zum

Essen verabredet, der Doubek kocht bei sich zu Hause was für uns beide, da habe ich mir nur deswegen in die Hand geschnitten, weil ich ein Zeichen sehen wollte, ein Signal, dass du, wenn's darauf ankommt, im Notfall, eben auch mal auf eine Verabredung verzichtest, meinetwegen, weil es mir schlecht geht. Ich wollte dich nicht grundsätzlich in deiner Autonomie einschränken, ich wollte nicht, dass es so endet, in diesem furchtbaren Streit. Dass es so tierisch blutet und gleich die Sehne erwischt, war auch nicht abzusehen.

Der Arzt sagt übrigens, dass zwei Finger steif bleiben, aber das finde ich nicht schlimm, ich bin ja kein Handballer. Der Taxifahrer macht ein bisschen Stress, weil ich auf dem Weg ins Krankenhaus angeblich sein Polster versaut habe, der Typ hat mir doch echt eine Rechnung geschickt, dabei war das Taxi schon vorher total versifft.

Das kann ich jetzt sehr wahrscheinlich nicht wiedergutmachen. Ich wollte, ich könnte es.

Es ist wahnsinnig schwer, Gefühle zuzulassen und sie dann wachsen zu sehen und sich gleichzeitig darüber im Klaren zu sein, dass es eben Grenzen gibt und dass diese Gefühle auf gar keinen Fall irgendwelche Ansprüche auf die andere Person begründen dürfen, das muss total selbstlos bleiben. Gleichzeitig spürt man, wie wichtig die andere Person für einen ist und dass man diese Person braucht, da setzt so eine Art Selbsterhaltungstrieb ein, und es gibt Kurzschlusshandlungen. Natürlich macht man dadurch alles nur noch schlimmer.

Auch in den besten Momenten kann es jederzeit wieder vorbei sein. Der kleinste Fehler kann genügen, wie bei Hochseilartisten. Mir ist einfach schwindlig geworden.

Ich wollte, ich könnte dir einen Heiratsantrag machen,

mich hinknien und so, wie man das früher getan hat, aber damit würde ich mich bestimmt noch lächerlicher machen, als ich es sowieso schon bin. Früher ist es normal gewesen, dass man bleibt, was man ist, Bauer meinetwegen, da bleibt man natürlich auch als Paar zusammen, die Frage nach dem Glück stellt sich überhaupt nicht. Diese Frage ist im Lebenslauf nicht vorgesehen. Vielleicht sind die Leute genau damit glücklicher gewesen, zumindest zufriedener. Die waren nicht verantwortlich für das, was sie waren, die haben einfach versucht, aus den Gegebenheiten das Beste zu machen, damit hatten sie genug zu tun.

Wenn du das Gefühl hast, frei zu sein, bedeutet jede Form von Unglück, dass du als Person versagt hast. Dann ist die Abwesenheit von Glück gleichbedeutend mit Schuld. Die Suche nach dem Glück führt irgendwie ins Unglück, das hat man bei uns beiden gesehen, zumindest bei mir.

Ich werde auf jeden Fall zu Ende studieren, ich werde versuchen, eine Lehrerstelle zu kriegen. Ich hätte gerne Kinder. Na ja, nicht sofort. Ich will versuchen, den Ball flach zu halten, verstehst du. Der Mensch, mit dem du zusammen bist, ist dir sowieso vom Zufall zugeführt worden, das ist weder viel besser noch viel schlechter als eine von diesen arrangierten Ehen, wie es sie in primitiven Gesellschaften immer noch gibt. Vielleicht habe ich nebenbei eine Geliebte – irgendwann. Und wenn meine Frau einen Geliebten hat, werde ich wegschauen. Ich will ruhiger werden und nicht mehr so einen Quatsch machen wie vor drei Wochen. Samstags gehe ich jedenfalls, sofern es sich einrichten lässt, zum Fußball. Klingt nach einem Leben, in dem es sich aushalten lässt.

Aber vielleicht rufst du ja doch noch an. Ich werd's auch weiter probieren. Es wird ganz bestimmt schön werden, es war doch eigentlich meistens schön. Konzert? Kino? Zoo? Egal. Oder wir schweigen zusammen. Aber egal, wie schön es ist, irgendetwas wird dir fehlen, oder?

Dein Tobias.

P.S. Vielleicht habe ich einfach nur eine große Neurose mit großen Gefühlen verwechselt.

5

Während dieser ganzen Zeit, ihrer guten Zeit, zweifelte Sam keinen einzigen Tag, keine Stunde und keine Sekunde daran, dass er und N. ein ideales Paar waren. Als sie heirateten, studierte N. noch, schwer zu sagen, was, sie wechselte mehrfach. Zum ersten Mal sah er sie bei einem Konzert im Audimax. Orgasmic Orchestra war zu der Zeit eine Größe in der Stadt. Sie bekamen das Audimax spielend voll, drei oder vier Plakate genügten. Ihre Musik bestand hauptsächlich aus harten Beats und langen, psychedelischen Gitarrensoli, hin und wieder brachte Sam mit einem Schlagzeugsolo ein bisschen Abwechslung hinein. Ihre Vorbilder hießen Jimi Hendrix, Led Zeppelin und Amon Düül II, Bands, deren Ruhm schon etwas verblasst war, Hendrix war sogar schon seit Jahren tot. Aber das Audimax kochte.

Orgasmic Orchestra bestanden aus drei deutschen Jungs, die recht gut waren, der sehr guten Sängerin Liza, die in Wirklichkeit Mechthild hieß und wegen der ausschweifenden Instrumentalsoli viel zu selten zum Zug kam, dazu aus Sam, dem zwei Meter großen Schlagzeuger, der als Musiker, wie er selbst wusste, nie über Mittelmaß hinauskommen würde, der aber bei den Leuten das beliebteste Mitglied der Birds war. Die anderen konzentrierten sich mit gesenkten Köpfen auf ihre Instrumente wie Uhrmacher, denen eine kleine, wichtige Sprungfeder verloren gegangen ist. Sam dagegen flirtete mit dem Publikum. Er lachte, wenn ein Ton mal danebenging, er sagte auch die Songs an, mit einem Akzent, der bestens ankam. Jedes Publikum ist anders, und Sam hatte ein absolutes Gespür dafür. Meistens stellte er erst kurz vor dem Konzert das Programm der Band zusammen, nachdem er sich die Leute im Saal kurz angeschaut hatte. Diesen Titel bringen wir, jenen Titel lassen wir heute besser weg. Beim Spielen schaute er selten nach unten.

So war sein Blick eines Abends auf N. gefallen, die etwas von einem Hippiemädchen hatte, wie er fand, weite, bunte Klamotten, lange Haare, auffälliger Schmuck, ein Mädchen, wie in Woodstock schockgefrostet und zehn Jahre später wieder aufgetaut. In der Pause ging er zu ihr. Sie war, wie sie erzählte, ein paar Jahre die Freundin von Doubek gewesen, dem Manager des Orgasmic Orchestra, falls man es so großspurig nennen konnte. Doubek erledigte den Papierkram und vereinbarte die Gigs und kassierte dafür zehn Prozent, oder mehr, bei Doubek blickte man nie durch. In der Band waren sich alle sicher, dass er sie betrog und bei nächster Gelegenheit gefeuert werden musste. Aber die Gelegenheit dazu kam irgendwie nie, weil Doubek unermüdlich ein Konzert nach dem anderen klarmachte, tüchtig war er schon.

N. jedenfalls studierte in Berlin. Als sie sich zwei Tage nach dem Konzert im Mensacafé trafen, erzählte sie ihm, ungefragt, dass sie immer noch gelegentlich mit Doubek schlief, obwohl die Sache vorbei sei und keine Perspektive habe, aber der Sex mit Doubek, dieser verdammten Ratte, sei relativ gut, und in Berlin gebe es zurzeit niemand. Zwei Wochen später zog Sam nach Berlin. Der Band erzählte er, dass er Musik studieren wollte.

Sie heirateten in Paris, die Hochzeitsnacht verbrachten sie

im Hotel Louis le Grand an den Champs-Élysées. Danach flogen sie für zwei Wochen nach Indien und gaben dort den letzten Rest ihrer Ersparnisse aus.

Die Hochzeit war eine romantische, verrückte Idee, der Vorschlag war, nach ein paar Joints, von N. gekommen. Am nächsten Tag wiederholte sie ihn. Sam war verblüfft und begeistert. Für ihn gab es keinen Zweifel daran, dass etwas Besseres als N. auf dem gesamten Planeten nicht zu bekommen war, schön, klug, witzig, anschmiegsam, alles perfekt, auch ein bisschen schräg. Sogar ein bisschen zerbrechlich hinter ihrer supertollen Fassade, wie er fand, also keine von diesen Streberinnen und Prinzessinnen und höheren Töchtern, die einem den letzten Nerv raubten, wirklich alles perfekt. Sie schliefen täglich mindestens dreimal miteinander, und sie nannte ihn Bärchen.

Seinen Eltern in New York erzählte er erst mal nichts von der Hochzeit. Er verstand sich nicht besonders mit ihnen, rief sie nur selten an und hatte keine Lust auf Diskussionen. Eine Deutsche, das hätte ihnen nicht gefallen. Deutsche waren für sie automatisch Nazis und Rassisten. N. erzählte er, dass seine Mutter schwer depressiv sei und dass er zu seinem Vater keinen Kontakt habe, zu gegebener Zeit konnte er das ja, falls nötig, zurechtrücken.

N. wollte möglichst schnell schwanger werden. Sie war wahnsinnig romantisch. Außerdem glaube sie, dass es für ihre spätere Karriere besser sei, die Kindersache zügig hinter sich zu bringen, sie wollte mindestens eines, besser zwei. Wenn sie Mitte dreißig wäre, würden ihre Kinder schon in der Schule sein. Sam hatte nichts dagegen. Er ließ das ganz entspannt auf sich zukommen.

Inzwischen hatte er eine neue Band gefunden, die Crudités rouges, die stilistisch auf Louisiana machten, aber nicht so gut im Geschäft waren wie Orgasmic Orchestra, viel Geld kam dabei nicht herum. N. schrieb Musikkritiken für ein paar Zeitungen und kellnerte manchmal am Wochenende. Sorgen hatten sie nicht, die Wohnungen in Berlin waren billig, alles war billig, und ihre Freunde, meistens Musiker, verdienten es genauso wenig wie sie.

Das wird schon werden, sagte sich Sam, Tag für Tag. N. war ehrgeiziger als er, früher oder später würde sie einen guten Job angeboten bekommen. N. machte jeden Monat einen Schwangerschaftstest, in manchen Monaten zweimal. Das ging Sam ein wenig auf die Nerven. Aber er sagte nichts. Ansonsten lief alles perfekt. Es war das Paradies.

In dieser ganzen Zeit, von Anfang an, war Sam sich darüber im Klaren, dass er N. betrog, auf eine gewissermaßen geistige Weise. Er wusste nicht, ob er wirklich auf Dauer so leben wollte, wie er jetzt lebte, zu zweit in einer Wohnung, später vielleicht mit Kindern, mit N., aus der bestimmt etwas werden würde, während er sich über seine eigene berufliche Zukunft wenig Illusionen machte. Daraus, dass N. und er ein perfektes Paar waren, wie Sam es empfand, folgte für ihn nicht das Gleiche wie für sie.

Dinge ändern sich. Er wollte sich nicht langfristig festlegen, trotzdem wollte er jetzt, heute, auch morgen, mit N. zusammen sein. Definitiv. Dazu waren eben ein paar Notlügen erforderlich. Auf ihre Frage »Willst du mit mir zusammenbleiben?« konnte er unmöglich antworten: »Im Moment auf jeden Fall.« Das hätte sie nicht akzeptiert. Sie wäre gegangen. Er hatte doch aber das Recht, sich mit den dazu geeigneten Waffen sein eigenes Glück zu erobern, ein Glück, das bis auf Weiteres aus N. bestand. Dieses Recht stand sogar in der amerikanischen Verfassung: *The pursuit of happiness.*

Am besten wäre es gewesen, solche Fragen gar nicht erst

zu stellen. Wenn N. kellnerte, ging er manchmal alleine aus. Das wusste sie, damit hatte sie kein Problem. Manchmal ging er ins Slumberland am Winterfeldplatz, wo er den Besuch auf praktische Weise mit dem Einkauf von Stoff kombinieren konnte. N. und er rauchten immer noch manchmal was, nicht exzessiv, auch eher mit abnehmender Tendenz. Der Sex war besser, wenn sie etwas geraucht hatten. An einem dieser Abende traf er zufällig Liza, eigentlich hieß sie ja Mechthild, die frühere Sängerin des Orgasmic Orchestra.

Liza war im Begriff, nach Berlin umzuziehen. »Mit den Birds ist nicht mehr viel los, seit du weg bist«, sagte Liza. Sie suchte was Neues. Am Ende des Abends begleitete er sie zu der WG, nur zwei Straßen weiter, in der sie vorübergehend untergekommen war.

Mit Liza hatte Sam einmal, obwohl es die Regel gibt, dass man innerhalb einer Band besser die Finger voneinander lässt, eine sehr kurze Affäre gehabt. Vierzehn heftige Tage, an die sich beide gerne erinnerten und an die sie jetzt wieder anknüpften.

Sam hatte das Gefühl, dass die Geschichte mit Liza seiner Ehe guttat. In den folgenden Monaten war er ruhiger, zufriedener, noch liebevoller zu N., er dachte nicht mehr so viel über die Zukunft nach und über Verpflichtungen, denen er sich nicht gewachsen fühlte. Im direkten Vergleich schnitt N. um so vieles besser ab als Liza, mit ihrem ständigen Gekicher, ihren Postern und ihren Stofftieren, dass er, wenn er wieder einmal an seiner Ehe zu zweifeln begann, sich nur eine Ehe mit Liza ausmalen musste, und sofort breitete sich tiefe Zufriedenheit in seinem Inneren aus.

Liza erzählte er, dass er sich von N. getrennt hatte. Das war so eine spontane Idee am ersten Abend gewesen, als er Liza unbedingt wollte. Er hätte ihr in diesem Augenblick Gott weiß was erzählt, um seine Chancen zu verbessern.

Die Trennung war wirklich eine große Dummheit, denn mit Liza hätte es wahrscheinlich sowieso geklappt, und wegen dieser Geschichte musste Sam sich nun hundert andere Geschichten ausdenken. Er sagte, dass er bei einem Freund wohnte, Elijah, einem anderen Musiker, der über eine dieser winzigen Berliner Kammern verfügte, in der er eigentlich nur seinen Wäschetrockner abstellte. Dort legte Sam eine Matratze ab. Das war jetzt also, in Lizas Augen, sein Zimmer. Es war so eng, so feucht und so dunkel, dass sie sich immer bei ihr trafen. Wenn sie ihn bei Elijah anrief, war er nie zu Hause, sondern immer unterwegs, was sie, wegen dieses hässlichen, im Grunde unzumutbaren Zimmers, nicht misstrauisch machte.

Elijah rief Sam zu Hause an, wenn Liza nach ihm suchte. Sam meldete sich dann meistens ziemlich schnell bei ihr. Zum Glück konnte sie nicht sehen, von wo aus er anrief, meistens war es die Telefonzelle bei ihm um die Ecke.

Liza fing bald an, nach einem besseren Zimmer für ihn zu suchen, oder sogar für sie beide. Sie fand auch ziemlich schnell etwas. Sam sagte, dass er sich erst einmal eine sichere finanzielle Grundlage schaffen wollte. Es hat doch absolut keinen Zweck, in ein schönes, teures Zimmer einzuziehen, wenn man nach ein paar Monaten wieder rausfliegt, weil man die Miete nicht zahlen kann. Liza fand es ungewöhnlich, aber auch irgendwie klasse, dass Sam so vorausschauend und vernünftig dachte. Er arbeitete, nach Lizas Version, als Aushilfswachmann bei der Firma Schering, was glaubwürdig klang, weil er zwei Jahre bei der Army gewesen war. Der Job war allerdings, wie er Liza erzählte, mies bezahlt. Er musste sich deshalb oft von Liza etwas leihen.

Das Zimmer ließ Elija sich bezahlen, das Ausgehen mit Liza kostete, so viel gab sein Etat nicht her, und von N. konnte er sich das Geld für das Zimmer unmöglich leihen, auch wenn sie es ihm vermutlich gegeben hätte. N. fragte eigentlich nicht groß, wenn er sich etwas lieh.

Die Scheringleute meldeten sich oft kurzfristig, auch abends, wenn einer der anderen Wachleute sich krankmeldete. Die machten in der Fabrik geheime Experimente, die forschten an Medikamenten, deshalb durfte man auf keinen Fall Freunde in die Fabrik mitbringen. Es war sogar geheim, in welcher Straße sich das Labor befand.

Eigentlich funktionierte das alles ganz gut. Sam musste nur aufpassen, dass er nichts durcheinanderbrachte, es war ungefähr so, als ob man mit zwei Schlagstöcken zwei verschiedene Rhythmen trommelt. Liza und er trafen sich ein- oder zweimal in der Woche, das reichte ihr völlig. Sie war viel auf Achse und kannte tausend Leute.

Sams größte Sorge bestand darin, dass Liza bei einem Konzert auftauchen könnte, bei dem auch N. anwesend war. N. war inzwischen häuslicher als früher und arbeitete gern abends; sie fand die neue Band nicht besonders gut und kam nicht oft zu Konzerten, und er hatte sowieso im Moment nur zwei oder drei Gigs im Monat. Statistisch gesehen war die Wahrscheinlichkeit einer Überschneidung also erst mal gering. Wenn N. zu einem Konzert mitkommen wollte, rief er Liza an und sagte ihr, dass er an diesem Abend nicht spielen konnte, weil er bei Schering antreten musste. Der Scheringjob sei ihm wichtig und so weiter. Tatsächlich musste er nur selten zu dieser Rettungsmaßnahme greifen. Trotzdem konnte natürlich eine Panne passieren. Dann würde er sich eben spontan etwas einfallen lassen. In der Hinsicht hatte er Vertrauen zu sich, wenn's drauf ankam, fiel ihm immer was ein.

Als N. einen größeren Auftrag an Land zog, sie sollte als Ghostwriterin die Biographie irgendeines wichtigen alten Sacks schreiben, fuhren sie von der ersten Rate vier Wochen nach Kalifornien. Liza erzählte er, dass er seine Eltern besuchen wollte. Kalifornien war ein einziges, langes Fest der Liebe, fast wie in ihrer allerersten Zeit. Natürlich hatte Sam manchmal ein schlechtes Gefühl, das ist doch selbstverständlich, andererseits, nahm er N. etwas weg, betrog er sie in dem Sinn, wie ein Scheckbetrüger es tut, der einem das Konto leer räumt, oder wie ein Falschspieler, der andere abzockt? Er nahm ihr nichts weg. Das Leben von N. hätte, wenn es Liza nicht gegeben hätte, kein bisschen anders ausgesehen. Er wäre nicht öfter mit ihr zusammen gewesen, er hätte nicht öfter mit ihr geschlafen, im Gegenteil. Er war, dank Liza, zufriedener und liebevoller, als er es ohne Liza hätte sein können, da war er sich sicher.

Abstrakt gesehen war sicher falsch, was er tat. Konkret betrachtet war es richtig, vor allem, wenn man *The pursuit of happyness* als ein legitimes Ziel akzeptierte.

Als sie zurückkamen, gleich am ersten Abend, als N. und Sam völlig fertig waren wegen der Zeitverschiebung, rief Elijah an. Sam sollte sich bei Liza melden, dringend. Sam ging Zigaretten holen und zur Telefonzelle. Er wunderte sich, weil er Liza ausdrücklich darum gebeten hatte, ihn nicht am Flughafen abzuholen und ihn in den ersten zwei, drei Tagen nach seiner Rückkehr in Ruhe zu lassen, damit er sich von seinen anstrengenden Eltern erholen konnte.

Liza sagte: »Ich bin schwanger.«

Sie klang weder erfreut noch vorwurfsvoll noch depressiv, auch nicht aufgeregt. Sie teilte ihm diese Tatsache in sachlichem, fast geschäftsmäßigem Ton mit, einer Tonlage, die er nicht von ihr kannte. Sam und N. verhüteten seit einer Ewigkeit nicht mehr, ohne dass sich je etwas tat. Sam war mit N. sogar beim Arzt gewesen, sie wollte unbedingt, dass er mitkam, damit er sie gegebenenfalls tröstete, falls sie keine Kinder kriegen könnte. Der Arzt hatte N. untersucht, da schien, zumindest auf den ersten Blick, alles okay zu sein, obwohl man Genaues erst nach längeren, komplizierten Tests feststellen konnte. Vielleicht lag es an Sam. N. wollte, dass er sich ebenfalls untersuchen ließ, das schob er seit Monaten vor sich her. Jedenfalls war er bei Liza ein bisschen nachlässig gewesen.

Liza fragte: »Und, freust du dich?«

Sam antwortete: »Klar. Super. Willst du's denn kriegen?«

Liza sagte: »Weißt du, ach, Sam, Alter, das hast du bestimmt schon ganz oft und von ganz vielen Frauen gehört, aber ich muss es dir einfach sagen, ja? Du bist ein Arschloch.«

Liza klang deswegen anders als üblich, weil sie eine Stinkwut hatte, die sie mühsam unterdrücken musste. Sie war in Berlin überhaupt noch nie beim Frauenarzt gewesen. Sie fragte deshalb eine Freundin. Diese Freundin hatte ihr irgendeinen Typ in Schöneberg empfohlen.

Sie geht also hin, der Arzt untersucht sie, sie bekommt das Ergebnis. Der Arzt fragt, ob sie sich freut, ob der Vater sich voraussichtlich ebenfalls freuen wird, der Typ ist nett, nimmt sich Zeit, sie plaudern ein paar Minuten. Sie holt, weil sie herausfinden will, wie er reagiert, ein Foto von Sam aus der Tasche und zeigt es ihm. Wenn der Typ auch nur den leisesten Anflug einer rassistischen Reaktion zeigt, will sie den Arzt gleich wieder wechseln.

Der Typ nimmt das Foto und schaut es sich gründlich an, dann legt er das Foto auf seinen Schreibtisch und sagt, dass ihm nicht ganz klar ist, ob er jetzt gegen die ärztliche Schweigepflicht verstößt, es sei ihm aber auch egal.

Es ist doch tatsächlich derselbe Arzt, bei dem Sam ein paar Wochen vorher mit N. gewesen war. Es ist rein zufällig der Arzt von N., und an Sam erinnert er sich natürlich. Erst schleicht er ein bisschen um den heißen Brei herum, will herausfinden, was sie weiß, und als ihm schließlich klar ist, dass sie von der Existenz der Ehefrau keine Ahnung hat, sagt er es ihr. Allerdings nennt er ihr nicht den Namen der Ehefrau, das solle sie doch bitte ihren Freund fragen, der kenne den Namen ganz bestimmt.

Sam stand in der Telefonzelle und hörte Liza zu.

»Also«, fragte Liza nach einer kurzen Pause und bekam fast wieder ihre alte Stimme, »was machen wir jetzt?«

In diesem Augenblick, in genau dieser Sekunde, so spürte er, endete der unbeschwerte und fröhliche Anfangsteil seines Lebens. Ein komplizierter, beschwerlicher Mittelteil begann.

6

Walther Goerlitz, der, wenn man eine Meinungsumfrage veranstaltet hätte, bedeutendste und beliebteste Mann, mit dem N. jemals zu tun haben würde, achtete darauf, dass er sich erst nach ihr auszog. Sie half ihm. Mit seinen Socken hatte Goerlitz in letzter Zeit ein bisschen Probleme, er kam da schlecht heran. Sie befanden sich in Goerlitz' Villa, nicht weit von München. Der Salon öffnete sich auf breiter Front zum See, im Kamin brannte ein Feuer, sie hatten Champagner getrunken.

Das Haus war, etwa zwanzig Jahre vor diesem Tag, von einer Innenarchitektin nach dem Geschmack der damaligen Zeit eingerichtet worden, aus einem Guss, perfekt. Doch inzwischen erinnerten die kühn geschwungenen Hellholzmöbel und die Glasvitrinen und der beige Teppich, auf dem sie lagen, an die Wiederholung eines alten Kriminalfilms im Fernsehen, nur, dass diese Filme in Schwarz-Weiß ausgestrahlt wurden. Die Goerlitzvilla war farbig.

Der einzige Stilbruch, den man Goerlitz hätte vorwerfen können, und zugleich das persönlichste Einrichtungsstück, bestand aus einem ausgestopften Karibu, einem Tier, das einem Elch ähnelte und das Goerlitz, etwa zu der Zeit, als er das Haus bauen ließ, bei einer Jagdreise in Kanada erlegt hatte. Das Karibu war groß, es machte die gewaltigen Ausmaße des Salons sinnlich spürbar, insofern besaß es durchaus eine über das Ornamentale hinausgehende Funktion. Goerlitz hatte schon oft darüber nachgedacht, das Tier abzuschaffen, aber wenn er Gäste hatte, war das Karibu fast immer ein willkommener Anknüpfungspunkt für Gespräche und Reiseanekdoten. Außerdem wirkte es inzwischen ein wenig selbstironisch, ein Eindruck, den er durch spöttische Bemerkungen über die wenigen Niederlagen in seiner an Siegen reichen Karriere zu verstärken suchte.

Aber er war kein ironischer Mensch. Er fühlte sich einsam und wusste es. Seine Frau, die dritte, lebte seit Langem in München, das Autofahren bereitete ihm Mühe, und die meisten Abende verbrachte er mit wachsender Verbitterung vor dem Fernseher, wo er zu später Stunde manchmal sich selber begegnete, dem jungen, strahlenden Goerlitz, wie er im Smoking, eine Zigarette mit Mundstück rauchend, in einem funkelnden Hotelfoyer einer inzwischen verstorbenen Kollegin in den Pelzmantel half, dem mittleren, etwas rundlicheren Goerlitz, wie er in einer Försteruniform, mit Pfeife, farbig, ein reizendes Geschöpf im Dirndl über den Vierwaldstätter See ruderte, oder dem späteren, wieder schlankeren Goerlitz, wie er für einen Jungfilmer, der inzwischen seinen Drogenexzessen erlegen war, seine Filmehefrau und ihren Liebhaber mit einem Schlachtermesser metzelte und dazu, blutbespritzt, aus dem Alten Testament rezitierte.

Manchmal betrachtete er sich, auch wenn er nicht spielte, von außen, mit den Augen eines Regisseurs. Er schlüpfte aus seinem Körper heraus, diese Gabe besaß er, überprüfte von außen seine Körperhaltung, seine Mimik, seine Bewegungen, und wenn er in solchen Momenten diesen inzwischen wieder mageren, nein, dürren Mann sah, der in einem karierten, zu großen Pyjama krumm und schief vor dem Fernseher saß, alte Filme sah und dazu Kekse aß, dann grauste es ihn, und er hätte beinahe geweint, aber das war nicht sein Stil.

Sein Gesicht war immer noch gut.

Aber da war nun N., dieser Abend verlief anders. N. verfasste Goerlitz' Memoiren. Er hatte sie, ohne jeden Hintergedanken, oder vielleicht nur mit einer ganz leisen, kaum spürbaren Hoffung, unter drei Autoren ausgewählt, die der Verlag ihm vorschlug. Sie war direkt, sie schmeichelte nicht und biederte sich nicht an, das mochte er. Sie wirkte gleichzeitig dünnhäutig, kritische Fragen mochte sie überhaupt nicht. Privat war sie sicher schwierig. Und sie hatte mit dieser Art von Arbeit keine Erfahrung. Aber auch das gefiel Walther Goerlitz, ein zartes, unbeschriebenes Blatt, das er mit den Erfahrungen, den Einsichten und den Abenteuern seines langen Lebens bedecken würde.

Einige Monate lang flog N. regelmäßig von Berlin nach München, am Flughafen nahm sie sich ein Taxi. Sie übergab Goerlitz die Seiten, die sie seit ihrem letzten Treffen verfasst hatte, er übergab ihr im Gegenzug die Seiten, die er beim letzten Mal bekommen hatte und die jetzt mit zahlreichen Durchstreichungen und Anmerkungen versehen waren, in einer zittrigen, schon ein wenig greisenhaften Schrift, für die Goerlitz sich schämte. Dann redeten sie drei oder vier Stunden lang. Goerlitz erzählte unsystematisch, wie es ihm gerade in den Kopf kam. N. versuchte, mit ihren Fragen Struktur, Chronologie und eine Bedeutungshierarchie in den ungeordneten Haufen von Erinnerungen zu bringen, der sein Leben war. Anschließend schauten sie sich meistens auf dem Videorekorder ein oder zwei alte Filme an, in denen er mitspielte. Gelegentlich stellte er den Ton ab und sprach den Text auswendig, sein Gedächtnis funktionierte noch. Zum Schluss nahmen sie im Living Room oder im Garten ein kleines Abendessen ein, das Goerlitz von dem Restaurant liefern ließ, dessen Dienste er auch immer für seine Gesellschaften in Anspruch nahm. Seit seine dritte Frau und er sich nur noch drei- oder viermal im Jahr sahen, waren die Gesellschaften selten geworden, er schaffte das nicht alleine, und seine Tochter konnte er, was Hilfe und Unterstützung betraf, vergessen. Heute gab es also, bei N. und ihm, einen weiteren, einen neuen Punkt in der Tagesordnung ihrer Begegnungen.

N. war ihm anders entgegengetreten als sonst. Sie wirkte nervös, während seiner Erzählungen stützte sie den Kopf auf ihre rechte Hand und drehte mit den Fingern ihre Haare zu Locken. Beim Abendessen stellte auch er hin und wieder Fragen, zum Teil aus Höflichkeit, zum Teil sogar aus echtem Interesse. Er wusste viel zu wenig über diese Generation und ihre Lebensweise. Zu seinem Erstaunen war N., trotz ihrer Jugend, verheiratet, mit einem ehemaligen Besatzungssoldaten, der sich als Musiker durchschlug. Obwohl N. es nicht erwähnte, vermutete Goerlitz, dass es sich um einen Neger handelte, ein Wort, das er selbstverständlich nur in seinen Gedanken verwendete.

An diesem Abend erzählte sie, dass er sie betrog, die andere sei sogar schwanger. Letzteres sei für sie ohnehin schmerzhaft, besonders schmerzhaft aber deshalb, weil sie sich selber mit diesem Mann ein Kind wünsche, das heißt, ganz sicher sei sie sich dieses Wunsches eigentlich nie gewesen. Aber sie habe zumindest glauben wollen, dass der Wunsch vorhanden sei. Mann, Frau, Kind, so geht das doch, sagte sie. Inzwischen glaubte sie, dass sie mit einem Kind von diesem charakterlich, wie ihr seit Langem klar sei, labilen Mann der ganzen Welt und speziell ihren Eltern etwas beweisen wollte. Das Kind wäre, so absurd es klingt, eine Art

Unabhängigkeitserklärung und ein Akt der Rebellion gewesen, einer Rebellion, die ihr jetzt kindisch und unreif vorkomme. Sie habe den Mann nur benutzt. Sie habe ihn nicht als den gesehen, der er sei, sondern habe sich ein Wunschbild gemalt. Trotzdem sei er liebenswert. Sehr wahrscheinlich werde sie ihm verzeihen und versuchen, ihre Ehe neu zu gründen, realistischer und ehrlicher. Der Mann habe geschworen, die Mutter des Kindes, mit der er eine kurze, unbedeutende Affäre hatte, nur in Zusammenhang mit seinen Vaterpflichten wiederzusehen, um das Kind wolle er sich natürlich kümmern.

N. redete lange. Goerlitz nickte, fragte nach, schaute. Er konnte, schon immer, über fast jede zeitliche Distanz den Eindruck mitfühlenden und konzentrierten Zuhörens erwecken, auch dann, wenn er seine Ohren auf Durchzug stellte. Nicht das Reden, das Zuhören war bei Frauen wichtig. Der Mann dieser bezaubernden Elfe schien jedenfalls ein klassischer Bruder Leichtfuß zu sein. Das musste nichts mit seiner Rasse zu tun haben, Goerlitz hatte, soweit er wusste, keine Vorurteile. Musiker waren eben so, Musiker ließen nichts aus.

Sie habe den Mann benutzt, aha. Gewiss, Menschen benutzten einander. An der jungen Generation, falls N. eine typische Vertreterin dieser Generation war, fiel ihm ihre Weltfremdheit auf. Sie staunten wie Kinder über die einfachsten Tatsachen des zwischenmenschlichen Zusammenseins, und dann glaubten sie auch noch, diese Tatsachen, die sie nur andeutungsweise begriffen, durch psychologisches Gerede verändern zu können. Wie der Abend weitergehen würde, war Goerlitz einigermaßen klar. Er fühlte sich der Sache nicht gewachsen, auch nicht dem unvermeidlichen Vergleich mit dem Ehemann, aber genau dieses Gefühl kannte er von der Bühne. Vorhang auf, hinausgehen, dann wird es schon.

Als Goerlitz sich, von N. unterstützt, auf dem beigen Teppichboden des Living Rooms entkleidet hatte, stimulierte er sie zunächst ein wenig, so war er es gewohnt. Nein, das stimmte nicht ganz. Das letzte Mal war bei ihm schon eine ganze Weile her, ein oder zwei Jahre, damals zeigte ein nicht ganz unwichtiges Filmfestival eine Walther-Goerlitz-Retrospektive, das war ehrenvoll und inspirierend gewesen. Auf dem Nachhauseweg war er in einer mittelgroßen Stadt aus dem Zug gestiegen. Er fühlte sich optimistisch und stark und traf sich mit, nun ja, einer Professionellen, die ihm einer seiner Freunde als diskret und niveauvoll empfohlen hatte, genauer gesagt, er hatte von ihr erzählt und dabei den Namen der Stadt und den Namen erwähnt, unter dem sie im Telefonbuch zu finden war. Die junge Frau war wirklich sehr freundlich, taktvoll und gebildet. Sie bat ihn, sich hinzulegen und alles Weitere ihr zu überlassen, ungefähr wie bei einer Massage.

Goerlitz trat während dieser Prozedur aus sich heraus und sah mit seinem Regisseursblick einen zahnlosen, kahlköpfigen Säugling mit faltiger, rotfleckiger Haut, der mit breitem Lächeln auf dem Rücken liegt und von zarten Händen gewickelt wird, er seufzte, schlüpfte wieder in sich hinein und überließ sich seinen Erinnerungen. Anschließend tranken sie Tee und plauderten über ihre Berufe, die ihnen erstaunlich verwandt vorkamen. Auf der Theaterbühne spielte man ebenfalls an jedem Abend die gleiche, nicht selten intime Szene und hatte es jedes Mal mit einem anderen Publikum und einer anderen Tagesform zu tun. Routine und Ehrgeiz, künstlerisches Selbstbewusstsein und künstlerische Demut mussten sich, wie Goerlitz fand, in einem

Gleichgewicht befinden, damit es eine optimale Vorstellung wurde.

Die Frau erzählte, dass sie sich allzu bizarren oder gar demütigenden Kundenwünschen widersetzte, weil sie sich das, in ihrer inzwischen herausgehobenen Position, erlauben konnte. Goerlitz erwiderte, dass er es mit den Wünschen der Regisseure immer genauso gehalten habe.

Walther Goerlitz glaubte sagen zu dürfen, dass die Frau und er beinahe als Freunde voneinander geschieden waren. Am nächsten Tag sandte er der Dame Blumen. Er dachte sogar, in einer romantischen Aufwallung, kurz darüber nach, ihr eine Autogrammkarte mit ein paar persönlichen Worten und dem Wunsch nach einem Wiedersehen zukommen zu lassen, sah dann aber doch davon ab.

Nun mühte er sich mit N., obwohl ihm sein Rücken wehtat und obwohl die Lust, die ihn bei ihren ersten vorsichtigen Berührungen angeweht hatte wie der schwache Windhauch vor einem Gewitter, längst wieder gegangen war, das Gewitter kam nicht. Goerlitz sah seine Hand, weiße Haut, die von einem Delta aus dicken blauen Adern und braunfleckigen Inseln bedeckt war, diese Hand, mit der er, nicht einmal ungeschickt, N. streichelte, und mehr als alles andere nahm ihm der Anblick seiner eigenen Hand jegliche Freude an dem, was er tat. N. wandte sich ihm zu, versuchte, ihn zu stimulieren, da war ein Enthusiasmus bei ihr, eine Hingabe, eine Begeisterung, ein Selbstvertrauen, das Goerlitz rührte. Während er ihr zuschaute, wünschte er ihr Erfolg, von ganzem Herzen, er drückte ihr die Daumen, am liebsten hätte er ihr, toi, toi, toi, über die Schulter gespuckt. So viel Engagement musste doch belohnt werden. Er kam sich vor wie ein undankbares Provinztheaterpublikum, das ein künstlerisch anspruchsvolles Gastspiel nicht zu schätzen weiß.

Sein Blick fiel auf das Karibu. Er dachte an die Weite des kanadischen Nordens, Wälder und Seen, ein Blick aus dem Flugzeug, er sah sich auf Schneeschuhen, wie er sich mit dem Eskimo, der ihn begleitete, an die Herde heranpirschte. Es dämmerte, frühester Morgen, das Eis knackte und übertönte das Geräusch ihres Atems. Goerlitz hob das Gewehr, er trug Fingerhandschuhe, er sah seine Hände, die ihm fremd vorkamen, und seinen Zeigefinger, der sich vorsichtig krümmte. Das Karibu, das er sich ausgesucht hatte, bemerkte etwas, es hob den Kopf, ihre Augen trafen sich, sie schauten sich an. Goerlitz zögerte, die Herde wurde unruhig, einige Tiere schüttelten sich, als wollten sie einen bösen Traum verjagen. Am Rand der Herde flohen die Ersten, aber das Karibu und er schauten sich immer noch an, für einen Sekundenbruchteil wollte Goerlitz aufstehen und auf das Karibu zugehen, es wäre nicht weggelaufen, da war er sich sicher. Stattdessen schoss er. Während die Herde in Panik davonrannte, stand das Karibu noch einen Augenblick aufrecht, ganz allein, mit offenen Augen, dann brach es zusammen.

Walther Goerlitz, der aus sich herausgetreten war und nicht mehr hätte sagen können, mit wem und aus welchem Grund er sich gerade wo aufhielt, entspannte sich, jetzt, drei Wochen vor seinem sechsundachtzigsten Geburtstag, entspannte er sich zum letzten Mal auf diese Weise. Er würde das nie wieder versuchen.

7

»Die Probleme, die viele Frauen haben«, sagte Leo, »hängen mit dem Verhältnis zu ihrem Vater zusammen. Kein Mann wird sie jemals so bedingungslos lieben wie ihr Vater. Das heißt natürlich nicht, dass diese Frauen ein unproblematisches Verhältnis zu ihren Vätern hätten, im Gegenteil. Auf der einen Seite wollen sie loskommen von dieser übermächtigen, einengenden Figur. Auf der anderen Seite ist da so ein Hunger nach der totalen Verschmelzung, danach, vergöttert und auf Händen getragen zu werden, nach jemandem, der ständig bedingungslos für sie da ist. Das sind die Prinzessinnen. Bei einer Prinzessin hast du keine Chance, das wird nie gut gehen. Als Erstes checkst du am besten ab, ob sie eine Prinzessin ist.«

Sie saßen in einem Biergarten, in der Loretta. Leo redete und redete. Doubek hörte meistens zu.

Es war schon seltsam, dass sie miteinander befreundet waren. Doubeks Taxizeiten lagen inzwischen ein Weilchen zurück, inzwischen hatte er zwei Bars, die gut liefen, und einen Cateringservice. Außerdem war er immer noch ein bisschen politisch aktiv. Leos Firma hatte in einer seiner Bars ihr Weihnachtsfest gefeiert, dabei war ihnen aufgefallen, dass sie sich sympathisch fanden. Doubek war vor Jahren mit N. zusammen gewesen, sogar relativ lange, zwei Jahre, und

Leo bis vor Kurzem, ebenfalls für beinahe zwei Jahre. Er war noch nicht darüber hinweg.

Diese Gemeinsamkeit, eine Art Bruderschaft doch wohl, hatten sie erst vor ein paar Wochen entdeckt, obwohl sie sich seit einem halben Jahr regelmäßig trafen und zusammen tranken und Leo ihm hin und wieder, wenn auch sehr allgemein, über die Schwierigkeiten mit seiner Freundin berichtet hatte. Den Namen erwähnte er nie, und Doubek fragte nicht, wozu auch.

»Die Prinzessin«, sagte Leo, »will gleichzeitig Nähe und Distanz. Klar, das geht nicht. Sie sucht jemanden, der alles für sie tut und nichts zurückhaben will. Sie sucht einen, der ihr alles verzeiht, umgekehrt verzeiht sie dir nichts. Im Verhältnis zwischen Eltern und Kindern ist das ja tatsächlich so. Zwischen Erwachsenen kann es nicht funktionieren.«

Doubek nahm sein Glas, drehte es in der Hand und nahm einen Schluck. Inzwischen war N. offiziell geschieden. Sam, der Vollidiot, hatte Liza ein zweites Kind gemacht und lebte inzwischen irgendwo in Kalifornien, wo genau, wussten weder N. noch Liza, alle Achtung, diese Nerven muss einer erst mal haben.

»Das Prinzessinnensyndrom«, sagte Leo, »so heißt in Wirklichkeit das Gegenstück zum Ödipuskomplex. Freuds Idee vom weiblichen Penisneid war natürlich Humbug. Die Väter haben ja auch im 19. Jahrhundert eine viel distanziertere Rolle gespielt als heute. Ungefähr seit den fünfziger Jahren gibt es die wachsende Nähe des Vaters zu seinen Kindern. Deswegen nimmt der Ödipuskomplex, falls es den überhaupt jemals gegeben hat, in seiner Bedeutung ab, weil die Bedingung für den Ödipuskomplex, glaube ich jedenfalls, ein distanzierter Vater ist, den man als Junge hassen und beneiden kann. Während das Prinzessinnensyndrom bei Mädchen durch einen allzu nahen, allzu liebenden Vater entsteht, wie er als Massenerscheinung erst in der jüngsten Zeit auftritt. Habe ich mir alles ausgedacht.«

Doubek legte ihm die linke Hand auf den Arm, mit der rechten Hand deutete er auf den Kellner.

»Klar«, sagte Leo. »Noch mal dasselbe. Ich finde meine Idee faszinierend, weil man in den Medien und in der populären Literatur relativ oft über das Verhältnis der Männer zu ihren Müttern nachdenkt. Müttersöhnchen, italienische Mama, die jüdische Mutter. Jeder weiß, da gibt es Prägungen, die Auswirkungen auf das Bindungsverhalten haben. Über Väter und Töchter liest man selten was. Ich sage dir, wenn du Schwierigkeiten mit einer Frau hast, liegt der Schlüssel oft in ihrem Verhältnis zum Vater. Etwas anderes kommt dazu. Auf dem Partnermarkt herrscht das Gesetz von Angebot und Nachfrage. Du willst als Käufer für dein Kapital den bestmöglichen Gegenwert. Eine Partnerschaft ist die schwierigste Anschaffung überhaupt. Das definiert dich total, als Person, in den Augen der anderen. Du kannst aus Ironie oder Understatement ein billiges Schrottauto fahren. Bei der Partnerwahl geht das nicht. Eine gut aussehende, intelligente Frau auf Partnersuche ist also in der gleichen Position wie jemand, der zwanzig Millionen hat und sich dafür ein Haus kaufen will. Im Grunde kann sie, da sind wir uns sicher einig, fast jeden Typen haben. Aber das macht es nicht einfacher, sondern schwieriger. Perfekt ist niemand. Du hast also zwanzig Millionen und sollst dich mit was Unperfektem abfinden?«

Doubek versuchte, etwas zu sagen. Aber wenn Leo so in Fahrt war wie heute, bekam man bei ihm keinen Fuß in die Tür.

»Ich weiß, was du sagen willst, klar, die Frau selber ist

auch nicht perfekt. Aber das sieht sie eben nicht. Das ist ihr nicht klar. Ich behaupte, wenn eine Frau einem Mann das Gefühl vermittelt, du bist es, dich will ich, die Suche ist beendet, dann bleibt er sehr wahrscheinlich auch bei ihr, sofern die übrigen Rahmenbedingungen halbwegs stimmen. So einen ständigen Konkurrenzstress will man im Privatleben nicht haben. Der Job ist hart genug. Und genau das war ein Riesenproblem zwischen N. und mir. Sie hat zum Beispiel Typen gedatet, wir reden hier nicht über berufliche Verabredungen oder alte Freunde, wobei ich die klassische Frage, ob Freundschaft zwischen Männern und Frauen überhaupt möglich ist, mal ausklammere. Sie hat sich mit Männern verabredet, weil sie die interessant gefunden hat. Sie wollte die einfach kennenlernen. Und wir wissen doch beide, wofür die Formulierung ›einen Mann interessant finden‹ steht. Ob sie mit den anderen Männern was hatte, weiß ich nicht. Das ist auch nicht die Frage. Wenn sie neben mir noch einen zweiten Geliebten braucht, meinetwegen, soll sie, solange sie es diskret durchzieht und mir, wenn wir zusammen sind, nicht das Gefühl gibt, dass ich nur die zweite Garnitur bin. Aber eine Frau, die mit mir zusammen ist, richtig zusammen, muss sich nicht zweimal in der Woche aus sogenanntem Interesse mit anderen Männern treffen. Wer bin ich denn? Ich bin nicht der Angebertyp, aber ich verdiene Fünfhunderttausend im Jahr, Doubek, mindestens, das muss man sich mal vorstellen. Wenn sie mich nicht interessant genug findet, soll sie sehen, wo sie bleibt und wer ihr ein Kind macht.«

So war Leo noch nie in Fahrt gewesen, seit Doubek ihn kannte. Er versuchte wieder, etwas zu sagen, aber Leo wischte seine Wortmeldung mit einer Handbewegung beiseite.

»Moment, ich bin noch nicht fertig, behalt das im Kopf, was du gerade erzählen wolltest. Das ist eben alles total widersprüchlich. Ich habe ihr in unserem Trennungsgespräch geraten, Geliebte zu werden. Werd die Dauergeliebte von einem reichen, verheirateten Sack, der möglichst weit weg wohnt, Prinzessin. Fick alle vierzehn Tage mit ihm in einem schönen Hotel mit Pool und Sauna oder in seinem Wochenendhaus. Er kümmert sich übrigens ganz vorbildlich um die Verhütung, denn blöd ist er nicht. Triff in der restlichen Zeit alle interessanten Männer, die dir einfallen, so lange, bis dir die interessanten Männer zum Hals raushängen. Und warte darauf, dass er keinen mehr hochkriegt oder dass du ihm langweilig wirst oder auf seinen Tod, je nachdem, was früher eintrifft. Du kannst die Lebensphase, in der man bei den Eltern frisch ausgezogen ist, in einer Zweizimmerwohnung auf dem Boden vorm Fernseher liegt, von einer Familie träumt und wahnsinnig interessante Männer trifft, ausdehnen bis zum achtzigsten Geburtstag, Prinzessin. Sozial auffällig wirst du nicht auf diese Weise, denn du hast dabei ja immer deinen Beruf, so, wie Humphrey Bogart und Ingrid Bergman in *Casablanca* eben immer Paris haben. Aber ich verrate dir ein böses kleines Geheimnis, egal, wie lange du wartest, dein Papi wird niemals vorbeikommen.«

Es war ziemlich heiß. Leo setzte seine Sonnenbrille ab und krempelte zerstreut die Ärmel hoch. Er sprach immer lauter.

»Das ist ein Tropenleben, das auf dich wartet, habe ich ihr gesagt. Immer in etwa die gleiche Temperatur, keine Jahreszeiten. Nur Regenzeit und Trockenzeit. Und glaub nicht, dass dein alter Sack, dessen Geliebte du bald sein wirst, oder vielleicht ist er sogar jung und schön, jedenfalls ist er eindrucksvoll und bringt deine Eitelkeit zum Vibrieren, glaub nicht, dass er weniger als drei andere Geliebte hat, denn bei uns hier oben herrscht Vielweiberei. Auch wenn du's nicht merken willst, Prinzessin. Jeder, so viel er kann. Das Angebot übersteigt die Nachfrage, die Rohstoffpreise sind im Keller. Ich bin ihr aber immer treu gewesen, verstehst du.«

Leo trank aus seinem Glas.

»Sie sagt, dass sie bei Männern kein Glück hat, weil sie den Männern Angst macht. Eine beruflich erfolgreiche, selbstständige, intelligente, gut aussehende Frau, das wollten die Männer eben nicht. Darauf sind wir nicht programmiert, sagt sie. Das löst bei uns Konkurrenzangst und Beißreflexe aus. So erfolgreich ist sie doch gar nicht. Was denkt sie denn. Für diese Musiksendung, die sie seit ein paar Monaten im Dritten Programm macht, kriegt sie jedenfalls bestimmt nicht den Adolf-Grimme-Preis. Das kann ich dir versprechen. Und es hängt nicht etwa damit zusammen, dass ich irgendwelche Strippen ziehe. Ich räche mich nicht, o nein.«

Pause. Dann wieder Leo:

»Glaubst du etwa, sie hätte diesen Moderationsjob gekriegt, wenn sie ein Mann wäre?«

Leo suchte hektisch in seiner Jackentasche. Doubek bot ihm aus einer bereits geöffneten Schachtel ein Zigarillo an. Leo nahm es. Doubek gab ihm Feuer.

»Klar, ich bin verbittert. Ich bin verletzt. Diese Drohungen, die ich ausgestoßen habe. Ohne mich wirst du unglücklich! Sie war vor mir unglücklich, sie war während unserer Zeit unglücklich, und sie wird in Zukunft unglücklich sein. Ich habe nichts damit zu tun. Ich kann ihr nicht helfen. Gott helfe ihr.«

Doubek legte ihm die Hand auf der Arm. Er sagte etwas, ohne zu wissen, was. Das hier wurde ihm allmählich peinlich, wenn Leo nicht langsam wieder runterkam, würde er sich verabschieden.

»Stimmt«, sagte Leo. »Wenn es Regeln gibt, ist das Leben einfacher. Freiheit macht es kompliziert. Du musst entscheiden. Du bist immer an allem selber schuld, verfluchte Scheiße, dein ganzes Leben ist ganz allein deine Schuld. Und wenn es gut läuft, denkst du immer, ich habe nicht das Maximum erreicht, es muss mehr drin sein. Man muss realistische Gewinnerwartungen haben, verstehst du. Man darf sich nicht verzocken. Das vernünftigste Kriterium, was Frauen betrifft, geht so. Würde die Frau dich pflegen, wenn du Krebs hast? Würde die Frau bei dir bleiben, wenn beruflich bei dir alles den Bach runtergeht? Wenn du diese beiden Fragen bejahen kannst, dann ist es, falls die anderen Parameter halbwegs stimmen, die richtige Frau.«

Doubek stellte die naheliegende Frage.

»Sie hat Nein gesagt«, antwortete Leo. »Sie hat gesagt, wenn ich kein Geld mehr hätte, wär's okay. Krebs findet sie eklig. Das kann ich nicht machen, Bärchen. Nimm dir eine Krankenschwester. Immerhin, da gehört Schneid dazu, jemandem so etwas ehrlich ins Gesicht zu sagen. Ich war auch eher verblüfft als verärgert. Normalerweise lügt man doch. Was ist dein Frauentyp, Doubek? Oder hast du keinen?«

Diese Frage hatte Doubek sich noch nie gestellt. Was sich ergab, das ergab sich.

»Jeder hat doch irgendwelche Kriterien, Mann. Was geht. Was geht vielleicht. Was geht gar nicht. Du brauchst zwei, drei klare Kriterien. Was den Rest betrifft, musst du flexibel sein. Ich stehe auf intelligente Frauen mit langen Beinen. Das ist halt so, das brauch ich, das törnt mich an. Genau diese Kombination. Wenn eine Frau sagt, ein attraktiver Mann muss für mich soundso groß sein, oder er darf keinen Bart haben, dann ist das gesellschaftlich akzeptiert, das darf die, aber wenn ich zu so einem Frauenkränzchen sage, meine sehr geehrten Damen, die Beine sind mir beim zwischenmenschlichen Miteinander schon relativ wichtig, dann bin ich sofort ein Sexist und was noch alles. Falls es dumme Frauen sind. Zum Glück stehe ich auf intelligente.«

Doubek sagte: »Das sind halt die achtziger Jahre, Leo.«

»Ja. Das dritte und wichtigste Kriterium, sie darf nicht neurotisch sein. Sie muss normal sein, verstehst du. Wenn sie einen Knacks haben, wofür sie natürlich nicht das Geringste können, versteh mich richtig, das meine ich nicht vorwurfsvoll oder wertend, sondern durchaus mitfühlend, wenn sie also einen Knacks haben, dann kannst du sie nicht heilen. Vergiss es. Zumal sie selber sich immer für normal halten. Sie rufen dich morgens um drei an, um mit dir über irgendeine Laus zu reden, die ihnen über ihr Leberchen gelaufen ist, das finden sie normal. Finger weg von den Langzeitsingles. Diese Massen von attraktiven, einsamen Dreißig- und Vierzigjährigen, die da draußen herumrennen, die kannst du alle vergessen. Nach spätestens vierzehn Tagen weißt du nämlich, warum sie allein sind, und der Ausstieg ist immer schwierig. Es ist meistens mit viel Arbeit verbunden, die wieder loszuwerden. Halt dich an die Verheirateten, Doubek. Geh an die Geschiedenen ran, an die frisch Getrennten, die wissen ungefähr, wie es geht. Ich sage dir eins. Wenn ich morgen eine Frau treffe, die nicht neurotisch ist und intelligent und so weiter, dann mache ich ihr sofort einen Heiratsantrag. Das schwöre ich. Das ist der Hauptgewinn. Ich nehme die Erste, die kommt. Ich werde sagen, hallo, ich heiße Leo Röhricht, ich bin dreiundvierzig, geschieden, zwei Kinder, Produzent, ich besitze drei Immobilien und zwei Millionen Vermögen noch dazu, ich bin bindungswillig und bindungsfähig, ich habe eine schwierige Geschichte hinter mir, aber keine Sorge, ich bin keine Beziehungsruine. Hiermit biete ich Ihnen ein schönes, sorgenfreies, unkompliziertes Leben an. Sie bekommen alles, was Sie möchten und was ich bezahlen kann, Kinder, kein Problem, und ich verlange nicht viel, das garantiere ich. Aber das wird nicht passieren. Solche Frauen gibt es nicht auf dem freien Markt. Zahlen wir?«

Doubek hatte nichts dagegen. »Erzählen heißt verstehen«, sagte Doubek, »kennst du den Spruch? Stimmt natürlich nicht immer.«

»Eines noch«, antwortete Röhricht. »Nicht, dass du denkst, ich will ihr die ganze Schuld in die Schuhe schieben. Ich bin kein einfacher Typ, das weiß ich. Die einfachen Typen sind aber auch meistens ein bisschen langweilig.«

Im Weggehen sagte Röhricht: »Der letzte Sex mit einer Frau ist immer besser als der erste. Wenn du weißt, es ist wahrscheinlich das letzte Mal, bist du total egoistisch und nimmst keine Rücksichten, du willst es dir einfach noch mal holen. Gleichzeitig schwebt ein endzeitliches Pathos über der Szene, eine melancholische Zärtlichkeit, den Frauen gefällt das auch. Beim Sex ist ein gewisses Quantum an Egoismus eigentlich gut. Diese Siebziger-Jahre-Scheiße, komm, lass uns gemeinsam bis zum Morgengrauen den G-Punkt suchen, das kannst du alles komplett vergessen. Die Zeiten haben sich geändert, mein Freund.«

8

Sobald N. gegangen war, widmete sich Vollmann immer der Spurenbeseitigung. Er spülte die beiden Gläser, untersuchte sorgfältig das Bett auf verräterische Flecken, die er gegebenenfalls mit einer dünnen Seifenlauge behandelte, anschließend saugte er das Bettlaken, wegen der Haare. Selbstverständlich schaute er auch unter das Bett. Unter dem Bett zu saugen, hielt er für keine gute Idee. Es frisch zu beziehen, wäre ebenfalls zu verdächtig gewesen. Danach nahm er sich die Dusche vor. Das Handtuch, das N. benutzt hatte, ließ er trocknen, legte es zusammen und tat es zurück in den Stapel der frischen Handtücher, ziemlich weit unten. Ungefähr an dieser Stelle hatte es seiner Erinnerung nach auch vorher gelegen.

Am Kühlschrank kontrollierte er, anhand einer vorbereiteten Liste, ob etwas fehlte, das ersetzt werden musste. Oft nahm sich N. im Laufe des Abends einen von den Joghurts, die Monika im Sechserpack anschaffte und die in ihrem gemeinsamen Haushalt nur von ihr gegessen wurden. Vollmann kaufte dann einen neuen Sechserpack und entfernte genau die Zahl an Packungen, die vorher gefehlt hatte. Zuletzt ging er einmal mit prüfendem Blick durch die gesamte Wohnung. N. ließ oft etwas liegen. Er hatte sie im Verdacht, dass sie es absichtlich tat, um eine Art Duftmarke oder eine

Reviermarkierung zu hinterlassen. Er war sich darüber im Klaren, dass dieser Verdacht sehr wahrscheinlich ungerecht war. Das war eine männliche Sichtweise, vermutlich.

Schwierig war es mit den kleinen Geschenken, die N. ihm machte – ein buntes Glas, in das man Teelichter stellen konnte, ein hellblauer Teddybär, ein Bratenthermometer, etliche Flaschen Wein, Kassetten mit Musik, die sie für ihn aufgenommen hatte, furchtbares Zeug, wie Vollmann fand, ein selbst gestrickter Schal. Und die Briefe, natürlich. Vollmann wickelte diese Dinge, bis auf den Wein, den er zu seinen Vorräten in der Kammer stellte, in Plastiktüten und brachte sie in den Keller, den er sich als einen Bastelraum eingerichtet hatte, obwohl er so gut wie nie bastelte und nicht einmal das Wort ausstehen konnte. Der Bastelraum war eine Idee von Monika gewesen. In einer Ecke des Bastelraums befand sich eine Holzkiste, die einmal zwölf Flaschen Mouton Rothschild enthalten hatte. In diese Kiste tat er die in Tüten gewickelten Geschenke und die Briefe hinein, anschließend bedeckte er sie mit einer Schicht alter Bücher aus seiner Studentenzeit, die er aussortiert hatte und wegzuwerfen nicht über sich brachte.

Das alles war nicht schön, das wusste er. Es war, für sämtliche Beteiligten, nicht ideal. Aber anders ließen sich diese Dinge eben nicht handhaben.

Seit Monika Vollmann als Bauingenieurin in Westdeutschland arbeitete, sahen sie einander fast nur noch am Wochenende, ihrer Ehe, fand Vollmann, tat das ganz gut. An den Wochenenden hatten sie einander viel zu erzählen und konnten sich ganz aufeinander konzentrieren, gemeinsames Theater, Kino, Essen, der öde, zermürbende Alltag fiel weg. Andreas, ihr Sohn, studierte in den USA, demnächst wollten sie da mal hinfahren.

Sie befanden sich in einer Lebensphase, auf die sie sich seit Langem gefreut hatten. Der Junge groß und flügge, genug Geld war da, genug Zeit, und sie waren noch jung genug für alles Mögliche, nicht einmal fünfzig.

Vollmann verstand natürlich, dass Monika es beruflich noch einmal wissen wollte. Sie hatte spät studiert, dieses für eine Frau doch einigermaßen ungewöhnliche Fach. Da änderten sich die Zeiten, gewiss, aber eben nur nach und nach. Das war jetzt endlich eine verantwortliche Position und kein Handlangerjob. Das Bauingenieurswesen war ein weites Feld, im Grunde alles, was mit der Berechnung und der Sicherheit von Bauwerken zu tun hat. Im Augenblick fand da eine kleine Revolution statt, weil neuerdings mit Computern gearbeitet wurde und weil Umweltschutz und Lärmschutz wichtiger wurden. Monikas Spezialgebiet hieß Tunnel- und Stollenbau, sehr zukunftsträchtig, und zwar ausgerechnet deshalb, weil kein vernünftiger Mensch mehr am Bau von Tunneln und Stollen interessiert war. Wenn ein Bergwerk aufgegeben wurde, mussten alle möglichen Berechnungen angestellt werden, um dauerhaft verhindern zu können, dass der Tunnel einstürzte oder dass Wasser eindrang. Manchmal aber war es genau umgekehrt, es war notwendig, den Stollen zu fluten, das hing eben ganz von den Umständen ab. Der Fachbegriff für dieses ganze Zeug lautete »Verwahrung von tagesnahen Hohlräumen«. Vollmann fand das interessant. Da gab es also, im Ruhrgebiet und anderswo, eine unterirdische Welt, die, möglichst für alle Ewigkeit, vor dem Zusammenbruch gerettet werden musste, obwohl sie nicht mehr gebraucht wurde.

Die Sache mit N. lief seit ungefähr zwei Jahren. Sie hatten sich in Vollmanns Praxis kennengelernt, N. war beim Waldlauf über eine Wurzel gestolpert, Knöchelfraktur. Vollmanns erster Fehltritt war das nicht, aber der erste mit einer Patientin, obwohl es da weiß Gott genug Gelegenheiten gab, und der erste, bei dem sich eine gewisse Stetigkeit und eine Verfestigung herausbildete. In den übrigen Fällen hatte er sich sehr schnell wieder zurückgezogen, an Komplikationen, Knötchenbildung und Ausaperungen bestand seinerseits kein Bedarf.

Er hielt sich für einen durchschnittlichen Gatten, weder nahm er jede Chance wahr, noch war er ein Heiliger. Anders ging es doch auch überhaupt nicht. Wer an die Dinge des Lebens nicht mit einem gewissen Quantum an Realismus herangeht, kann einem nur leidtun, da helfen wohl nur Antidepressiva. Nicht schön, das alles, aber der Mensch, sagte sich Vollmann, ist nicht auf seelisch-moralische Schönheit hin konstruiert, sondern er ist aufs Überleben der Gattung programmiert, mit allen hormonellen Konsequenzen, die so etwas mit sich bringt.

Er wünschte, er könnte mit Monika darüber reden, ganz ruhig. Das wünschte er wirklich. Oder vielleicht nicht einmal reden, sondern diese Sache ganz einfach, beiderseitig und ohne Gerede, akzeptieren, wie man auch eine gelegentliche Influenza am besten einfach akzeptiert, alles andere ist doch Blödsinn. Er litt, wenn er litt, dann unter dem Zwang, eine Person, die er schätzte, die er respektierte und mit der er gerne den Rest seines Lebens verbringen wollte, anlügen zu müssen. Er hatte deswegen ein schlechtes Gewissen, das ja. Aber er fühlte sich nicht schuldig, das nein.

Ein Teil seines Lebens, so würde er das Monika am liebsten erklären, war in einem tagesnahen Hohlraum verwahrt.

Mit N. war es denn doch ein wenig anders, insofern, als er das Zusammensein mit N. in einer Weise genoss, die ihm vorher unbekannt gewesen war, und um eine Aggravation schien es sich ihm bei diesem seinen Eindruck nicht zu handeln, eher um eine Akzeleration. Und es ging dabei nicht nur um das Körperliche, den Akt, er sah N. auch bei anderen Gelegenheiten gerne in die Augen, er fand ihren Gang entzückend, und fast so sehr wie die Kopulation als solche genoss er die gemeinsamen Spaziergänge in von seiner Praxis weit entfernten Berliner Randgebieten, die Gespräche über Kunst, Musik und Literatur, Gebiete, auf denen sie bewandert war, ohne mit ihrem Wissen zu protzen, und das gemeinsame Lachen über alles Mögliche. Vollmann wusste gar nicht, dass er im Grunde ein sehr fröhlicher Mensch war. Wohin sollte das führen?

In ihrer Wohnung allerdings fühlte er sich unwohl. Diese Wohnung trug alle Attribute einer Studentenbude. Statt einer Küche gab es nur ein Brett, das lose über eine Waschmaschine und eine Spülmaschine gelegt war, darauf Gewürztüten, hastig in Pappschachteln gestopft, geöffnete Dosen, zerknüllte Milchtüten, einen leeren Wäscheständer, der stets unaufgeräumt den Flur blockierte, angeschmutzte Kleidung über Sesseln und Sofas, einen überlaufenden Papierkorb, Berge von zerfledderten Zeitschriften, wohin man schaute. Am schwersten tat Vollmann sich mit dem Bett, dessen Bezüge er nicht nur als fast immer stark reinigungsbedürftig empfand, sondern auch als falsch bemessen. Wenn er bei N. zu übernachten versuchte, knüllte sich die Bettdecke in dem zu großen Bezug zusammen, der ihr keinen Halt gab, und er hatte es mit einem leeren, wie greises Bindegewebe herumschlabbernden Bezug zu tun, in dessen Mitte sich ein geschwulstartiger Deckenkorpus zusammenballte. Konnte ein Mensch so schlafen? Konnte ein Mensch, der nicht schlief, einem anstrengenden und verantwortungsvollen Beruf nachgehen? Beides, nein.

Vollmann wollte mit N. nicht über ihr Verständnis von Häuslichkeit diskutieren, so etwas ist, in Anbetracht der zur Uneinsichtigkeit neigenden *Conditio humana,* immer zwecklos. Er lud sie immer häufiger zu sich ein, wissend, dass er damit eine gefährliche Grenze überschritt, nicht fähig, einen begehbaren Pfad jenseits dieser Grenze zu finden.

N., in Monikas Lieblingssessel sitzend. N., nackt am Kühlschrank stehend, Monikas fettarmen Joghurt mit zwei Fingern auslöffelnd. N. in den Hausschuhen von Monika zur Dusche gehend.

Vollmann fühlte sich schlecht bei diesem Anblick, es zog sich etwas in ihm zusammen, eine Kontraktion, als ob sein Seelenmuskel sich aktiv verkürzte. Aber er lächelte.

Als Monika an diesem Freitagnachmittag zurückkehrte, um bis zum Montagabend zu bleiben, das Büro hatte sich auf diese großzügige Regelung eingelassen, zog er sie mit einem Feuer an sich, wie er es lange nicht mehr in sich gespürt hatte. Das war eben das Verrückte an diesen Sachen, der andere oder die andere wird einem durch so eine Tat, manchmal zumindest, wertvoller, wie ein Kind, das man vernachlässigt oder gedankenlos angeschrien hat und auf dessen weinendem Gesicht man mit einem Mal die Liebe liest, die man in dem Moment, in dem es angebracht gewesen wäre, nicht hat zeigen können. War er schuldig? Immer wieder diese Frage. Vollmann war sich trotz allem nicht sicher, nein, »Schuld« war nicht das richtige Wort. Das war falsch eingerichtet, die Welt war, in diesem Punkt, falsch eingerichtet.

Am nächsten Morgen gingen sie auf den Markt und kauften ein. Sie setzten sich in ein Café und trafen ein paar Bekannte, die sich zu ihnen setzten und mit denen sie ein wenig plauderten. Monika fiel wieder ein, dass es am Sonntag einen Flohmarkt in Andreas' ehemaliger Schule gab, besser gesagt auf dem Schulhof. Eine gute Gelegenheit, Andreas' altes Spielzeug loszuwerden, das seit Jahren hier und dort herumlag und das sie, anfangs, für ihre Enkelkinder aufheben wollten, eine dumme Idee, der Geschmack der Kinder ändert sich zu schnell. Und ob es überhaupt Enkel gibt und wann, das weiß man ja nun auch nicht. Am Abend gingen sie ins Kino, danach aßen sie in einem Restaurant, das sie mochten und in dem sie lange nicht gewesen waren.

Vollmann war sich sicher, dass dieser Tag ohne die Existenz von N. kein bisschen anders verlaufen wäre, und wenn, dann wäre er womöglich etwas weniger konzentriert und etwas weniger dankbar für die unveränderte Gegenwart ihrer Samstagsrituale gewesen. Umgekehrt änderte die Existenz von Monika nicht das Geringste an dem, was er mit N. erlebte und was ihn, so lose es auch sein mochte, mit N. verband. Das Problem, mit dem er es hier zu tun hatte, war nicht konkret, sondern abstrakt, kein Schmerz, sondern die Idee eines Schmerzes, ein Fall von Hypochondrie. Und die Frage war doch auch, ob jemandem eine Lüge zum Vorwurf gemacht werden darf, besser gesagt, das Verschweigen der Wahrheit, für den das Aussprechen der Wahrheit nur unter Inkaufnahme unangemessener und erheblicher und existenzbedrohender Nebenwirkungen möglich wäre.

Würde er einem psychisch labilen Patienten eine psychisch extrem belastende Diagnose mitteilen? Auf gar keinen Fall.

Am Sonntagmorgen bereitete Vollmann das Frühstück zu. Danach ging er laufen, während Monika, die unter der Woche gelegentlich in einem Fitnessstudio lief, die vorbereiteten Kisten mit den Kindersachen ins Auto lud und schon mal zur Schule fuhr. Sie machten das nicht wegen des Geldes, natürlich nicht, es würde Spaß machen, auch, weil man mal wieder ein paar Worte mit den Eltern der anderen Kinder aus Andreas' Grundschulklasse wechseln konnte. Als Vollmann wieder die Wohnung betrat, läutete das Telefon. N. war am Apparat.

Sie hatten nie darüber gesprochen, aber es war bisher klar gewesen, dass er am Wochenende nicht verfügbar war. Sie kannte schließlich seine Situation, über so etwas musste im Grunde gar nicht gesprochen werden.

Was war?

N. sagte, sie habe Sehnsucht. Sie habe einfach nur seine Stimme hören wollen. Ach so, sagte Vollmann und spürte, dass er sich verstimmt und kalt anhörte.

Wenn Monika am Apparat gewesen wäre, hätte N. vermutlich aufgelegt. Im günstigsten Fall. Und damit wäre der Ärger, unnötiger, nutzloser Ärger, doch wohl losgegangen, ein eiternder Blinddarm für nichts. Als ob man sich, guten Willen vorausgesetzt, nicht mal drei Tage beherrschen könnte.

Zum ersten Mal spürte Vollmann in sich einen Impuls, diese Geschichte zu beenden. Lag ihr gemeinsamer Zenit denn nicht schon hinter ihnen? Was sollte jetzt noch kommen, außer Wiederholungen? Wollte er wirklich, nein, eventuell, mit N. sein weiteres Leben verbringen, mit einer Frau, die Sklavin ihrer Stimmungen war und kein Bett überziehen konnte und deren Stärke eindeutig nicht in der Rücksichtnahme auf andere bestand? Aber er fasste sich gerade noch rechtzeitig. So etwas brach man besser nicht übers Knie, und selbst wenn er innerlich zu diesem Entschluss gelangte, musste das nicht sofort passieren. Außerdem war er, in der ersten Zeit, auch mit Monika manchmal am Rande des Abgrunds gewesen. Dann macht man eben einfach weiter, und es wird schon.

Er sagte N., dass auch er sich nach ihr sehne, ein Satz,

der ihm, während er ihn aussprach, vollkommen banal und blödsinnig vorkam. Seine Gefühle für N., die es zweifellos gab, waren jedenfalls in ihrer Symptomatik komplexer und schwieriger zu diagnostizieren, als dieser Satz es wiedergab. Er sagte, dass sie sich am Montagabend sehen würden, es seien nur noch sechzig Stunden, eine Zahl, die er schätzte, die aber ganz bestimmt unrichtig war. Dann legte er auf.

So weit dieses. Jetzt eine Zigarette. Falls N. sich solche Wochenendanrufe zur Gewohnheit machte, musste er sich warm anziehen. Apropos, es war tatsächlich kühl geworden.

Vollmann zog seinen alten karierten Blazer mit den Lederflecken am Ellbogen an, den Monika schon vor Jahren am liebsten zur Altkleidersammlung gegeben hätte. Nun, für solche Gelegenheiten wie einen Flohmarkt war dieses Stück genau richtig. Er traf im Treppenhaus eine Nachbarin, grüßte, wurde zurückgegrüßt, trat auf die Straße und registrierte, dass er zu jedem Haus, zu jedem Laden in dieser Straße ein Detail zu erzählen wusste. Hier hatte bis vor Kurzem ein berühmter Schauspieler gewohnt, dort war, vor der Videothek, früher ein Gemüseladen gewesen. Der Blumenhändler würde in genau drei Jahren in den Ruhestand wechseln, dann würde seine Tochter mit ihrer Boutique, zurzeit Tempelhof, in diese deutlich bessere, weil Ku'damm-nahe Lage wechseln. So war das. Wie ein Lebensmittelladen, in dem man seit Langem Kunde ist und die Butter auch mit verbundenen Augen finden würde, das war gut, das sparte Energie. N. ließ sich treiben, ganz anders als er, der sein Leben – wann eigentlich? während des Studiums? – im Großen und Ganzen geplant und dann wie geplant umgesetzt hatte. Sie tat sich schwer mit Entschlüssen und überließ vieles dem Zufall oder der Intuition, das fand er reizvoll, aber auf die Dauer doch auch mit zahlreichen Kontraindikationen versehen.

In solche ziellosen Gedanken versunken, steuerte er die Schule an, an deren Fassade ein handgemaltes Plakat auf den Flohmarkt aufmerksam machte. Vollmann suchte einen Parkplatz, nicht einfach in dieser Gegend. Aus Prinzip stellte er sich niemals an eine Parkuhr, das sah er nicht ein in Anbetracht seiner hohen Steuerbelastung. Irgendetwas musste der Staat als Gegenleistung schon liefern. Vollmann musste dann weit laufen, und als er sich, mit fast einer Stunde Verspätung, was normalerweise nicht seine Art war, der Schule näherte, schließlich den Hof mit seinem bunten Markttreiben betrat, sah er von ferne N., die ein etwa zweijähriges Kind auf dem Arm hielt und einen Mann küsste, der einen olivfarbenen Anorak trug.

Als er näher ging, bemerkte er seinen Irrtum. Die Frau war in ungefähr dem gleichen Alter, es gab eine weitläufige Ähnlichkeit, gewiss, aber das, was ihn getäuscht hatte, war vor allem der Schal der Frau, ein lila Wollschal mit grauen Hasengesichtern, der bis ins Detail dem selbst gestrickten und selbst entworfenen Exemplar von N. glich, eine wirklich merkwürdige Duplizität. Den gleichen Schal besaß er auch selbst, ein Geschenk von N., weil er die Hasengesichter, wie er behauptet hatte, so reizend fand, was natürlich in Wirklichkeit überhaupt nicht der Fall war. In Wirklichkeit war dieser Schal in seiner pseudokindlichen Aufmachung eine ästhetische Katastrophe. Er erkannte N., die doch eine kluge und belesene Person war, auch eine sinnliche, in ihrem Geschmack manchmal überhaupt nicht wieder. Und offenbar war dieses gute Stück ihr Standardgeschenk, anders konnte es nicht sein, diese Frau war eine Freundin von N., dachte er, für kurze Zeit gekränkt. War er denn nichts Besonderes für sie? War er so austauschbar, dass er nicht einmal ein individuelles Schaldesign verdiente, war er in ihrem Herzen denn nur ein Kassenpatient, aber zum Gekränktsein hatte er wenig Zeit, denn inzwischen war er an Monikas Stand angelangt.

Vor Monika ausgebreitet lagen auf einem Tapeziertisch die Überreste von Andreas' Kindheit, die mit kleinen handgeschriebenen Preisschildchen versehen waren, Quartettkarten, eine Plastikpistole, Autos mit Fernsteuerung, eine Spielesammlung, ein Faschingskostüm, Bajazzo, das hatte Andreas nicht einmal angezogen, das fand er doof. Da hätte Monika ihn mal besser vorher gefragt. Und zwischen dem Kinderkram erkannte er andere Gegenstände, die mit Andreas nichts zu tun hatten, ein buntes Glas, in das Teelichter passten, ein hellblauer Teddybär, ein Bratenthermometer, alles mit den gleichen Preisschildchen beklebt wie der Rest des Angebots. Unter dem Tapeziertisch stand die alte Weinkiste, Mouton Rothschild, und Monika stand dahinter, die das alles nach und nach ausgepackt haben musste, bei laufendem Verkaufsbetrieb, sich wundernd, wie Vollmann annahm, aber mit unerschütterlichem Vertrauen, dass die Welt, ihre Welt, richtig eingerichtet war und dass dort jedes Teil seinen guten und richtigen Platz hatte.

Monika musste diese Gegenstände, Stück für Stück, mit wachsender Verwunderung betrachtet und ihren Flohmarktpreis geschätzt haben, meistens eine Mark, wie Vollmann registrierte, bis sie schließlich den Grund der Kiste erreichte und dort auf die etwa zwanzig Briefe stieß, die von N. alle sauber datiert waren und zum Teil von großer Leidenschaft getragen. Monika hielt einen Brief in der Hand und las, eine potenzielle Käuferin nahm das Bratenthermometer in die Hand und fragte etwas, aber Monika gab ihr keine Antwort, sie war von dem Brief völlig gefangen. Schließlich legte die Kundin das Bratenthermometer wieder weg und ging weiter. Monika blickte auf.

Vollmann lächelte sie an. Er wusste jetzt wirklich nicht mehr weiter. Exitus. Und dass ausgerechnet der Schal mit den Hasengesichtern als Erstes weggegangen war, wunderte ihn mindestens genau so sehr wie alles Übrige.

9

Born war es, bevor er mit N. zusammen war, nicht gewohnt, spazieren zu gehen. Er lief zweimal pro Woche, immer fünf Kilometer durch den Grunewald, immer auf derselben Strecke, um etwas für seine Gesundheit zu tun. N. aber ließ sich einfach so durch die Stadt treiben. Wenn sie zusammen hinaus auf die Straße gingen, schauten sie sich kurz an. Nach links oder nach rechts?

Einmal landeten sie, als es dunkel wurde, an einem Minigolfplatz. Born erinnerte sich daran, dass er in seiner Kindheit zwei- oder dreimal Minigolf gespielt hatte, er dachte, dieses Spiel gäbe es längst nicht mehr. Sie waren die einzigen Kunden, in den Bäumen glühten Lampions. Als ein Ball im Gebüsch landete, kroch Born durch die Sträucher und pfiff dabei die Marseillaise.

Ein anderes Mal standen sie nach mehreren Stunden an einem kleinen Tierpark, von dem Born nie gehört hatte, mit Hirschen oder Rehen, er kannte den Unterschied nicht genau. Bei den Rehen hatten beide Geschlechter Geweihe. Bei den Hirschen nur die Männchen. Oder war es andersherum? N. glaubte, es hänge mit der Größe zusammen. Große Tiere haben Geweihe, kleine Tiere nicht. Ein alter Mann ohne Zähne trug eine Plastiktüte, er fütterte die Tiere mit altem Brot, es musste wohl in Neukölln gewesen sein.

Während er die Rehe oder Hirsche fütterte, trank der Mann aus einer Büchse Bier. N. fragte ihn nach dem Unterschied, der Mann hielt eine lange Rede, aus der hervorging, dass er die Sache mit den Rehen und den Hirschen auch nicht wusste.

N. plauderte mit ihm. Wo wohnen Sie, kommen Sie oft her, haben Sie ein Lieblingstier. Sie kam mit jedem sofort ins Gespräch. Born bewunderte das. Für Born waren Gespräche anstrengend, er hörte lieber zu. Reden bedeutete, dass man etwas darstellen musste, man musste jemand sein. Born hatte keine Lust, in seiner Freizeit auch noch etwas darzustellen.

Der Mann hatte nikotinfleckige Finger und fettige Haare, er schimpfte auf die Türken. Die türkischen Jugendlichen würden nachts über den Zaun klettern und Tiere stehlen, um sie zu schlachten. Vor allem auf Schafe sind sie scharf, sagte er. So etwas komme ständig vor. N. widersprach ihm nicht, das fand Born klug. Der Mann beruhigte sich wieder, er war nicht bösartig.

Manchmal entdeckten sie ein Café oder ein Restaurant, manchmal redeten sie stundenlang und blieben nach zwei Stunden stehen, überrascht, weil sie in Tempelhof waren oder sogar in Reinickendorf. Sie waren sich darüber einig, dass man auch miteinander schweigen darf. Man muss nicht immer reden. Einmal sagte N., dass es für sie das Größte sei, sich mit jemandem langweilen zu können, ohne dabei ein schlechtes Gefühl zu haben. Gemeinsame Langeweile und gemeinsames Schweigen seien Zeichen für geglückte Nähe.

Aber sie langweilten sich nie. Es fiel ihnen immer etwas ein, was sie dringend erzählen wollten oder wozu sie die Meinung des anderen interessierte. Born schrieb, bevor sie sich trafen, manchmal kleine Zettel, damit er nichts vergaß von dem, was er ihr erzählen wollte. Er achtete darauf, dass N. die Zettel nicht bemerkte.

Du bist ein Mensch, den ich nie langweilig finden könnte, sagte er zu N., also finden wir, wenn deine Theorie stimmt, niemals das wahre Glück. N. sagte: »Das kommt schon noch.«

Der Rummelplatz, an dem sie ankamen, war groß und schmutzig, seltsam, sagte N., dass nichts darüber in der Zeitung gestanden hat. Berlin, antwortete Born, ist zu groß für die Zeitung. Er schoss an der Schießbude für N. eine Rose. Born hatte noch nie ein Gewehr in der Hand gehabt. Zielen war einfacher, als er dachte. Schwierig war nicht das Zielen und Treffen, sondern das Gewicht des Gewehrs. Besser, man stützte sich auf. Danach nahm N. das Gewehr und schoss so lange, bis auch sie eine Rose hatte. Dann tauschten sie ihre Rosen feierlich aus und fuhren Autoscooter, bis sie keine Lust mehr hatten.

N. sagte, dass Born gut Scooter fahren konnte, was nicht stimmte, aber N. lobte Born gern, er lobte sie dann zurück, sie nannten das »Rumschleimen«. Wenn Born etwas Lobenswertes an ihr entdeckte, fragte er: »Entschuldigen Sie, Frollein, hätten Sie was dagegen, wenn ich eventuell mal eben ein bisschen rumschleime?« Sie sagte dann: »Wollen Sie was von mir?« Er sagte: »Merkt man das etwa?«

Die restlichen Chips schenkten sie zwei türkischen Kindern, acht oder zehn Jahre alt, Brüder offenbar, die mit sehnsüchtigen Augen am Rand der Fahrfläche standen.

Born sagte, einige der besten Momente des Lebens bestünden darin, dass man wieder Kinderdinge tut, diesmal jedoch mit dem Bewusstsein der Vergänglichkeit, das man als Kind nicht haben kann. Als Kind weiß man das Glück nicht zu schätzen. Als Kind habe ich mich dauernd unglücklich gefühlt. Vielleicht war ich als Kind aber glücklich und habe es bloß nicht gemerkt.

Sie fuhren auch gern in den Zoo. Sie versuchten, so viele Tierarten wie möglich beim Geschlechtsverkehr zu beobachten. Am erfolgreichsten waren sie bei den Affen. Affen haben immer Lust, wie die Menschen. Manchmal standen sie zwei Stunden bei den Pavianen und versuchten vorherzusagen, welche Paare sich finden. Der Jüngling dort würde gut zu der kleinen Schüchternen passen, die findet ihn sicher sexy, weil sie sich noch leicht beeindrucken lässt. Aber es klappte selten. Auch die Affen waren in ihrer Partnerwahl unberechenbar.

N. erzählte, wie Regenwürmer sich paaren, sie schmiegen sich aneinander und bewegen sich nicht, sie verschmelzen zu einem einzigen Wurm. Auf dem Rückweg ging Borns Fahrrad kaputt, die Kette sprang heraus, N. reparierte es. Es fing an zu regnen, und sie suchten auf der Straße nach sich liebenden Regenwürmern. Aber die Regenwürmer waren nicht in Stimmung.

Nachts rief N. Born manchmal an und verlangte, dass er Bullshit redete. Es hatte damit angefangen, dass sie an einem warmen Tag vor dem Café Santiago saßen, wo sie oft zusammen frühstückten und Zeitung lasen. Die Kommentare haben meistens einen ganz bestimmten, wichtigtuerischen Sound, den Born lächerlich fand, er versuchte, das zu imitieren.

Die Bevölkerung von Berlin-Kreuzberg nimmt nun bereits im dritten Jahr zu großen Teilen ihr Frühstück im Café Santiago ein, eine Entwicklung, auf die von der Politik noch keine Antwort gefunden wurde. Obendrein ist abzusehen, dass sich das Café Santiago in den kommenden Jahren noch stärker in den Vordergrund der gastronomischen Entwicklung der geteilten deutschen Hauptstadt schieben wird, fehlt es doch in den umliegenden Straßen an überzeugenden Alternativen. Offensichtlich greifen hier die Mechanismen der Marktwirtschaft nur unvollkommen. Der Ruf nach staatlicher Intervention wird, auf mittlere Sicht, nicht ausbleiben. Doch die Politik wäre gut beraten, wenn sie weiter auf die private Initiative vertraut.

Das war Bullshit. Wenn N. anrief, weil sie nicht einschlafen konnte, gab sie Born ein Thema, und Born versuchte, dazu Bullshit zu produzieren, möglichst langsamen und monotonen Shit, inhaltlich ganz dünn, wie Wasser, das gleichmäßig in eine Wanne fließt, so lange, bis N. müde war. Es durfte kein völliger Quatsch sein. Es musste schon irgendwie einen Sinn ergeben und eine gängige politische Idee oder eine völlig unoriginelle These enthalten.

Nach ein paar Minuten flüsterte N.: »Genug gebullshittet, Bärchen, schlaf gut«, und legte auf.

Wirst du jemals für eine andere Frau Bullshit reden, fragte N., Born antwortete, nein, niemals. Wenn ich jemals mit einer anderen zusammen sein würde, dann würde ich mir eben etwas anderes einfallen lassen. Mein Bullshit gehört dir auf ewig.

Wirst du jemals mit einem anderen Mann in den Zoo gehen, fragte Born, nein, niemals, sagte N., der Zoo ist mein Geschenk an dich.

Und wenn eines Tages tolles Wetter ist und Sonntag und der Mann, mit dem du zusammen bist, plötzlich vorschlägt, in den Zoo zu gehen?

Dann sage ich ihm, dass ich eine Tierhaarallergie habe. Dann werde ich an dich denken und traurig sein. Aber vielleicht sind wir ja nie wieder mit jemand anderem zusammen.

Das ist unwahrscheinlich.

Ich möchte nie wieder jemandem meine Lebensgeschichte erzählen müssen. Weißt du noch, damals. Das ist ein schöner Satz. Den will ich aussprechen.

Das wollen alle. Niemand schafft es.

Manche schon.

N. wollte wissen, mit wie vielen Frauen Born schon geschlafen hatte. Born log, er sagte: zehn. In Wirklichkeit wusste er die Zahl nicht genau, es waren um die zwanzig.

Der deutsche Durchschnitt, sagte N., sind neun, im Laufe eines Lebens, bei den Männern. Und sechs bei den Frauen. In diese Zahl gehen aber auch die älteren Generationen ein. Da gibt es sicher etliche, die ihr Leben monogam verbracht haben. Und dann gibt es Leute, die überhaupt keinen Sex haben, das sind gar nicht so wenige. Fünf Prozent? Also, in unserem Milieu und in unserer Altersgruppe schätze ich, dass man im Laufe des Lebens mit, im Durchschnitt, zwanzig bis dreißig Personen schläft. Fünfundzwanzig, eine Schulklasse. Da liegst du zurück. Du arbeitest zu viel.

Und du?, fragte Born.

Neunundzwanzig, sagte N. und lachte so, wie sie immer lachte, wenn sie ihn auf den Arm nahm.

Dann kannst du dich jetzt mit mir zur Ruhe setzen, sagte Born. Ich verzichte auf die fünfzehn, die mir statistisch noch zustehen. Meine fünfzehn Gutscheine spende ich für Notleidende. Ich spende meine fünfzehn nicht ausgenützten Sexualpartner an kirchliche Institutionen und Altenheime.

Ich will mich sowieso zur Ruhe setzen, sagte N. Ja, ich will.

N. sagte immer das, was Born selbst als Entgegnung zu seiner eigenen Bemerkung in den Sinn gekommen wäre, wenn er genug Zeit zum Nachdenken gehabt hätte.

Wenn alle etwas wollen, sagte Born, zum Beispiel die ewige

Liebe, und es gelingt fast niemandem, dann muss eben eine Erfindung her. Eine Genmanipulation vielleicht. Die Grünen werden natürlich dagegen sein. Oder eine Droge. Dann werden die Grünen es eher akzeptieren.

Lass uns zehn Jahre zusammenbleiben, das ist realistisch. Ich kenne Paare, die zehn Jahre zusammen sind. Sogar länger.

Nach zehn Jahren, antwortete Born, hat man keinen guten Sex mehr. Dagegen kannst du nicht viel machen.

In zehn Jahren darfst du eine Affäre haben. Ich tu dann so, als ob ich nichts merke. Und wir haben dann eben schlechten Sex. So schlecht ist schlechter Sex auch wieder nicht.

Wenn ich eine Affäre habe, dann willst du auch eine. Ich will aber nicht, dass du in zehn Jahren eine Affäre hast. Jetzt muss ich die ganzen nächsten zehn Jahre an diese verdammte Affäre denken. Noch acht Jahre. Noch sechs. Noch zwei.

Du bist das Happy End, sagte Born. Die Geschichte ist zu Ende, das Publikum geht zufrieden nach Hause.

Bullshit, antwortete N.

10

Acht Uhr. Marcello zieht sich an, setzt sich im Arbeitszimmer an seinen Schreibtisch und schreibt einen Brief. Er schreibt mit der Hand. Im Hintergrund ist leise Radiomusik zu hören. Einmal kommen Nachrichten.

Marcello schreibt an einen alten Freund, vielleicht seinen besten. Dabei ist er sich bewusst, dass Männer sich selten persönliche Briefe schreiben, schon gar nicht solche Briefe, wie er es nun zu tun beabsichtigt.

Marcello heißt in Wirklichkeit anders, er hat einen deutschen Vornamen, der ihm zu bieder klingt. Mit dem Spitznamen, den er seit seiner Schulzeit trägt, wegen einer Ähnlichkeit mit dem italienischen Schauspieler Marcello Mastroianni, ist er sehr einverstanden. Er verwendet fast nur noch diesen Namen. Er ist Ende vierzig, groß, breitschultrig, am Bauch setzte er seit einiger Zeit Fett an.

Marcello arbeitet an der Vorbereitung eines neuen, privaten Fernsehsenders, den es noch nicht gibt, der aber in den kommenden Jahren, vielleicht schon in einigen Monaten, ganz sicher kommen wird. Die politischen Verhältnisse in Deutschland haben sich geändert. Die Arbeit besteht aus Sitzungen, Hintergrundgesprächen, Planungen. Ideen müssen Gestalt annehmen. Es ist Pionierarbeit. Marcello sieht sich in der Tradition jener Männer, die einst

Wälder gerodet, Flüsse schiffbar gemacht und Städte gegründet haben.

Vielleicht wird er nicht mehr dabei sein, wenn eines Tages die Ergebnisse seiner heutigen Arbeit sichtbar sein werden. Das liegt in der Natur der Sache. Vielleicht wird man sich an ihn erinnern. Vielleicht auch nicht.

Bis vor Kurzem hat er seinen Freund beneidet. Der Freund ist seit zwanzig Jahren verheiratet, er hat zwei Kinder, Bilanz: keine besonderen Vorkommnisse.

Die satte Zufriedenheit seines Freundes macht Marcello manchmal aggressiv. Andererseits spürt er, was seinen Freund betrifft, das gleiche Misstrauen, wie er es bei Olympiasiegern im Hundertmeterlauf hat oder bei den Helden der Tour de France. Das riecht nach Lüge. Trotzdem hat Marcello, in all diesen Jahren, niemals vermutet, dass sein Freund ihm ein Doppelleben verbirgt.

Seinen Freund hat er immer für einen ehrlichen Menschen gehalten, einen, der keine Abgründe hat. Würde der Freund aus einer Laune heraus seinen Namen ändern, wie Marcello es getan hat? Nicht einmal das. Der Freund klettert unverdrossen Jahr für Jahr, auf den Berg seines Glückes in gleichmäßigem Tempo nach oben.

Vor einigen Monaten ist Marcello etwas ins Bewusstsein gedrungen. Ihm wurde klar, dass er, wenn es sich ergibt, seine Frau sehr wahrscheinlich verlassen wird. Wenn es sich nicht ergibt, wird er wohl mit ihr zusammenbleiben. Denn er ist, soweit er weiß, nicht unglücklich mit ihr. So könnte er es jedenfalls nicht nennen, »Unglück« wäre das falsche Wort. Das richtige Wort kennt er nicht. Er würde eine Trennung ganz sicher nicht anstreben, sie aber ebenso sicher geschehen lassen, wenn die Umstände sich in diese Richtung entwickeln.

Die Frage, ob sie bis ans Ende ihrer Tage zusammenbleiben

oder nicht, hängt folglich von Zufällen ab. Diesen Gedanken fand er erschreckend. Dann wurde ihm klar, dass fast alles, was ihm jemals widerfahren war, vom Zufall abhing, und er beruhigte sich.

Marcello trägt ein teures Jackett, dessen Wert nicht auffällt, er hat Geschmack. Um acht Uhr zehn hat Marcello mit seinem Brief immer noch nicht angefangen. Es fällt ihm schwer, sich zu konzentrieren.

Sein Freund weiß, dass Marcello seit einigen Monaten der Liebhaber von N. ist. Er erinnert sich daran, wie er seinem Freund über N. erzählt hat. Der Freund lachte ihn aus. Aha, es hat dich wieder einmal erwischt, sagte er, Glückwunsch.

Nein, antwortete Marcello, das ist anders. Ich habe so etwas noch nie erlebt, anderes schon, aber das nicht.

Mach keinen Quatsch, sagte der Freund. Es läuft doch gut bei Sylvia und dir, kein Krieg. Ihr seid euch eine Heimat, ihr mögt euch doch, da muss man erst einmal hinkommen.

Zum ersten Mal spricht der Freund über sein eigenes Unglück, wenn auch indirekt.

In Marcellos Erinnerung legt er Marcello die Hand auf die Schulter und schüttelt den Kopf, traurig, so eine Katastrophe, überleg dir das gut. Spiel auf Zeit. Keine schnellen Entscheidungen. Lass die Hormone sich erst mal beruhigen.

Ich will morgens beim Frühstück dieses Gesicht sehen, antwortet Marcello. Ich will abends beim Einschlafen diesen Atem hören. Ich will unvernünftig sein. Vernunft ist etwas für Leute, die das Zweite Staatsexamen machen.

So weit seine Erinnerung. In Wirklichkeit hat Marcello die Vorhaltungen des Freundes schweigend hingenommen.

Was ist mit Lisa? So hieß die nächste Frage des Freundes. Lisa ist Marcellos Tochter. Sie ist vierzehn Jahre alt. Weißt du, antwortete er, nach seiner Erinnerung, wie man mit vierzehn sein möchte? Man möchte genau so sein wie die anderen. Das ist der wichtigste Wunsch einer durchschnittlichen Vierzehnjährigen. Nun. So ist es. Ich bin wie alle anderen.

Lisa würde es gar nicht merken, dass wir uns trennen, sofern wir es ihr nicht ausdrücklich sagen. Lisa macht ihre eigenen Sachen. Vielleicht erzählen wir es ihr erst nach dem Abitur.

Um acht Uhr zwanzig will Marcello N. anrufen, aber er tut es nicht. Er vermutet, dass sie noch schläft. Stattdessen schaut er sich Fotos an. In seinem Schreibtisch sammelt er, zwischen seinen Steuerunterlagen, Fotos von N., die er mehrmals täglich betrachtet.

Sie telefonieren oft, manchmal sehr lange, im Lauf der Monate sind ihre Gespräche intimer geworden. N. hat ihm gestanden, dass sie sich während ihrer Gespräche hin und wieder selbst befriedigt, sie hätte nichts dagegen, wenn er das Gleiche tun würde. Marcello findet diese Idee aufregend, aber es gelingt ihm nicht, sie umzusetzen.

N. sagt ihm nicht, dass er sich für sie entscheiden muss. Sie sei es, die sich entscheiden müsse.

Marcello hört in seinem Kopf die Stimme von N., sie redet langsam und spricht akzentfreies Hochdeutsch.

»Mit vierzig gründe ich keine Familie. Wie sieht das denn aus, wie eine Panikattacke. Der Mann, den du mit vierzig an Land ziehst, weiß, dass er zweite oder dritte Wahl ist. Mit vierzig motiviert man sich mühsam noch ein letztes Mal, wie beim Spiel um Platz drei bei einer Weltmeisterschaft.«

Marcello hört weiter N. zu.

»Ich kann keinen Verlierer nehmen, mir ist egal, ob das unromantisch oder berechnend klingt. Es muss ein Gleichgewicht geben zwischen mir und dem Mann. Ich kann im Übrigen gar nichts dagegen tun. Ich verliebe mich nicht in

Verlierer. Das ist keine bewusste Entscheidung, es passiert eben einfach nicht.«

N. redet weiter.

»Er muss intelligent sein, er muss Kinder wollen, er muss bereit sein, die Familienarbeit gleichberechtigt zu teilen. Er muss gut aussehen.«

Marcello glaubt, dass N. hinter ihrer Sachlichkeit etwas verbirgt, ein romantisches Gefühl trotz allem. »Vernunft« und »Gefühl« stellt er sich wie zwei Mengen in der mathematischen Mengenlehre vor. Wenn es zwischen der Menge »Vernunft« und der Menge »Gefühl« eine ausreichend große Schnittmenge gibt, kommt es zu einer Bindung.

Um acht Uhr fünfundvierzig ruft er N. an. Sie reden einige Minuten über das, was sich in ihren Leben in den vergangenen Stunden ereignet hat. Sie haben sich seit drei Tagen nicht gesehen und vor vierzehn Stunden zum letzten Mal telefoniert. Sie verabreden sich.

Den Plan, seinem Freund zu schreiben, verschiebt Marcello. Er fährt ins Büro. Er hat eine Gewaltphantasie, in der er N. an den Haaren zieht und ihren Kopf gegen eine Wand schlägt. Wegen dieser Phantasie ist er beunruhigt. Er ist sich darüber im Klaren, dass er dergleichen in der Realität nicht tun würde. Zumindest hält er das für extrem unwahrscheinlich.

Um vierzehn Uhr verlässt er das Büro, angeblich, um ein Vorbereitungsgespräch mit einem Serienautor zu führen. Das Gespräch führt er unterwegs am Autotelefon.

Ab etwa vierzehn Uhr dreißig liegt er mit N. in ihrer Wohnung auf dem Bett. Sie unterhalten sich, ihr Gespräch hat lange Pausen. Sie schauen aus dem Fenster und betrachten die Wolken.

N. steht auf und holte einige Stücke Käse aus ihrem Kühlschrank. Dann erst antwortet sie auf einen Satz, den Marcello eine Viertelstunde zuvor gesagt hat. Danach sagt sie: »Du, ich häng wahnsinnig gern mit dir herum, Marcello.« Anschließend schlafen sie miteinander. N. sagt, dass sie es sehr schön finde, wie beiläufig und unkompliziert diese Sache zwischen ihnen geschehe.

Marcello ist schweigsamer als üblich. Er denkt an den Brief, den er nun doch zu schreiben beabsichtigt. Die Gewaltphantasie flackert noch einmal kurz in ihm auf.

N. sagt, dass sie, obwohl alles sehr schön sei, Angst habe, sich emotional voll auf Marcello einzulassen. Denn dann, wenn sie sich voll auf ihn eingelassen habe, stelle sich womöglich ein Mangel heraus, ein für sie unakzeptabler Mangel, ein Ausschlussgrund.

Auf Marcellos Nachfrage präzisiert sie: Solche Mängel seien, bevor man sie im konkreten Einzelfall bemerke, schwer zu benennen.

N. erklärt Marcello, dass in der ersten Phase, in der sie sich gerade befänden, das sogenannte Abchecken stattfinde. Abchecken sei das erste Ritual im normalen Ablauf. Beim Abchecken komme es darauf an, herauszufinden, ob sich größere Mühe lohne oder ob es klüger sei, es bei ein paar Malen Sex zu belassen. Wird mir der potenzielle Partner wehtun? Wird er mich gut und respektvoll behandeln? Wird er einen Imagegewinn oder einen Imageverlust bedeuten, wird er im Freundeskreis akzeptiert werden, hat er peinliche oder mit meinem Lebensstil unvereinbare Angewohnheiten?

Es sei eine emotional sehr schwierige Zeit, weil in der Phase des Abcheckens, die ungefähr der Probezeit bei einem neuen Job entspricht, unvermeidlich eine gewisse Bindung zu dem Kandidaten entstehe, eine Verliebtheit. Gleichzeitig müsse auf Distanz geachtet werden, damit die Loslösung nicht zu schmerzhaft sei, falls das Abchecken zu einem negativen Ergebnis führe.

Marcello sagt, ohne auf den Zusammenhang zu achten, das Hauptmotiv zur Familiengründung sei Sex. Die Ehe sei doch wohl ein vom Staat und von der Kirche lizenzierter, offizieller Sexmonopolbetrieb, so etwas wie die Post oder die Bahn. Die Ehe, sagt er, konnte deshalb niemals pleite gehen, genauso wenig wie die Post. Auch wenn es neben der Ehe immer einen Schwarzmarkt der heimlichen Liebschaften gegeben hat. Seit der Liberalisierung des Liebesmarktes geht es mit dem früheren Monopolbetrieb bergab, weil die Konkurrenz billiger und unkomplizierter ist. Der frühere Monopolbetrieb Ehe versucht, sich der Konkurrenz anzupassen. Er wird beweglicher und kundenfreundlicher. Trennung wird einfacher. Affären werden eher hingenommen. Wir müssen die Post, die Bahn und die ARD beobachten, sagt Marcello, daran können wir ablesen, wie es mit unserem Liebesleben weitergeht.

N. sagt, sie glaube nicht, dass arrangierte Ehepaare unglücklicher gewesen seien. Man gehe mit einer anderen Haltung an solch eine Bindung heran. Man erwarte weniger und sei deshalb nicht so leicht enttäuscht.

Marcello ist unkonzentriert. Das abstrakte Gespräch langweilt ihn. Er steht auf und zieht sich an.

N. betrachtet ihn. Sie lobt seinen Körper. Er sei gut in Form, sie finde ihn schön, wegen des Bauchansatzes solle er sich keine Sorgen machen. Marcello öffnet das Fenster. Das hat er noch nie getan. N. ist irritiert.

Er fährt ins Büro und arbeitet bis dreiundzwanzig Uhr. Dann fährt er nach Hause.

Zu Hause zieht er die Schuhe aus, geht zum Kühlschrank

und trinkt ein Glas Bananenmilch. Seine Frau hat die Milch selber gemacht, mit einer Küchenmaschine.

Ihm fällt ein, dass er die Schuhe seiner Frau seit Monaten nicht mehr geputzt hat. Das war, seit seine Frau und er sich kennen, immer eine Arbeit, die von ihm erledigt wurde.

Marcello setzt sich auf den Küchenboden. Es ist ein dunkelgrauer Marmorboden. Er holt verschiedene Töpfchen, Bürsten und Lappen. Vor ihm ein Hügel aus Damenschuhen. Marcello denkt: Die Schuhe meiner Frau sehen aus wie alte Hunde, denen das Fell ausfällt.

Während er in der Küche sitzt und Schuhe putzt, hörte er von Zeit zu Zeit in weiter Ferne eine Polizeisirene und im Garten ein Rascheln. Er vermutet, dass es Kaninchen sind. Wildschweine wären lauter.

Er fragt sich, ob seine Frau zu Hause ist. Sie haben vor einigen Jahren das Abkommen getroffen, immer morgens gemeinsam die Tochter zu wecken und gemeinsam am Frühstückstisch zu sitzen, auch wenn sie die Nacht in einer anderen Wohnung verbringen. Seit die Tochter selber aufsteht, sind sie nachlässig geworden.

Marcello denkt: Über unserer Ruine ist Unkraut gewachsen.

Es ist nach Mitternacht. Er geht die Treppe hinauf. Er öffnet leise die Tür zum Schlafzimmer seiner Frau. Sie ist da und atmet regelmäßig. Ihr Nachthemd ist hochgerutscht. Zum ersten Mal seit langer Zeit sieht Marcello die nackten Beine seiner Frau bis zur Hüfte. Sie hat Krampfadern.

Er beugt sich über sie und riecht an ihrem Nacken. Er stellt fest, dass sie noch genauso riecht wie in seiner Erinnerung. Er fragt sich, wie sie inzwischen ist. Spricht sie zu ihren Liebhabern neue Sätze, zeigt sie Gesichtsausdrücke und Gesten, die er nicht kennt? Vermutlich. Er deckt seine Frau zu und küsst sie auf die Wange, dann geht er wieder nach unten. Jetzt schreibt er den Brief.

»Ich habe euch gesehen, Born. Ich habe euch gesehen, als ihr auf dem Rummelplatz wart, du hast glücklich ausgesehen, mein Lieber. Rate mir, was ich tun soll.«

Es ist ein Uhr.

11

Für das Sexproblem hatte Robert Wegner, nach Jahren des Wanderns und Scheiterns, endlich eine Lösung gefunden.

Eines einsamen Abends entschloss er sich, es auszuprobieren. Er ging, obwohl es sommerlich warm war, in eine Sauna, deren Ausrichtung ihm aus einem Stadtführer bekannt war, setzte sich, mit einem Handtuch um seine Hüfte, an die Bar, bestellte einen Cappuccino und wartete darauf, dass jemand ihn anmachte.

Nach einer halben Stunde begann er, an seiner Attraktivität zu zweifeln. Um ihn herum standen nackte und halb nackte Männer, einige mit beachtlichen Bäuchen, die sich über Fußball und Autos unterhielten. So hatte er sich das nun wirklich nicht vorgestellt. Robert Wegner setzte sich in eine der Schwitzkabinen, dort ging alles sehr schnell.

Er hatte nicht den Eindruck, dass er einer verschütteten oder unterdrückten Neigung nachgab. Er änderte seine Gewohnheiten, das war alles. Es war so, als ob man vom Autofahren aufs Fahrradfahren umsteigt oder vom Fleischverzehr aufs Vegetariertum. Es ist eine Entscheidung, wie immer gibt es Vorteile und Nachteile. Robert Wegner war davon überzeugt, dass die meisten Menschen, sicher nicht alle, sowohl das eine als auch das andere tun können. Am Anfang kommt es einem vielleicht seltsam vor, aber wenn man eine Weile dabeigeblieben ist, hält man es für gut und richtig.

Die Vorteile waren offensichtlich. Die mühsamen, heuchlerischen und zeitraubenden Balzrituale, die Frauen von Männern erwarten, entfielen. Wenn in der einen Bar nichts lief, trank er aus und ging zur nächsten. Wann immer er Lust hatte, konnte er Sex haben, und zwar mit ziemlich großer Sicherheit innerhalb von ein oder zwei Stunden, ohne Bezahlung, ohne Verpflichtungen, ohne den üblen Nachgeschmack, den One-Night-Stands mit Frauen meistens hinterlassen.

Keine beleidigten Briefe, keine Anrufe. Niemand erwartete irgendetwas von ihm, außer dieser einen Sache. Manchmal gab er seine Telefonnummer, oder er bekam eine Nummer. Aber wenn sich nichts daraus ergab, war das auch in Ordnung, und falls man sich zufällig wieder traf, gab es keine Probleme. Man hatte seinen Spaß, hinterher klopfte man einander kurz auf die Schulter und fragte nach der Uhrzeit.

Robert Wegner lernte N. bei einer Lesung kennen. Sie plauderten kurz, er verliebte sich auf der Stelle. Einige Tage lang quälte ihn fast ununterbrochen der Gedanke, dass er mit N. Kontakt aufnehmen sollte, aber er kannte nicht einmal ihren Namen, das Einzige, was er ungefähr kannte, war ihr literarischer Geschmack. Eine Woche später, bei einer anderen Lesung, traf er sie wieder. Er hatte bei ihrem ersten Gespräch erwähnt, dass er vielleicht dorthingehen würde. Robert Wegner glaubte deshalb nicht an einen Zufall.

Sie verabredeten sich zum Frühstück.

Beide aßen nur wenig. Bei dieser Gelegenheit erzählten sie einander ihre Lebensgeschichten, allerdings ohne die intimen Details. Sie stellten fest, dass sie über Kunst und Politik ähnliche Ansichten vertraten, in den gleichen Ländern Urlaub machten und beide in Schöneberg wohnten.

Nach dem Frühstück hätte N. eigentlich zur Arbeit gehen müssen. Sie hatte eine Weile herumstudiert und im Dritten Programm ein paar Monate lang eine Musiksendung moderiert, inzwischen war sie Produktionsassistentin bei einem der neuen Privatsender. An diesem Tag aber meldete sie sich telefonisch krank und ging mit Robert Wegner, der damals bei Insidern schon ziemlich bekannt war, in sein Atelier, unter dem von ihnen beiden durchschauten Vorwand, sich seine neuesten Arbeiten zeigen zu lassen. Dort schliefen sie miteinander, zunächst auf der Couch des Ateliers, dann auf dem Tisch, auf dem Robert Wegner eine Reihe von noch feuchten Fotos zur Ansicht ausgebreitet hatte, von denen fünf oder sechs auf der Haut von N. hafteten, schließlich in der Dunkelkammer, wo die Fotos wieder abfielen und eine Flasche Entwicklerflüssigkeit umstürzte.

Am nächsten Tag, noch vor der Mittagspause, rief Robert Wegner bei N. an, und sie verabredeten sich erneut. Somit waren sie ein Paar.

Die Art, wie N. beim Reden ihre Augen zusammenkniff, die Weise, wie sie manchmal verträumt auf ihre Unterlippe biss, ihre Leberflecken, ihr Gang, der immer ein wenig betrunken aussah, jedes Detail an N. bezauberte Robert Wegner, wobei er naturgemäß nicht wusste, weshalb. In einen Mann hatte er sich niemals verliebt. Seine Gewohnheiten änderte er erneut, was ihm dieses Mal nicht ganz so leicht fiel wie vor drei Jahren, als er sich in die andere Richtung umgestellt hatte.

Rasende Leidenschaft fühlte er eigentlich nur beim ersten Mal. Die nackte N. mit seinen Fotos, die auf ihrer Haut klebten, dieses Bild hatte sich tief in ihn eingebrannt, eine Phantasie, die ihn noch viele Jahre später, als er in langen Feuilletonartikeln als »Nestor der deutschen Fotokunst« gefeiert wurde, zuverlässig in einen Zustand der Erregung versetzte. Im Allgemeinen empfand er Sex mit N. als angenehme Verpflichtung, etwas, was man gerne tut, ohne dabei in Begeisterung zu verfallen, ungefähr wie etwa das Lösen von Kreuzworträtseln oder wie Gartenarbeit. Wer einen Garten hat und diesen Garten liebt, sagte sich Robert Wegner, der muss nun einmal alle vierzehn Tage den Rasen mähen.

Von Zeit zu Zeit, höchstens einmal im Monat, besuchte er die Bars, die früher einen so wichtigen Platz in seinem Leben innegehabt hatten. Er hatte nicht das Gefühl, N. zu betrügen, dies hier war etwas völlig anderes. Bei N. wurde die Liebe mit großem Brimborium inszeniert, ein Hochamt ihrer Gefühle, es musste dazu eine ganz bestimmte Stimmung zwischen ihnen beiden herrschen, sie legte Musik auf, zündete Kerzen an, sie redeten vorher eine Weile miteinander. Es wurde ein Vorspiel von einer gewissen Dauer und sogar ein Nachspiel von Robert Wegner erwartet. Er hätte sich gewünscht, dass N. ihm diese Arbeit abnahm, am besten komplett, oder dass zumindest alles etwas schnörkelloser vonstatten ging. Mit Kritik konnte N., wie er aus ihrer schroffen Reaktion auf seine vorsichtige Andeutungen entnahm, nicht gut umgehen.

An einem Dienstagnachmittag lief Robert Wegner beim Verlassen von Tom's Bar N. direkt in die Arme. Er wusste, dass N. mit einem Team, Kameramann, Tonmann, Lichtmann, einen Einspieler für eine Show drehte, die sich noch im Planungsstadium befand. Sie sprach Passanten auf der Straße an und fragte, wer ihrer Ansicht nach fauler sei, ein Arbeitsloser oder ein Ausländer. Oder sie zeigte ihnen ein Jugendfoto von Bundeskanzler Kohl und fragte, ob der

Mann auf dem Foto geistig krank oder geistig gesund sei. Die Fragen waren natürlich Unsinn. Die Passanten sollten den Unsinn nach Möglichkeit nicht bemerken und versuchen, auf den Unsinn mit all ihrer Kraft eine sinnvolle Antwort zu geben. Für ihre Befragung hatte sich N. ausgerechnet diese Straße ausgesucht.

Am Donnerstag fuhr Robert Wegner zur Frankfurter Buchmesse, um seinen ersten Bildband vorzustellen, der, wie er an diesem Tag noch nicht ahnte, ein Achtungserfolg werden würde. Er hatte sich Motive vorgenommen, die im Allgemeinen Gegenstand der Werbefotografie oder zumindest dekorativer Fotografie sind, gedeckte Tische, Strände, geschmackvoll eingerichtete Wohnzimmer, teure Autos. Er fotografierte sehr aufwendig, sehr edel, den Standards der Werbeindustrie entsprechend, platzierte aber in jedes Foto einen ernst blickenden nackten Menschen, der entweder alt war oder dick oder irgendwie hässlich und den er genauso ausleuchtete und genauso sorgfältig präsentierte wie das Auto oder die gedeckte Tafel. Dieses Arrangement war, wie Robert Wegner jederzeit selbstkritisch einzuräumen bereit war, nicht besonders subtil, später würde er, wie er hoffte, aber noch nicht wusste, originellere Ideen haben. Aber es etablierte seinen Ruf als zeitkritischer, ernst zu nehmender Künstler, und darum ging es ihm letztlich. Die Bilder waren, trotz der Modelle, schön, aber schön auf eine angenehm irritierende Weise. Man konnte sich das ohne Weiteres an der Wand einer Loftwohnung vorstellen.

N. hatte ihn, als sie ihn bemerkte, verwirrt angeschaut, dann hatte sie ihm kurz und scheinbar zerstreut zugenickt, »ach, hallo, Robert« gesagt und den Dreh fortgesetzt. Kurz bevor die Geschäfte zumachten, hatten sie wegen einiger

Einkäufe kurz telefoniert. Erst am Abend brachte sie die Sache zur Sprache.

Er hatte N. die Wahrheit gesagt, zumindest im Groben. Die Umstellung, die nochmalige Umstellung, die gelegentlichen Rückfälle, die jetzt aufhören würden, denn N. sei für ihn, wie ihm erst jetzt richtig klar werde und weshalb er für den Vorfall geradezu dankbar sei, das Wichtigste überhaupt. Sie hatten sich innig umarmt, danach relativ leidenschaftlich geliebt. Das war alles halb so wild.

Robert Wegner konnte sein Glück kaum fassen. Er hatte N. nicht als so großzügig eingeschätzt. Auf der Fahrt nach Frankfurt beschloss er, N. einen Heiratsantrag zu machen, bei nächster Gelegenheit.

Auch in Frankfurt lief es gut. Zwei Zeitungen und ein Radiosender interviewten ihn wegen des Bildbandes, drei Magazine fragten an, ob er für sie arbeiten wolle. Die Anfrage von »Essen und Trinken« lehnte er sofort ab, das konnten die nicht ernst meinen. Er machte keine Food-Foto-Scheiße, auch nicht anonym, wenn er so etwas machte, konnte er sein Image vergessen, in zwanzig Jahren vielleicht. Die Reportage über die Hungersnot in Äthiopien war eine andere Sache, so was wäre im Prinzip schon interessant. Aber Robert Wegner wusste, dass er Zeit brauchte, er arbeitete langsam, und er hatte auch wenig Lust, sechs oder acht Wochen in verkommenen afrikanischen Luxushotels mit kaputten Klimaanlagen und zweihundert Prostituierten vor der Tür abzuhängen. Bei Ryszard Kapuscinski und Peter Scholl-Latour konnte man lesen, wie fertig das einen machen kann.

Wer kreativ ist, muss sich die Bedingungen schaffen, die er braucht.

Am besten klang die Idee, Aidskranke in einem Hospiz zu fotografieren, und zwar vom Tag ihrer Einlieferung, falls man da »Einlieferung« sagt, bis zu ihrem Tod, ein Foto pro Woche oder pro Monat, je nachdem, wie lange es dauerte. Ein Reporter würde mit den Kranken reden, drei oder vier große Porträts schreiben, dazu die Fotos, wobei er die Freiheit hatte, seine Arbeit breiter anzulegen, also sieben oder acht Kranke zu fotografieren. Dabei kam garantiert ein starker Bildband heraus. Menschlich ist das sicher belastend, dachte Robert Wegner, aber es bringt einen auch weiter. Du musst reifen, als Persönlichkeit, als Künstler, und von den Rahmenbedingungen her ist es nicht halb so hart wie Afrika. Das Hospiz war in Hamburg.

Abends, im Hotel, rief N. an. Sie fragte ihn, ob er in letzter Zeit einen Test gemacht hätte. Darüber war noch gar nicht gesprochen worden. Sie war aufgeregt.

»Das ist ja witzig«, sagte Robert Wegner, »Mensch, du, zufällig hab ich heute schon mal mit dem Thema zu tun gehabt.« Er wollte anfangen, von dem Hospizprojekt zu erzählen, aber er merkte noch rechtzeitig, dass es nicht passte. N. war gerade auf einer ganz anderen Schiene.

»Den letzten Test hab ich vor drei Monaten gemacht«, sagte er, »seitdem kann nichts passiert sein, du kannst dich entspannen.«

Außerdem sagte er, dass er N.s Sorgen verstehe, es tue ihm, wie sie wisse, furchtbar leid, dass er ihr diese Sorge bereite. Sicher, der Test sei notwendig, aber sie könne wirklich ganz lässig dahin gehen, bloß eine Formalie, und so weiter.

N. war aber überhaupt nicht entspannt. Vor Angst hätte sie kein Auge zugetan. Sie klang vollkommen anders als vor zwei Tagen.

Robert Wegner war sich seiner Sache in diesem Punkt wirklich ziemlich sicher, er war schließlich nicht lebensmüde. Klar, hundertprozentige Sicherheit gibt es nie, siehe die Kernkraftwerke. So umfangreiche Sicherungen, wie es sie bei einem Kernkraftwerk gibt, waren bei ihm nicht eingebaut, aber diesen Gedanken behielt er für sich.

Am Ende des Gesprächs war N. wieder halbwegs ruhig, zumindest für den Augenblick. Um zwei Uhr rief sie wieder an, sie konnte nicht schlafen, sie hatte Angst.

Robert Wegner wusste nicht, was er Neues sagen sollte, er hatte nichts Neues auf der Pfanne. Also wiederholte er, mit schläfriger Stimme, was er am frühen Abend erzählt hatte. Das Gleiche tat er noch einmal um drei und um fünf Uhr. N. ging ihm auf die Nerven, obwohl er wusste, dass ein idealer Mensch in einer idealen Welt nichts anderes als Verständnis und Mitgefühl für N. empfinden würde.

Sie geht mir auf die Nerven, aber ich beruhige sie trotzdem, dachte Robert Wegner, das ist doch schon mal was.

Am nächsten Tag war er todmüde. Er traf sich im »Frankfurter Hof« zum Mittagessen mit dem Magazinredakteur, der die Hospizgeschichte betreute, und sagte ihm zu. Er hatte richtig Lust auf diese Geschichte. Natürlich lag es nahe, die Kranken in Schwarz-Weiß zu fotografieren. Genau deswegen würde er es nicht tun. Die Fotos sollten im Gegenteil knallbunt sein, Robert Wegner schwebten als Vorbild mittelalterliche Kirchenfenster oder Ikonen vor. Daran hatte der Magazinredakteur zu beißen.

Während sie beim Dessert saßen, wurde Robert Wegner zum Telefon gerufen.

»Woher wusstest du denn, wo ich bin?«, fragte er. N. hatte einfach die bekannteren Hotelrestaurants durchprobiert. Der Test war gemacht, das Ergebnis kam in drei Wochen. Die Ärztin hatte gesagt, dass N. sich erst mal keine Sorgen machen müsse, vorausgesetzt, ihr Freund, also Robert Wegner, sage die Wahrheit. Die Ansteckungsgefahr durch das Virus sei, statistisch gesehen, nicht sehr hoch, umgerechnet auf den einzelnen Geschlechtsverkehr so etwas wie ein Prozent, je nach sexueller Praktik, die angewendet wird, natürlich mal mehr, mal weniger. Das heißt, bei jedem hundertsten Mal oder so erwischt es einen, statistisch gesehen. Deswegen gebe es Leute, die längere Zeit mit einem Infizierten zusammen sind und sich nicht anstecken, ein paar Leute seien vielleicht auch immun. Sie wolle die Gefahr nicht bagatellisieren, um Himmels willen, nein, schützen müsse man sich schon. Es sei schon okay, wenn die Ansteckungsgefahr in den Medien dramatischer geschildert wird, als sie es ist. Sonst würde sich kein Mensch schützen, alle würden auf ihr Glück vertrauen. Das Virus sei sehr anpassungsfähig, sehr wandelbar, sehr schlau, wenn man so will, deswegen sei es schwer auszurotten, aber es sei nicht besonders aggressiv. Ähnlich wie der Mensch, der Mensch verliert fast jeden Zweikampf gegen ein gleich großes anderes Lebewesen, er hat Kultur, Religion, Strafrecht, lauter Aggressionsbremsen, er ist eigentlich friedlich, aber wenn er trotzdem loslegt, kann er viel Schaden anrichten.

Interessante Ärztin, dachte Robert Wegner. Aber er konnte sich schlecht konzentrieren, weil der Magazinredakteur auf ihn wartete. »Klingt gut«, sagte er, »reden wir heute Abend weiter?«

N. begann zu weinen. »Was ist, wenn ich sterbe?«

»Wenn du stirbst, sterbe ich auch, aber das macht ja nichts«, sagte Robert Wegner, ohne groß nachzudenken. Das war sonnenklar. Wenn sie das Virus hatte, dann hatte er es erst recht. Da konnte sie jetzt wirklich nicht damit rechnen, auf seiner Mitgefühlsliste die Nummer eins zu sein, trotzdem, diese Bemerkung hätte er sich besser verkniffen.

N. schrie »du Schwein!« und legte auf. Er ging zurück zum Tisch, der Magazinredakteur hatte bereits bezahlt und war leicht verärgert. »Meine Mutter«, sagte Robert Wegner. »Sie ist schwer krank, sie ist dement.«

Dafür hatte der Redakteur Verständnis.

In den folgenden Tagen rief N. häufig bei Robert Wegner an, bestimmt fünfzehnmal, zuerst in seinem Hotelzimmer, später bei ihm zu Hause, aber er ging nicht ans Telefon. Wenn es klingelte, hatte er es seltsamerweise im Gefühl, ob N. die Anruferin war oder jemand anderes. Er irrte sich nie. Sie waren schon, auf eine verrückte Weise, verwandte Seelen, dachte er. Sonst hätte er bei ihren Anrufen doch nicht ihr Fluidum so genau gespürt.

Nach dreieinhalb Wochen kam ein kurzer Brief. Sie beide würden nicht zueinanderpassen. Sie wünsche ihm alles Gute, das Testergebnis, falls es ihn interessiere, sei negativ.

Robert Wegner hatte einen Assistenten eingestellt, vorerst auf Honorarbasis, einen südländisch aussehenden jungen Mann, der sich Raffael nannte, in Wirklichkeit aber Jürgen hieß. Raffael war das Ergebnis einer allen Wahrscheinlichkeitsrechnungen trotzenden Genmischung zweier blonder, übergewichtiger Eltern aus der Berliner Unterschicht, vielleicht auch die Folge eines Seitensprungs.

Raffaels wegen war Robert Wegner bereit, sich ein weiteres Mal umzustellen. Vielleicht war er sogar ein wenig verliebt. N. vergaß er recht schnell, den Brief legte er in einen Karton und vergaß ihn ebenfalls.

12

N. und Jens waren ein Jahr zusammen gewesen, aber es hatte nicht geklappt, und jetzt sahen sie sich hin und wieder, manchmal mit Sex, manchmal ohne. N. hatte, soweit Jens wusste, keinen neuen Freund. Zumindest machte sie keine Andeutungen. Er selber hatte wieder jemanden, aber er war nicht wirklich begeistert von dieser anderen Geschichte. Der Sex mit N. war schon toll gewesen, das stand fest, auch wenn sie ansonsten extrem schwierig und launisch war, divenhaft, nun, andere sahen das vielleicht anders. Auf jedes Töpfchen passt ein Deckelchen, sagt man. Aber bei N., sagte sich Jens, musste das schon ein ganz exquisit geformtes und extrem strapazierbares Deckelchen sein.

Trotzdem machte er sich hin und wieder Hoffnungen, dass aus ihm und N. eines Tages wieder etwas werden könnte. Menschen ändern sich, werden reifer. Warum sollte denn nicht auch N. reifer werden und realistischer in ihren Ansprüchen. Er war jedenfalls kein übler Typ, da war er sich ziemlich sicher. Die Barry-White-Kassette, die N. für ihn aufgenommen hatte, hörte er immer noch manchmal beim Autofahren, zu dieser Musik hatten sie es oft gemacht, vor allem zu »Love Theme«. Der Song war mindestens fünfzehn Jahre alt und zu diesem speziellen Zweck immer noch unschlagbar.

Es war besser, darauf zu warten, dass N. anrief. Wenn er selber die Initiative ergriff, ließ sie ihn meistens abblitzen. In dieser Hinsicht war sie dann doch berechenbar. N. rief ihn also an und schlug vor, dass sie mal wieder ein verlängertes Wochenende im Teutoburger Wald verbringen sollten, in einem sehr schönen Hotel mit Sauna, wo sie in ihrer gemeinsamen Zeit mehrmals gewesen und Feste der Liebe gefeiert hatten. Das war eine gute Nachricht, mit der Einschränkung, dass der von N. avisierte Termin für das verlängerte Wochenende noch fast zwei Monate entfernt lag. Doch stellte sich dieser Nachteil beinahe als Vorteil heraus. Denn in den folgenden Telefonaten drehte sich alles um die bevorstehende Wiedervereinigung, die N. und er sich in den leuchtendsten Farben und mit allen Details ausmalten, du hier, ich dort, dann dies, nein, erst jenes, aber schön langsam. Heiseres Flüstern, angedeutetes Stöhnen. Solche Telefonate kannte Jens bis dahin nicht, weshalb er zunächst ein bisschen scheu war, aber N. schien darin eine gewisse Übung zu besitzen, woher eigentlich, sie riss ihn mit, und er ließ sich gerne mitreißen.

Drei Wochen vor dem Termin kam der Vorschlag mit den Handschellen.

Ja, warum denn eigentlich nicht? N., die auch in diesem Fall nicht damit herausrückte, ob sie bereits über Erfahrungen verfügte, sagte, dass sie es erregend finden würde, wahnsinnig erregend sogar, voraussichtlich jedenfalls, wenn er sie mit Handschellen an das Bett fesseln würde. Zumindest an den Armen. Bei den Beinen war sie sich noch nicht ganz sicher. Sie hatte, weil sie beide sich nicht mehr an dieses Detail erinnerten, auf dem Hotelprospekt die Betten genau in Augenschein genommen. Es gab Bettpfosten. Das sah sehr, sehr gut aus in dem Prospekt.

Die Sexshops lagen eigentlich alle in den belebten Innenstadtbezirken. Den Gedanken, dort einem Bekannten über den Weg zu laufen, fand Jens zwar unangenehm, aber gerade noch erträglich. Am meisten peinigte ihn die beinahe schon zwanghafte Idee, dass er beim Betreten oder Verlassen des Shops Regula Scheurenbrandt über den Weg laufen würde, seiner Sekretärin, die auch nach zwanzig Jahren in Berlin ein gemütliches, breites Badisch zu sprechen pflegte und die er, von zwei oder drei gemeinsamen Essen, als bis ins letzte Detail kompromisslose Feministin kannte, die jederzeit einen halbstündigen Spontanvortrag über männlichen Sexismus aus ihrem gebauschten Blusenärmel zu schütteln imstande war. Überdies war Regula Scheurenbrandt aus gemeinsamen Studienzeiten mit seiner sozusagen offiziellen Freundin gut bekannt, die unter der Woche in Hamburg einen Lehrauftrag erfüllte, mit gelegentlichen Wochenendseminaren in Plön, das war in seiner Situation praktisch, und zumindest an dieser Front musste er vor einer peinlichen Begegnung keine Angst haben.

Er wählte einen Laden am Kurfürstendamm, in den dortigen Touristenströmen konnte er sich so unerkannt bewegen wie eine Makrele in einem Makrelenschwarm. Regula Scheurenbrandt beauftragte er mit einer extrem schwierigen Recherche für einen Mandanten, auf dessen Immobilie, in gutem Glauben irgendwo in Westdeutschland erworben, eine jüdische Erbengemeinschaft aus den USA Ansprüche erhob. War dieses ganze Nazi-Zeug denn nicht längst abgewickelt? Ära Adenauer? Sie haben Carte Blanche, Regula. Telefon, Spesen, alles, hatte er zu ihr gesagt, finden Sie halt was heraus.

Eigentlich entsprach dieser Auftrag nicht dem Anforderungsprofil einer Sekretärin, nun, immerhin einer abgebrochenen Studentin. Aber Regula war ehrgeizig. Die würde sich da so richtig reinbeißen und sich im Geiste als Gegner einen schwanzfixierten jüdischen Macho mit reichlich Haaren auf der Brust vorstellen, Philip Roth vielleicht oder Woody Allen, dem würde sie zeigen, wo der Hammer hängt.

Es gab eine unglaubliche Auswahl an Handschellen. Auch preislich waren die Unterschiede enorm. Jens glaubte, dass er sich die besonders stabilen Exemplare – aus massivem Stahl – sparen konnte. Das Ganze war schließlich nur ein Spiel, da war verchromtes Blech ausreichend. Stattdessen achtete er auf handgelenkfreundliche Innenpolsterung, ein bisschen Tragekomfort musste schon sein.

Er war erregt, fast wider Willen. Dass ausgerechnet N., die so bedacht war auf ihre Autonomie oder Immunität oder wie immer das hieß, auf so etwas stand! Sie war doch auch Feministin. Zum Glück ein bisschen weniger als Regula Scheurenbrandt. Das war doch widersprüchlich, wenn man es dann genießt, Objekt zu sein. Andererseits war das ganze Leben eine solche Ansammlung von Widersprüchen, Diffusionen und Inkohärenzen, da kam es auf ein Paar innenseitig gefütterte Handschellen für neunundachtzig Mark fünfzig wohl auch nicht mehr an.

In den Tagen vor der Kurzreise radikalisierte sich der Telefonkontakt. Jens und N. sprachen mehrmals täglich, und zwar auf eine so offene Weise, dass Jens die Tür zu seinem Büro abschloss, er konnte in diesem Zustand einfach für nichts mehr garantieren. Einmal sah er, dass Regula Scheurenbrandt von außen die Türklinke sacht drückte, aber das war ihm dann auch egal. Sie klopfte nicht und sprach ihn auch nicht auf das Vorkommnis an. Sie schaute nur strenger als üblich. Vielleicht hatte sie durchs Schlüsselloch gelinst? Na, das war dann ihr Problem.

Jens konnte sich schon am Donnerstagnachmittag freimachen. Die Fahrt mit dem Auto unterbrachen sie mehrmals auf Parkplätzen. Aber sie waren übereingekommen, sich beide zurückzuhalten, nur Knutschen und Anheizen, sonst nichts.

Auf dem Parkplatz der Transitstrecke war es Jens anfangs mulmig zumute. Der Abstand zu den anderen Wagen kam ihm zwar ausreichend vor, aber bestimmt wurden sie aus einem oder sogar aus mehreren Wachtürmen beobachtet. Doch nachdem er kurz nachgedacht hatte, kam ihm der Gedanke, dass sie beide, also das sich bespeichelnde und befingernde Knäuel, das sie bildeten, in dem Fernglas einiger Vopos zu sehen waren, nicht mehr so beunruhigend vor. Gegen Sexualität hatte die DDR, soweit ihm bekannt war, nichts. Das hatte nichts Staatsfeindliches. Waren die da nicht sogar freizügiger als im Westen? Die Vopos würden ihnen nichts tun, die brachten sogar ein gewisses Verständnis auf. Die würden sich freuen, da war er sich sicher. Die sahen das lockerer als, nur jetzt als Beispiel, Regula Scheurenbrandt. Hatte die ihn wirklich durch das Schlüsselloch ins Visier genommen?

Zuerst gingen sie in die Sauna. Es war eine großzügige Sauna, mit Garten, Außenschwimmbecken, Dampfbad, neunzig Grad und sechzig Grad. Im Pool hätten sie es fast gemacht, aber nur fast, dann kam ein älteres Ehepaar und schaute sie strafend an. Sie tranken Tee, aßen eine Kleinigkeit, innen, im Garten war es dazu leider zu kalt, noch nicht winterlich, aber doch schon sehr deutlich Herbst. Dann gingen sie aufs Zimmer.

Wegen des Erwartungsdrucks, der sich im Laufe der vergangenen Wochen bei ihnen aufgebaut hatte, machte sich Jens ein wenig Sorgen. Gewiss, es war nicht ihr erstes Mal. Bei Weitem nicht. Doch von Telefonat zu Telefonat, und dann erst auf den Parkplätzen, hatte sich zwischen ihnen sozusagen eine gewaltige rosafarbene Wolkenbank aufgebaut, ein sich von weiter Ferne ankündigendes und in majestätischer Langsamkeit näher schiebendes Lustgewitter, dessen Entladung unter Blitzen und Donnern nun zweifellos unmittelbar bevorstand. Das, was die Vorstellung sich ausmalt, kann die Realität eines Liebesaktes nur selten einlösen, so viel wusste auch Jens, und egal, wie sehr einer die wertvolle Kunst des Selbstbetruges auch perfektioniert haben mag, ganz lässt diese Erkenntnis sich niemals unterdrücken.

Für einen kurzen Moment, während sie durch den Garten der Dependance zustrebten, in der ihr Zimmer sich befand, spürte er völlige Windstille. Der Teutoburger Wald schwieg, Krähen, Eulen und Eichelhäher schwiegen, die Blätter, die sich im Becken eines längst abgestellten Springbrunnens gesammelt hatten, bewegten sich nicht, und für Insekten war es ohnehin schon zu kühl.

Tatsächlich hatte er gewisse Anlaufschwierigkeiten. Als er diese Schwierigkeiten überwunden zu haben glaubte, als es gewissermaßen losgehen konnte, fragte N. nach einem Kondom.

Das brachte ihn sofort wieder aus dem Konzept. Sie hatten, seit sie offiziell getrennte Wege gingen, immer diese scheußlichen Dinger verwendet, aber erst nach einer gewissen Weile, vor dem Finale. Jetzt sagte N., dass es doch wohl neuerdings Standard sei – Standard! –, das Ding gleich sofort und unverzüglich anzulegen, ohne das Ding, von Anfang an, laufe gar nichts.

N. sagte, dass es diese Krankheit gebe, das wisse er, und dass sie keine Ahnung habe, was er alles so treibe, das wolle sie auch gar nicht wissen, und was sie treibe, werde sie ihm auch nicht erzählen, kurz, sie lasse darüber nicht mit sich diskutieren.

Jens diskutierte aber doch. Erstens lebe er, von seiner Freundin mal abgesehen, eine Formulierung, bei der er, während er sie aussprach, spürte, dass sie nicht in Ordnung war, total monogam, besser gesagt, total bigam, auch total hetero, abgesehen von ein paar weit zurückliegenden Geschichten, lange bevor es die Krankheit überhaupt gab. Von ihm drohe also keine Gefahr, zumindest keine nennenswerte, und die von ihr ausgehende Gefahr sei er bereit hinzunehmen. Großen Risiken aus dem Weg zu gehen, sei vernünftig, allen, auch den kleinsten Risiken aus dem Wege gehen zu wollen, sei eine Zivilisationskrankheit. Ein Leben ganz ohne Risiko gibt es sowieso nicht, sagte Jens, wer das versucht, scheitert und macht sich bloß die Lebensqualität kaputt, sie waren also gleich bei den grundsätzlichen Themen, und ein Gespräch über grundsätzliche Themen ist, wie Jens im Grunde klar war, seit dem Beginn der Menschheit immer das sicherste Mittel gewesen, um eine Person sexuell ruhigzustellen.

Die ganze Zeit hatte er den Verdacht, dass es N. nur um eine Machtfrage ging. Bei ihr ging es doch dauernd um Machtfragen. Heute so, morgen anders, übermorgen wieder anders, je nachdem, wie sie es gerade will. Warum hatte sie ihn hierhergelockt? Um ihn, nachdem sie ihm Gott weiß was für Versprechungen gemacht hat, umso sicherer fertigmachen zu können. Hier konnte man ja nicht mal, um sich zu beruhigen, eben schnell vor die Tür gehen, in eine Kneipe. Hier gab es in zwanzig Kilometern Umkreis nur den verdammten, verfickten Teutoburger Wald mit Uhus und Rotwild.

Wenn man vorher, in der Sauna zum Beispiel, über das

Kondom geredet hätte. Hör mal, so und so, ich bin da jetzt ängstlicher geworden, lass es uns anders machen diesmal, darauf hätte er sich einstellen können. Er war doch gar nicht so. N. konnte einfach nichts Schönes ertragen, Harmonie war nicht ihr Ding. Wie eine Selbstschussanlage, ballerte bei Annäherung ohne Vorwarnung los.

Das sagte er aber nicht. Er blieb sachlich. Im Großen und Ganzen. Trotzdem war die Stimmung hinüber, daran war nicht zu rütteln. Nach einer Weile beruhigten sie sich und redeten über neutrale Themen. Die politische Lage. Die politische Lage war ebenfalls unübersichtlich.

Als er aufwachte, konnte sich Jens an ihre Meinungsverschiedenheit, vielleicht war es sogar ein Streit gewesen, nicht mehr sofort erinnern. Er war ganz damit beschäftigt, seine Lage zu begreifen und seine Gliedmaßen zu sortieren. Er lag auf dem Rücken. Unten, mit seinen Beinen, war alles okay. Wo war N.? Im Badezimmer offenbar, wenn er den Kopf leicht hob, sah er unter der Badtür einen Streifen Licht. Das Problem waren seine Arme, er konnte seine Arme nicht bewegen. Sie waren weit ausgebreitet, wie bei einem Gekreuzigten, und jetzt, inzwischen war er aus der Zwischenwelt des Erwachens zurückgekehrt und Herr seiner Sinne, bemerkte er, dass sie mit den Handschellen an den Bettpfosten befestigt waren. Was für eine gute Idee, das Modell mit der Innenpolsterung zu wählen! Er war nackt. Nackt und hilflos wie ein Nacktmulch. Was hatte sie mit ihm angestellt? Das Letzte, woran er sich erinnerte, war eine warme Welle der Müdigkeit, die wahrscheinlich mit den drei Saunagängen und mit dem Hormonsturz zusammenhing, infolge des plötzlichen Zusammenbruchs seiner Erregungskurve, darüber hatte er gelesen.

N. kam aus dem Bad, sie trug ihren Pyjama.

»Was ist passiert, was tust du?«, fragte Jens.

»So war's doch geplant«, sagte N., »so wollten wir es doch machen, Bärchen. Alles in Ordnung.«

Sie schien wieder ganz gut drauf zu sein, so schnell, wie ihr Verhalten in die eine Richtung kippte, konnte es auch wieder in die andere gehen, diese Frau war ihm ein Rätsel. N. ging zum Fernseher und machte ihn an. »Das musst du sehen«, sagte sie. Dann schob sie ihm ein Kissen unter den Kopf. Im Fernsehen – wie spät war es? Mitternacht, ein Uhr, zwei Uhr? – sah man feiernde Menschen, sie hielten Sektflaschen hoch, viele trugen Trainingsanzüge. Hupende Autos bahnten sich ihren Weg.

»Die Mauer ist offen«, sagte N., »das ist vielleicht die politisch wichtigste Nacht unseres Lebens.«

Jens sah den feiernden Menschen zu, es kamen immer wieder dieselben Bilder, Wiederholungen, aber man musste das wirklich mehrmals sehen, diese Massen, der Regierende Bürgermeister, singende Abgeordnete, Vopos ohne Mütze, und dann legte sich N. auf ihn, und er sah das Fernsehbild nicht mehr, er hörte nur noch den Ton. Und N. ging volles Risiko. Vielleicht wurde sie schwanger – und wenn schon, in so einer Nacht. Was man dem Kind da später alles erzählen kann. Sein Vater hätte gesagt: eine Nacht zum Heldenzeugen.

Er erwartete, dass N. ihn hinterher losmachen würde, aber das tat sie nicht. Sie setzte sich an den Rand des Bettes und zündete sich eine Zigarette an. »Wart noch ein bisschen«, sagte sie.

Jens lag mit ausgebreiteten Armen da und schaute den feiernden Menschen zu. Als er schon fast eingedämmert war, stieß N. ihn an: »He, Bärchen, aufgewacht, das musst du sehen, das gibt's doch gar nicht!« Groß im Bild Regula

Scheurenbrandt, mit aufgelösten Haaren, eine Weinflasche in der Hand, Übergang Heinrich-Heine-Straße.

Wahnsinn. Das war doch Wahnsinn. Dann schlief er ein, und am nächsten Morgen war N. nicht mehr da. Sie hatte die Handschellen aufgeschlossen.

13

Auf dem Weg zur Berghütte stritten sie sich, schwer zu sagen, worüber. Die Hütte lag fast zweitausend Meter hoch, das heißt, sie mussten ungefähr achthundert Meter aufsteigen. Er wunderte sich, dass er so etwas schaffte. Er war das nicht gewohnt. Vielleicht half der Streit, er lenkte von der Anstrengung ab.

Oben war es dann sehr schön. Sie saßen in der Sonne, auf einer Holzbank, betrachteten die Berge und aßen Suppe. Es waren nicht mehr viele Wanderer unterwegs, so spät im Jahr. Der Streit war einfach eingeschlafen, wie so oft. Der Streit starb nie, er schlief nur.

Am nächsten Morgen wollten sie über den Grat, auf die andere Seite, nach Österreich. Noch einmal fast tausend Meter Aufstieg. Der Weg war auf der Karte als »Tour« eingezeichnet, nicht als »Wanderung«, was dieser Unterschied bedeutete, begriff er bald. Am Anfang liefen sie noch über steile Wiesen, dann verwandelten die Wiesen sich in Geröll. Von Zeit zu Zeit sahen sie Felsen, die mit einem roten Punkt gekennzeichnet waren. Es kam darauf an, sich in der Landschaft von Punkt zu Punkt voranzuarbeiten und auf keinen Fall auch nur einen einzigen Punkt zu übersehen. Sonst verirrte man sich garantiert. Bergwanderungen waren etwas für Pedanten.

Sie lachten viel. Nach einer Stunde kamen sie an einen Bauernhof und kauften bei einer alten Bäuerin zwei Gläser Milch. Sie unterhielten sich darüber, dass die schönsten Momente des Reisens einen automatisch an Bilder aus der Werbung erinnern, im Gebirge besonders oft an Schokoladenreklame. Dieses Bild gerade eben, das Milch trinkende, ehrlich gesagt, ziemlich gut aussehende Paar, karierte Hemden, umringt von Kühen, eine perfekte Szene für Vollmilchschokolade. Bei Strandbildern denkt man an Rum. Oder an Parfüm.

Sie hatten ein neues Spiel gefunden. Welches Reiseziel, welches Produkt?

Berlin, Bier.

Lüneburger Heide, Wurst.

Die amerikanischen Südstaaten, Whiskey.

New York? Am ehesten wohl Kreditkarten.

Der Anstieg wurde steiler. Das ist jetzt richtiges Bergsteigen, dachte Georg. Von Zeit zu Zeit schaute er vorsichtig nach unten. Die Wand, so kam es ihm vor, fiel neben ihm senkrecht ab, fünfzig Meter oder so, das war wirklich unglaublich. Wozu mache ich das? Wozu ist das gut?

Sie mussten sich an einer Steilwand entlanghangeln. Der Absatz für die Füße war jetzt nur noch ein paar Zentimeter breit. In die Wand waren Eisenringe eingelassen, durch die eine schwere eiserne Kette lief. An dieser Kette konnte man sich festhalten. Die Kette fühlte sich kalt an.

In dieser Steilwand, etwa in ihrer Mitte, spürte Georg, dass der Weg für ihn zu Ende war.

Er konnte nicht mehr weiter. Er konnte auch nicht zurück. Er stand einfach nur in der Wand und wartete. Er schaute nicht nach unten. Er hörte den Wind.

N. war schon viel weiter. Er rief nach ihr. Sie kehrte um.

»Mir geht es nicht gut«, sagte Georg.

So, wie er in der Wand stand, war er ein Hindernis. Sie kam nicht an ihm vorbei. Beide waren ratlos. Beide standen in dieser Steilwand, redeten ein wenig, dann schwiegen sie. Der Mittag ging vorüber, das Wetter war gut. Manchmal schrie ein Vogel.

Die Angst kam und ging wie Meeresbrandung. Eine Welle näherte sich, er konnte sie schon aus einiger Entfernung erkennen, sie baute sich auf, sie brach. In dem Moment, in dem die Angstwelle brach, glaubte er, es keine Sekunde länger aushalten zu können, es rauschte und schäumte in seinem Kopf. Dann aber flutete die Angst langsam zurück, und er hatte für ein paar Momente wieder Luft.

Georg erinnerte sich an den Turnunterricht. Wenn die Mannschaften gewählt wurden, gehörte er anfangs immer zu den zwei oder drei letzten, zu den kleinen, dicken Jungen, die beschämt auf dem Schulhof stehen, die langsam und ungeschickt sind und nicht nützlich. Das hatte ihm etwas ausgemacht, darum war er sportlich geworden. Er war in einen Sportverein eingetreten, hatte trainiert, ohne viel Talent, aber mit Fleiß, bis er endlich zu den Mittelmäßigen gehörte. Nicht Nummer eins, aber wenigstens Nummer sieben oder acht. Man darf sich nicht hängen lassen. Du kannst es schaffen, wenn du wirklich willst. Und so weiter. Sein Ehrgeiz beruhte nicht auf dem Willen, nach oben zu kommen, sondern auf der Angst abzustürzen. Vielleicht war das bei den meisten so.

Nach zwei Stunden kamen von unten zwei Bergsteiger, echte Bergsteiger, wie es schien, starke Männer, die jünger waren als er, Männer mit Bartstoppeln und weißen Zähnen. Sie sahen wie Brüder aus, aber nur einer sprach den Dialekt der Berge, der andere redete hochdeutsch. Georg stand immer noch an derselben Stelle, er presste sich an den Fels, er ließ die Wellen über sich hinwegrollen, weiter oben stand N., sie schwiegen. Unter ihm, nur eine Armlänge entfernt, jetzt die beiden Bergsteiger.

Der eine der beiden Männer fasste ihn an der Hand, wie ein Kind. Er sagte ihm, dass er ruhig atmen solle, ganz langsam, er dürfe nicht hecheln. Er solle ihm seinen Rucksack reichen. Dann fragte der Bergsteiger ihn, was er beruflich mache, wo er wohne, was er gestern gegessen habe. Georg durchschaute das, es ging darum, ihn abzulenken und zu beruhigen. Dann fasste der Bergsteiger seine Hand fester und forderte ihn auf, Schritt für Schritt zu ihm zu kommen, Schritt für Schritt, bis der Grat allmählich wieder breiter wurde und er sich etwas sicherer fühlte.

N. folgte ihnen. Das machte ihr keine Mühe. Er spürte, dass er schwankte. Der vordere der beiden Männer kletterte an ihm vorbei, jetzt hatten sie ihn von beiden Seiten. Die Bergsteiger fassten ihn, jeder mit einer Hand, sie zogen und schoben ihn wie ein sperriges Gepäckstück in einfacheres Gelände.

Danach stiegen sie noch ein paar hundert Meter mit ihnen ab, so lange, bis die Strecke wieder ungefährlich war, fast ein Spazierweg. Dabei verloren sie natürlich Zeit. Wahrscheinlich hatte er ihnen den Tag versaut. Einer von ihnen war Bergführer, der andere Unternehmer, er nannte den Namen seiner Firma, ein bekannter Name. Der Bergführer erzählte, dass erst kürzlich ein sehr erfahrener Kollege von ihm abgestürzt sei, und zwar kurz vor dem Tal, an einer ganz einfachen Stelle. Er sei nur drei Meter tief gefallen, tot war er trotzdem. Die erfahrenen Bergsteiger würden fast nie an den schwierigen Stellen abstürzen, weil sie da voll konzentriert sind und aufpassen, sondern fast immer an den einfachen Stellen. Wenn sie denken, dass sie es geschafft haben, und anfangen, ein bisschen zu träumen, stürzen sie ab.

Als sie wieder die Hütte erreichten, erst dann, sagte N., dass es nicht mehr weitergehe. Sie müssten sich trennen, jetzt, hier, sofort.

Weil ich den Berg nicht geschafft habe, sagte Georg. Weil ich feige bin, oder. Weil ich zu alt bin.

Nein, aus tausend anderen Gründen, sagte sie, das weißt du doch alles. Dieses. Und dieses. Und dieses. Er glaubte ihr kein Wort. Das ergab doch überhaupt keinen Sinn. Warum waren sie hier? Warum waren sie losgefahren? Sie setzten sich in den Gastraum und aßen Suppe, ein paar andere Wanderer fragten sie nach der Tour über den Grat. Georg antwortete, er habe es nicht gepackt, aber für erfahrene Bergwanderer sei das bestimmt machbar. Er habe auch nicht die richtigen Schuhe dabei.

In der Nacht hörte er sie neben sich atmen. Beide waren wach. Er überlegte, ob er die Hand nach ihr ausstrecken sollte. Er tat es nicht. Am Morgen, im ersten Licht, packte er seinen Rucksack, wie verabredet, und machte sich allein auf den Rückweg zur Bahnstation.

Die Strecke zur Bahn, die er als anstrengend, aber ziemlich einfach in Erinnerung hatte, kam ihm jetzt, wo er sich nicht mit ihr stritt, unendlich schwieriger vor. Er seilte sich an Wurzeln in Bachläufe ab, tiefe Canyons, wo, wie er sich zu erinnern glaubte, noch vor zwei Tagen flache Rinnsale gewesen waren, und querte mit nassen Schuhen Kuhweiden, die wie Mondlandschaften aussahen. Er ging aus Versehen im Kreis, setzte neu an, zog das Hemd aus. Zweige peitschten ihm ins Gesicht, Insektenschwärme kreisten über ihm. Kein einziger Mensch war zu sehen. Stunde um Stunde verging. Er musste so angestrengt darauf achten, wo er hintrat, dass er kaum zum Nachdenken kam. Einige Wände waren fast so steil wie die Wand, an der er am Tag zuvor versagt hatte. Das machte ihm jetzt nichts mehr aus.

Am Nachmittag sah er den Bahnhof, ein Fachwerkhaus unten im Tal. Er legte sich auf eine Wiese und schlief ein. Als er aufwachte, hatte er im ersten Moment vergessen, wo er sich befand und warum. Er wunderte sich, dass N. nicht bei ihm war. Dann nahm er die letzte Etappe in Angriff. Es gab endlich einen richtigen Weg, er begegnete auch anderen Wanderern.

Auf dem Bahnsteig stand eine hölzerne Bank, ähnlich der Bank, die es oben auf der Berghütte gegeben hatte. Dort saß sie. Als sie Georg sah, stand sie auf. Sie lächelte ihn an, sie sagte: »Da bist du ja endlich. Ich warte schon seit einer Ewigkeit.« Der letzte Zug gehe in zehn Minuten.

Fahren wir nach Hause, sagte sie. Und das taten sie dann auch.

14

Die Umzugsfirma sollte um sieben kommen. Um fünf stand Orlich auf. Er hatte schon seit Jahren sein eigenes Zimmer. Claudia saß fertig angezogen in der Küche. Sie hatte Kaffee gekocht wie immer. Die Kisten, zweiundvierzig Kisten, die sie in den vergangenen Tagen gemeinsam gepackt hatten, standen in der Eingangshalle. Die kleineren Möbel, die Orlich mitnehmen wollte, hatten sie am Vorabend gemeinsam in die Halle getragen. In der Küche fehlte das kleine Beistelltischchen, auf dem sie, wenn sie Gäste empfingen, immer Getränke und Brot abstellten. Ein dünner Streifen Schmutz erinnerte an die Stelle, wo der Tisch die Wand berührt hatte.

Vor ein paar Jahren hatten sie angefangen, Kunst zu sammeln. Das Haus war im Wesentlichen abgezahlt, dadurch wuchsen ihre finanziellen Spielräume. Sie waren keine Experten, bei den Bilderkäufen achteten sie nicht auf mögliche Wertsteigerungen oder Trends des Kunstmarktes. Sie kauften, was ihnen gefiel und was sie sich leisten konnten, meistens Gegenständliches, Porträts oder Stillleben, auch Straßenszenen. Sie mochten die Atmosphäre bei den Vernissagen, dieses lockere Beieinanderstehen, Glas in der Hand, eine unverbindliche und unanstrengende Form der Geselligkeit, der man sich jederzeit wieder entziehen konnte, ohne jemanden zu beleidigen. Keine mühsame Suche nach Gesprächsthemen, dank der Bilder war ja immer ein Thema vorhanden. Eine Vernissage war ein angenehmeres Wochenendprojekt als ein Essen, bei dem man es stundenlang neben jemandem aushalten musste, dem man womöglich nichts zu sagen hatte. Sie brachten auch von jeder Reise mindestens ein Bild mit. Nichts Folkloristisches aus dem Andenkenladen, um Gottes willen. Nein, schon etwas Modernes aus einer richtigen Galerie.

Auf allen Gegenständen und Möbelstücken, die Orlich mitnehmen würde, klebte ein roter Punkt. Die roten Klebepunkte hatte er in derselben Papierwarenhandlung gekauft, in der er auch die ersten Schulhefte seiner Tochter Lena gekauft hatte und in der er, jedes Jahr, das Geschenkpapier für Weihnachten kaufte. Er durfte mitnehmen, was er wollte. Claudia schaute beim Packen und beim Verteilen der roten Klebepunkte nicht zu, sie ging weg und kam einige Stunden später wieder. Sie wollte die Gefahr vermeiden, dass sie anfingen zu feilschen. Sie vertraute Orlich, trotz allem. Nur über die Bilder wollte sie reden.

Als sie durch das Haus gingen, geschah etwas, das Orlich beinahe körperlich spürte. Claudias und Orlichs Haus, dieser Organismus, der in ihrem Rhythmus atmete, der sich an ihre Bedürfnisse und auch an ihre Mängel gewöhnt hatte wie ein Tier, erbaut aus gemeinsamen Vorlieben und Abneigungen, mit Nischen für das, was jeder für sich besitzt, das Regal für Claudias Stofftiere, die Schublade mit Orlichs leeren Streichholzschachteln und der Stapel mit seinen seit Jahren halb gelesenen Büchern, ein Geschöpf, das lebte, weil es geboren wurde, alterte und Antwort gab, wenn sie fragten, dieses Wesen, das sie geschaffen hatten nach ihrem Ebenbild und das nach ihrem Tod fast jede sie betreffende Frage hätte beantworten können, dieses Haus verwandelte sich wie ein Mensch, der aus einem Traum erwacht und die Augen aufschlägt. Die Gegenstände schüttelten die Jahre ab, die in ihnen steckten, die langen Orlich-und-Claudia-Jahre, sie standen auf und schauten in den Spiegel. Wie komme ich hierher? Von wem stamme ich ab? Wo soll ich jetzt hin?

Aus ihrem Esstisch wurde wieder der alte Esstisch von Claudias Eltern. Aus Orlichs und Claudias rotem Teppich wurde Orlichs Teppich. Die Bücher fluteten wie eine sich teilende Herde in zwei verschiedene Richtungen und drängten sich an ihr neues Leittier.

Viele Dinge hatten längst vergessen, wem sie einst gehört hatten. Es war wie bei einer Vertreibung, wenn eine Familie nur noch dunkel weiß, dass sie zu diesem oder zu jenem Blut gehört, denn das schien jahrzehntelang unwichtig zu sein, das sollte auch unwichtig sein. Nun aber klopfen Leute an die Tür und sagen, du bist einer von denen. Es gibt kein wir mehr. Pack deine Sachen.

Orlich schämte sich, weil er um die Dinge genauso trauerte wie um das andere. Wie konnte er um seine Knoblauchpresse trauern? All diese Dinge besaßen ein Leben, fand er, weil sie materialisierte Erinnerung waren. Er nahm in der Küche zum letzten Mal die Knoblauchpresse in die Hand, die sie zusammen bei Ikea gekauft hatten, an einem sonnigen Tag, das wusste er noch. An einem Stand vor dem Eingangstor hatten sie Bratwurst gegessen, das sah er vor sich, und er erinnerte sich daran, wie er mit dieser Knoblauchpresse, die jetzt aufwachte und in den Spiegel schaute und sich als Claudias Knoblauchpresse erkannte, für sie beide gekocht hatte, sehr oft. Er fragte sich, wie er die Erinnerung an das Kochen ohne die Hilfe dieser Knoblauchpresse bewahren sollte.

Bei ihren früheren Umzügen hatte Claudia immer ein

paar Kisten mit Getränken besorgt und einen Imbiss für die Arbeiter vorbereitet. Das entfiel diesmal, Orlich hatte nicht daran gedacht. An solche Dinge musste er in Zukunft selber denken. Die Arbeiter waren schweigsam.

Sie standen im Garten, noch einmal ein Paar, und schauten den Arbeitern zu. Würde er nie wieder in den Supermarkt gehen, zu dessen Kunden er seit Jahren gehörte, würde er nie wieder der dicken Wurstverkäuferin Guten Tag sagen, nie wieder auf seiner Lieblingsstrecke im Wald joggen, nie wieder nach der Arbeit in seinem Lieblingscafé einen Kaffee trinken, bevor er nach Hause ging, wo Claudia wartete, ging in diesem Moment wirklich etwas zugrunde, das er sich Stück für Stück eingerichtet und angenehm gemacht hatte, etwas, das nicht strahlend war, aber doch behaglich, friedlich, anstrengungslos, Skifahren auf einer glatten, sanft abfallenden Piste, musste das wirklich sein, würde ihn wirklich etwas Besseres erwarten? Vielleicht hatte er das maximale Glück, wie ein Exemplar unserer Gattung es vernünftigerweise erwarten kann, längst gefunden. Vielleicht war Glück genau das, was er hier als Ruine zurückließ. Erst in ein paar Jahren würde er es wissen. War die Suche nach dem Glück, zu der man sich verpflichtet fühlte, womöglich das, was einen überhaupt erst ins Unglück stürzt?

Er erinnerte sich an die ersten Jahre mit Claudia. Er war verrückt gewesen nach ihrem Geruch. Sie hatten einander täglich kleine Geschenke gemacht, er hatte Gedichte für sie geschrieben, der Sex war besser gewesen als mit N., und genau deshalb verließ er jetzt dieses Haus, weil er die Erinnerungen nicht begraben konnte. Er hatte täglich die Claudia von heute mit der Claudia von einst verglichen, wie sie es wohl umgekehrt mit ihm ebenfalls tat. Sie beide hielten den Vergleich mit ihrem alten Spiegelbild nicht mehr aus. Er erinnerte sich an einen Science-Fiction-Roman, den er vor vielen Jahren gelesen hatte. In einer zukünftigen Welt lebten die Menschen in Armut und Hunger, die Regierenden versorgen sie mit einer Droge, die ihnen ihr Leben reich und luxuriös und in jeder Hinsicht perfekt vorkommen lässt. Der Schwindel fliegt auf, die Menschen erkennen ihre tatsächliche Lage und revoltieren. Der Roman geht, seiner Erinnerung nach, nicht gut aus, im Gegenteil, alles wird noch viel schlimmer. Die Vertreibung aus dem Paradies beginnt mit einer Erkenntnis. Sie erkannten, dass sie nackt waren, so heißt es doch in der Bibel. Orlich hätte gerne eine Droge gehabt, die ihm Claudia ewig begehrenswert und ewig interessant erscheinen ließ.

Der Möbelwagen fuhr mittags ab. Orlich folgte ihm mit seinem Auto. An die letzten Sekunden seines alten Lebens besaß er keine genaue Erinnerung. Claudia packte ihm noch schnell die Kaffeemaschine ein, die eigentlich ihr gehörte, sagte irgendetwas, pass auf dich auf oder so ähnlich. Sie gab ihm einen Kuss, was sie seit Monaten nicht mehr getan hatte. Sie stand vor ihrem Haus und blickte ihm nach.

Am Chamissoplatz machte das Dachgeschoss den Arbeitern nicht viel Mühe. Es gab einen Aufzug und kaum größere Möbel, ein Bett und ein Sofa wollte Orlich erst noch kaufen. In der ersten Zeit musste er auf einer Matraze schlafen. Immerhin gab es Bücherregale, und auch das Telefon funktionierte, das war ja geradezu ein Lotteriegewinn. Die Arbeiter gingen, und Orlich stand inmitten der Kistenberge mit einer Tasse Kaffee in der Hand, ohne zu wissen, womit er anfangen sollte. Er hatte fast niemandem von dem Umzug erzählt und niemanden gebeten vorbeizukommen. Zwei oder drei Hilfsangebote hatte er abgelehnt.

N. war am Vorabend zu einem Moderationsseminar gefahren, zu dem sie sich schon vor Monaten angemeldet hatte. Orlich hätte nicht gewollt, dass sie wegen des Umzugs absagte, aber sie hatte ihn nicht nach seiner Meinung dazu gefragt. Sie wollte gegen drei kommen. Orlich baute aus ein paar Kisten eine Art Sitzgruppe und stellte Kerzen auf. Dann legte er eine Flasche Champagner und ein paar Tapas in den Kühlschrank, die er in der Bergmannstraße gekauft hatte.

Um kurz nach drei rief N. an, aus einer Telefonzelle. Das Gespräch war nur kurz. Sie hoffe, alles sei gut gelaufen. Sie sei leider später von Hamburg losgefahren und komme erst um fünf. Orlich ging in der Wohnung auf und ab, er versuchte, einige Dinge auszupacken und einzuräumen. Die Kisten waren nicht ordentlich beschriftet, so dass mit jeder geöffneten Kiste das Chaos größer wurde statt kleiner. Dinge kamen zum Vorschein, die er vorerst nirgendwo unterbringen konnte, zum Beispiel seine Schallplatten, während das auseinandergenommene Plattenregal noch irgendwo in einer anderen Kiste steckte.

Orlich litt unter jeder Form von Chaos, körperlich, ihm wurde davon kalt und heiß. Gleichzeitig hatte er Schwierigkeiten damit, Ordnung zu schaffen. Beim Aufräumen war er langsam und uneffektiv. Claudia hatte ihm da immer sehr geholfen. Die fremde Wohnung, in der, wohin er auch schaute, hässliche braune Pappkisten standen, das Bewusstsein, damit nicht zurechtzukommen, weil er nicht wusste, womit er sinnvollerweise anfangen sollte, die Stille um ihn herum, die Gedanken an Claudia, immer wieder Bruchstücke von Erinnerung, die wie Luftblasen in ihm aufstiegen und zerplatzten, Bilder von ihrem letzten gemeinsamen Urlaub, aus Lenas frühen Kinderjahren, der Kinderladen, Spaziergänge um den See, Hand in Hand, all das versetzte Orlich in eine Stimmung, von der er nicht wusste, ob er sie

Depression nennen sollte oder Melancholie. Ich bin ein Taschenkrebs, dachte Orlich, der aus seinem Schneckenhaus herausgeschlüpft ist, weil es ihm zu eng wurde. Nun sucht er auf dem Meeresboden panisch nach einem neuen Versteck. Wenn er Pech hat, wird er gefressen.

N. meldete sich nicht. Erst um sechs rief sie an, Orlich hörte Gläserklirren und Gespräche im Hintergrund. N. sagte, hey, grüß dich. Sie sei mit zwei Typen aus dem Moderationsseminar noch etwas trinken gegangen. Sie sei schon in Berlin. Es tue ihr leid, aber diese Kontakte seien unheimlich wichtig für ihre Karriere. Ich will nicht ewig Produktionsassistentin bleiben, verstehst du. Sie redete leise, Orlich konnte sie kaum verstehen. Wann kommst du, fragte er.

Das dauert hier nicht mehr lang, antwortete sie, wie geht es dir? Nicht besonders, sagte Orlich.

Um acht wurde es allmählich dunkel. Orlich hatte schon zwei Stehlampen angeschlossen. Er trank, nicht den Champagner, sondern einen Cognac, eine mattgrüne Flasche, die sich ihm wie durch ein Wunder in einer der vorderen Kisten zwischen Handtüchern und Unterwäsche dargeboten hatte. Das Telefon klingelte. Orlich schenkte sich ein zweites Glas ein. Fünf Minuten später klingelte es wieder, und dann wieder, und wieder, immer im Abstand von fünf bis zehn Minuten. Schließlich zog Orlich das Telefonkabel heraus.

Er wollte nicht mit N. reden. Er hätte ihr Vorwürfe gemacht, in einem Ton, den man später fast immer bereut. Vielleicht hätte er auch geweint. In beiden Fällen wäre etwas zerbrochen. In beiden Fällen wäre alles nur schlimmer geworden.

Das Verhalten, das N., wie er vermutete, von ihm erwarterte, ein gelassenes, souveränes Verhalten, autonom, in sich ruhend, war ihm nicht möglich. Schweigen war manchmal die beste Lösung. Man schweigt, man beruhigt sich. Man gewinnt Abstand.

Auf der Dachterrasse stand ein alter Klappstuhl. Orlich setzte sich und blieb lange sitzen, der Blick über die Dächer und in die beleuchteten Wohnungen beruhigte ihn. Er hätte gerne mit Claudia gesprochen, ihr sein Leid geklagt, wie all die Jahre. Um elf Uhr war er müde genug, um auf der Matratze einzuschlafen.

N. kam am nächsten Nachmittag. Sie brachte ein paar kleine Einzugsgeschenke, einen Schwamm und Badeseife, dazu eine Kassette mit Element-of-Crime-Songs, die sie für ihn aufgenommen hatte. Sie war wütend. Schweigen war in ihrer Welt keine akzeptable Lösung.

»Du bist gewalttätig zu mir«, sagte sie, »dein Verhalten ist passiv-aggressiv. Wenn du keine Zeit oder keine Lust zum Reden hast, sag es mir. Gib mir eine Begründung.«

Orlich antwortete, dass er nicht alles rechtfertigen wolle, was er tue. Manche Dinge erklärten sich von alleine.

In ihrer Tasche klingelte es. N. und Orlich warteten schweigend ab. Es klingelte sofort wieder. Sie holte das Mobiltelefon aus der Tasche, ein Gerät, das Orlich nicht besaß, sich aber demnächst anschaffen wollte, und drückte einige Knöpfe. Von diesem Moment klingelte das Gerät nicht mehr, sondern gab in unregelmäßigen Abständen Schnarr- und Schnarchgeräusche von sich. N. erklärte Orlich, dass jedes dieser Geräusche eine eintreffende Sprachnachricht anzeigte. Manchmal entstand eine längere Pause, danach schnarrte es umso häufiger in umso kürzeren Abständen.

»So viel können Menschen einander unmöglich mitzuteilen haben«, sagte Orlich. »Mach das Ding aus.«

»Bist du mein Chef, oder was?«

»Es ist nicht autoritär, jemanden um etwas zu bitten.«

»Das war keine Bitte.«

»Man nimmt Rücksicht auf andere.«

N. griff nach dem Telefon und drückte wütend auf ihm herum, während es schnarrte. Dann warf sie es gegen die Wand. Das Handy prallte von der Wand ab, landete zwischen zwei Umzugskisten und schnarrte weiter. Orlich ging auf die Terrasse, wo immer noch die grüne Cognacflasche stand, inzwischen nur noch halb voll, und schenkte sich ein Glas ein, sein zweites an diesem Nachmittag.

Als er mit dem Glas wieder hereinkam, sagte N., dass sie sich etwas überlegt habe.

»Wir treffen eine Vereinbarung. In Zukunft sehen wir uns einmal in der Woche und verbringen das Wochenende zusammen, abwechselnd bei dir und bei mir, und zwar das Wochenende von Samstagmorgen bis Montagmorgen.«

N. sagte, sie brauche mehr Abstand. Orlich wusste nicht, was ihnen das bringen sollte. Wozu war er überhaupt ausgezogen? Wozu denn das alles? Sobald er sich bei N. auf etwas eingestellt hatte, wehte der Wind sofort wieder aus der anderen Ecke. Er konnte sich nicht dauernd umstellen. Orlich spürte langsam die Wirkung des Alkohols. Im Moment war er in der Phase, in der ihm die Dinge des Lebens gleichgültiger waren als in nüchternem Zustand, in der positiven Phase. Er musste aufpassen, nicht in die nächste, zweite Phase zu gelangen, in der er die Dinge des Lebens wichtiger nahm, als sie es verdienten. »Vor Problemen läuft man nicht davon«, wollte Orlich sagen. »Probleme geht man frontal an. Ursachenanalyse. Finden eines Kompromisses. Lösung. So geht das.« Aber er war immer noch klar genug, um stattdessen zu sagen: »Was soll denn das bringen?«

15

Im ersten Jahr, nachdem N. ihn verlassen hatte, verging fast kein Tag, ohne dass Rost an sie dachte. Wenn er morgens erwachte und noch ein paar Minuten im Bett lag, kam sie zu ihm, nachmittags, wenn er im Büro saß und mit seiner Arbeit beschäftigt war, fuhr sie manchmal in ihn hinein wie ein Blitzschlag. Er erinnerte sich, ohne dass es einen Anlass gab, plötzlich an einen Tag, den sie miteinander verbracht hatten, er spürte dann etwas Ähnliches wie Schmerz, obwohl ihm nichts wehtat. Seine Muskeln verkrampften sich, in der Bauchgegend vor allem, er schwitzte, ihm war ein wenig übel. Und doch wollte er, dass die Erinnerung blieb, auch in dieser Hinsicht unterschied seine Empfindung sich von Schmerz. Dem Schmerz weicht man aus, man vermeidet die Schmerzquelle, aber in dieses hier stürzte er sich wieder und wieder hinein, ohne Freude, getrieben von einer Illusion, die er durchschaute, der Illusion, dass er wenigstens seine Erinnerung an N. behalten könnte. Aber die Erinnerung würde schwächer werden, das wusste er, sosehr er sie auch festzuhalten versuchte. Er wollte, dass es aufhörte, und konnte den Gedanken, dass es aufhörte, gleichzeitig nicht ertragen. Von außen war ihm nichts anzumerken.

Ihn wunderte, welche Bilder sein Gehirn ihm immer wieder vorschlug, nichts vordergründig Sexuelles, nicht die großen Momente, eher Kleinigkeiten, etwa, wie sie bei einer Wanderung ihre Schuhe zugebunden hatte, zwischen der Socke und dem Hosensaum sah er einen kleinen Streifen ihrer Haut, oder ein Abend am Wannsee, an dem sie nebeneinander in Liegestühlen gesessen, leise geredet und geraucht hatten, von Zeit zu Zeit war er aufgestanden, um an der Bar Getränke zu holen, diese Szene spulte sein Gehirn besonders gerne ab. Sie kannten sich damals noch nicht besonders gut, alles war offen. Manchmal sah er neue Bilder, Szenen, die es nur in seiner Phantasie gab. N. und er, zu zweit unterwegs in Amerika, in einem Hotelzimmer, gemeinsam beim Fernsehen, draußen eine brummende Eismaschine. Das hatten sie nie gemacht. Aber es wäre schön gewesen, es hätte zu ihnen gepasst.

In den ersten Monaten erwartete er noch jeden Tag, etwas von ihr im Briefkasten zu finden oder eine Nachricht auf dem Anrufbeantworter. Das ging doch so nicht. Dann stellte er sich eben vor, dass sie an ihn dachte, genauso wie er an sie, und dass ihre Gedanken wie Ballons losfliegen, sich in der Luft treffen und ihre Schnüre sich ineinander verknoten würden.

Er ging, weil er das Gefühl hatte, irgendetwas tun zu müssen, öfter ins Fitnessstudio als jemals zuvor. Dort stemmte er, drei- oder viermal in der Woche, stundenlang Gewichte und lief auf einem Laufband, was er erleichternd fand. Gegen Ende des Jahres seiner Witwerschaft stellte er fest, dass er sich äußerlich verändert hatte, zum Besseren sehr wahrscheinlich. Er war schlank geworden. Dort, in diesem Studio, lernte er eine Frau kennen. Er unterhielt sich ein paarmal mit ihr, an der Bar, wo er nach dem Training meistens noch eine Viertelstunde saß, seinen Gedanken nachhing und eine Flasche Wasser trank. Nach einiger Zeit stellte er fest, dass die Frau meistens an den gleichen Tagen kam wie er.

Die Frau war klein und dunkelhaarig und arbeitete für eine kirchliche Hilfsorganisation, die Spenden sammelte und diese Spenden an andere Hilfsorganisationen weiterleitete, die irgendwo in Lateinamerika saßen. Dabei versickerte viel Geld, man konnte, wie die Frau fand, das alles besser organisieren, wenn man nur wollte. Die Frau redete viel, Rost hörte ihr zu oder tat zumindest so, das schien ihr zu gefallen. Die Organisation veranstaltete hin und wieder Konzerte, bei denen bekannte Künstler ohne Gage oder für sehr wenig Gage auftraten, als die Frau ihm davon erzählte, fragte er, ob er sie nicht einmal begleiten dürfe. Er tat so, als ob er den Sänger besonders möge, der das nächste Konzert bestritt. In Wirklichkeit kannte er den Sänger kaum, er wusste gar nicht, ob ihm diese Musik gefiel, deutscher Rock oder Rockjazz, irgend so etwas. N. hatte den Namen des Sängers ein paarmal erwähnt, sie kannte ihn wohl oder hatte ihn gekannt, auch privat. Näheres erzählte sie nicht. Überhaupt wusste Rost wenig über ihre Vergangenheit, das war eigentlich erstaunlich. Sie waren einander nahe gewesen und doch wieder nicht. Es gab so vieles, was er sie gerne noch gefragt hätte.

Die Frau sagte, wenn er mitkommen wolle, freue sie sich, das mit den Karten sei überhaupt kein Problem.

Das Konzert fand in einer Halle statt, die er kannte, er war dort zwei- oder dreimal mit N. gewesen. Rost fragte sich, ob N. auch zu dem Konzert kommen würde, denkbar war es. Würde sie eifersüchtig sein, wenn sie ihn dort mit dieser Frau sah? Die Tatsache, dass sie es war, die den Kontakt abgebrochen hatte, spielte dabei vielleicht überhaupt keine Rolle. Vielleicht würde sie ihn sehen, und sie würde alles bedauern, diese

Dinge, die sich ereignet hatten, die Worte, die gefallen waren, das, was zwischen ihnen stand, die Zeit, die sie beide vergeudeten, indem sie einander nicht sahen. Denkbar war das.

Die Frau wartete vor der Halle auf ihn, sie trug ein sehr kurzes Kleid, sie war wirklich schön, und sie begann auch sofort zu reden. Rost fand es erholsam, dass er sich nichts einfallen lassen musste, es genügte, auf das zu reagieren, was die Frau sagte, und auf ihre Fragen zu antworten.

Sie standen weit vorn, direkt an der Bühne, wo ein Bereich für die Mitarbeiter der Organisation reserviert war. Es war sehr laut, so dass sie sich nicht unterhalten konnten. Als die Frau ihn in einer Pause fragte, ob das Konzert ihm gefalle, antwortete Rost, das wisse er nicht. Er sah sich vorsichtig um. Es konnte sein, dass auch N. in Begleitung da war, aber er sah überhaupt niemanden, den er kannte. Nach einer Weile legte er den Arm um die Frau, zuerst um ihre Hüfte, später auf ihre Schulter. Sie lehnte sich gegen ihn. Sicher rechnete sie damit, dass er sie küsste. Rost überlegte, welcher Moment dazu am ehesten geeignet war, wahrscheinlich, wenn die Band ein etwas langsameres und romantisches Stück spielte, zum Beispiel ihren großen Hit, den Rost aus dem Radio kannte. Der Hit kam, wie zu erwarten war, zum Schluss des offiziellen Programms, vor den Zugaben. Er hatte wirklich etwas an sich, das Rost gefiel, ein schleppender Beat, der minutenlang fast nicht von der Stelle kam, bis die Gitarren einsetzten, und dann endlich die Stimme des Sängers, eines sehr großen Amerikaners, der einfach nur Sam genannt wurde und schon ein bisschen in die Breite ging. Der Sänger wiederholte immer wieder die gleichen drei oder vier Zeilen, die Rost aber nicht verstand. Er fasste die Frau an den Hüften etwas fester, daraufhin drehte sie sich halb um und hob ein wenig den Kopf, so dass er sie leichter küssen konnte. Ihre Zunge war kleiner als die Zunge von N. und bewegte sich schnell hin und her.

Während der Zugaben, es gab zwei, küssten sie sich weiter. Nach dem Konzert gingen sie zu einem Empfang, backstage, nur für Ehrengäste. Die Frau kannte fast alle Leute, die dort waren, und stellte ihn ihrem Chef vor, was Rost unangenehm war. Es gab Getränke und belegte Brötchen, nach einer Weile tauchten auch die Musiker auf. Der Sänger Sam trug ein frisches Hemd und trank sehr schnell Rotwein, er wirkte erleichtert und müde. Er ging zu der Frau, ohne Rost zur Kenntnis zu nehmen, und fragte sie, ob sie Lust hätte, nachher noch mit ihm zu einer privaten Party zu gehen. Die Frau lachte, nein, dazu hatte sie keine Lust. Zu Rost sagte sie, dass sie jetzt nicht mehr bleiben müssten, sie könnten, falls er möge, ruhig woanders hingehen.

Im Taxi nannte Rost seine Adresse, die Frau legte ihren Kopf auf seine Schulter und sprach über ihre Kollegen aus der Organisation, die er ja jetzt kenne. Sie erzählte, wer nett sei und kollegial und wer ein faules, tückisches Arschloch sei, dieses Wort passte, fand Rost, irgendwie nicht zu ihr. Seine Wohnung, fiel ihm ein, war in einem furchtbaren Zustand, seit N. nicht mehr zu ihm kam, ließ er die Wohnung regelrecht verkommen. Deshalb machte er das Licht nicht an, es war auch nicht nötig. Die Frau war nicht so aktiv und bestimmt wie N., die immer sagte, worauf sie Lust hatte, und seine Hände dorthin führte, wo sie es haben wollte. Die Frau dagegen wartete ab, was er tat, machte dann aber alles mit. N. war leise, fast unhörbar, die Frau keuchte laut und stöhnte, ein- oder zweimal rief sie etwas. Rost versuchte, nicht an N. zu denken, während er mit der Frau schlief, weil er so etwas gemein fand der Frau gegenüber, obwohl die es ja sowieso nicht gemerkt hätte.

Bald nachdem sie fertig waren, wollte die Frau gehen, ohne Dusche sogar, sie müsse morgen sehr früh ihr Kind wecken und zur Schule bringen, das tue ihr jetzt echt leid, sie wäre wahnsinnig gerne geblieben. Rust hatte den Eindruck, dass sie die Wahrheit sagte, obwohl ein Kind natürlich auch eine gute Ausrede ist, wenn es einem nicht gefallen hat und man schnell Land gewinnen will. Er brachte sie zum Taxistand. Dabei fiel ihm ein, dass aus seiner Dusche seit zwei Tagen nur noch kaltes Wasser kam, wieso auch immer. Insofern war es ganz gut, dass die Frau nicht duschen wollte.

Zu Hause holte er den Schuhkarton heraus, in dem er die Briefe und die Fotos von N. aufbewahrte, auch die Musikkassetten mit ihren Lieblingssongs, er überlegte kurz, ob er »Love Theme« von Barry White hören sollte, aber um diese Uhrzeit ging das nicht. Der Schmerz überfiel ihn mit einer Heftigkeit wie schon lange nicht mehr, wie in den ersten Wochen, und plötzlich konnte er sich wieder an Details aus ihrer gemeinsamen Zeit erinnern, die er schon vergessen hatte, einen bestimmten Leberfleck von N. oder die Art, wie sie sich beim Aufwachen räkelte oder wie sie einmal nebeneinander auf dem Küchenboden gelegen und sich Geschichten erzählt hatten.

Die Frau rief ihn am nächsten Mittag an und fragte, wann sie sich wiedersehen könnten. Rost sagte, dass er zurzeit sehr viele Termine habe, auch kurz verreisen müsse, in den nächsten Tagen passe es gar nicht, aber in der nächsten Woche. Zum Teil stimmte das. Er wollte aber auch Zeit gewinnen, Zeit war überhaupt das Wichtigste. Rost fragte sich, was er mit dem Teil seines Lebens, der ihn mit N. verband, diesen fünf Jahren, nun anfangen sollte, diesen Erinnerungen, die jetzt zu nichts mehr gut waren und für die niemand sich jemals interessieren würde.

16

Klaus von Schlieffen war ein gut aussehender Mann mit nahezu perfekten Manieren und einem gewinnenden Lächeln, groß, dunkelhaarig, an den Schläfen allmählich ergrauend, zu früh, wie er fand. Vor nicht allzu langer Zeit hatte er seinen vierzigsten Geburtstag gefeiert. Von dem Erbteil, das sein Vater ihm zu Lebzeiten ausgezahlt hatte, um Steuern zu sparen, hatte er sich einige Firmenbeteiligungen gekauft, immer nur kleine Anteile, um das Risiko zu streuen und um nicht allzu sehr mit den geschäftlichen Entscheidungen des jeweiligen Unternehmens belästigt zu werden. Das sollten andere übernehmen, die mehr davon verstanden als er. Nach dem Zusammenbruch der DDR hatte er außerdem eine Reihe von Immobilien in Ostdeutschland erworben, zusätzlich zu den Ländereien, die den Schlieffens im Rahmen der Rückübertragung enteigneten Eigentums zugefallen waren und die er, für zwanzig Prozent Beteiligung an anfallenden Gewinnen, für die Familie verwaltete. Das machte, im Moment jedenfalls, wenig Arbeit, brachte aber auch wenig ein, was Klaus von Schlieffen ziemlich egal war.

In seinen Zwanzigern hatte er Germanistik studiert, sogar promoviert. Die dabei erworbenen Kenntnisse waren ihm eigentlich nur bei Abendessen oder bei Partys von Nutzen, vor allem, wenn eine schöne und belesene Frau seinen Weg kreuzte. Bei seinen Freunden galt Klaus von Schlieffen als unersättlicher Verführer. Er selber glaubte, sich immer wieder rasend, seelenzerfetzend und letztlich hoffnungslos zu verlieben. Warum ihm diese Lieben ein um das andere Mal unter den Händen zerfielen, begriff er nicht. Sobald er glaubte, verstanden zu haben, wie eine Frau funktionierte, verlor er das Interesse an ihr, das immerhin war ihm klar. Auch die Fragwürdigkeit des Begriffs »funktionieren« in einem solchen Zusammenhang war ihm bewusst. Er hatte vor, an sich zu arbeiten, wusste allerdings nicht genau, wie eine solche Arbeit aussehen könnte.

Seit einigen Monaten besaß Klaus von Schlieffen ein altes Herrenhaus in der Nähe der Müritz, eingebettet in eine Seenlandschaft mit dunklen Wäldern. Praktischerweise war das Anwesen bereits auf geschmackvolle Weise renoviert. Der Vorbesitzer, ein Schauspieler, hatte das Haus nach der Instandsetzung nur ein oder zwei Jahre genutzt und brauchte Geld, weil er windigen Vermögensberatern aufgesessen war. Mit viertausend Quadratmetern war das Grundstück recht groß, aber noch übersichtlich. An seinem Rand ging es in ein mit alten Weiden bestandenes Moorgelände über, aber die Belästigung durch Insekten hielt sich in Grenzen.

Schlieffen beabsichtigte, die Wochenenden hier zu verbringen, um in der mecklenburgischen Einsamkeit seine Literaturkenntnisse aufzufrischen, an seiner Persönlichkeit, wie auch immer, zu arbeiten und sich über seinen weiteren Lebensweg Klarheit zu verschaffen. Außerdem wollte er hier zumindest gelegentlich Liebesnächte mit N. verbringen, die seit einigen Monaten seine Gefährtin und ausschließliche Sexualpartnerin war. Letzteres war bei Schlieffen alles andere als selbstverständlich. Das Leben hatte ihn gelehrt, dass er auch mehrere Liebesverhältnisse, bei denen er tiefe Zuneigung, stundenlange Leidenschaft, Herzrasen und alle möglichen anderen Symptome empfand, relativ mühelos miteinander verbinden konnte. Ihn erstaunte das selber.

N. hatte er bei einer exklusiven Lesung seiner Hausbank kennengelernt, als sie mit dem schon ein wenig gebrechlichen, seit zwanzig Jahren für den Nobelpreis gehandelten amerikanischen Autor noch bei einem Glas Wein beisammenstanden, der Amerikaner trank Wasser. Sie war mit ihrem damaligen Freund gekommen, Bodo Gerster, einem Fernsehmoderator in stark spannendem Jackett, der schon zu Schlieffens Teenagerzeiten auf Sendung und, wie Schlieffen wusste, seit Jahrzehnten verheiratet war. Die beiden stritten sich, zischend wie ein Schlangenpärchen, in jedem Moment, in dem sie sich unbeobachtet glaubten. Das Ganze war für Klaus von Schlieffen eine leichte Sache gewesen.

N. war eine aparte, nicht mehr ganz junge Schönheit, intelligent, mit Witz, bezaubernd kurzsichtig und, in den passenden Momenten, mit einer angemessenen Dosis Hemmungslosigkeit. Im Grunde fast eine Traumfrau, nur eine Spur zu nachlässig gekleidet. Sie moderierte im Nachmittagsprogramm eine Gesprächssendung, deren Namen Schlieffen sich nicht merken konnte, obwohl er ehrlich bemühte. Er hatte sich das immerhin einmal angeschaut und fand es schrecklich, was er, aus Taktgefühl, N. verschwieg. Sie saß da in einem Kreis sich über Nichtigkeiten streitender Menschen und wirkte ordinär, beinahe schon vulgär. Wenn jemand eine Schlüpfrigkeit äußerte, lachte sie, statt diese Person zum Schweigen zu bringen. Wenigstens sah sie dabei gut aus.

N. war nicht leicht zu durchschauen, auch das fand er attraktiv. Mitunter war sie kokett, mitunter sogar abweisend, dann wieder sehr anhänglich, und was sie wirklich wollte, wussten die Götter. Klaus von Schlieffen, der sich für einen Kenner hielt, wusste es nicht. Andererseits hatte er gelernt, die Frauen so zu nehmen, wie sie jeweils waren, diese Eigenschaft hielt er für die Grundlage seiner Erfolge bei ihnen.

Mit dem Landhaus in der Nähe der Müritz hatte Schlieffen auch den Gärtner des Schauspielers übernommen, einen dicken, durch eine rot leuchtende Narbe auf der Wange verunstalteten Menschen, der Schmerling hieß, wie der Boxer, nur mit einem zusätzlichen »r«, und der nach Schweiß und Zigarettenrauch roch. Schmerling war um die sechzig, früher hatte er für die LPG Schweinezucht betrieben. Die Narbe auf seiner Wange ging auf einen Schweinebiss zurück. Jetzt kümmerte er sich um Wochenendhäuser und züchtete auf eigene Rechnung Geflügel, beides natürlich unversteuert.

Als Klaus von Schlieffen zum ersten Mal N. für ein Wochenende an die Müritz mitnahm und am Freitagnachmittag seinen alten Porsche in die Garage manövrierte, stand Schmerling, auf einen Spaten gelehnt, im Garten, grüßte mit einem kurzen Winken und schaute. Schlieffen bemerkte Schmerlings Blicke, die N. ausführlicher musterten, als es nach Lage der Dinge angemessen gewesen wäre. Schmerlings Augen ließen N. nicht los, bis sie im Haus verschwand.

Als Schlieffen und N. zwei Stunden später das Haus wieder verließen, zwei Stunden, in denen sie das zwei Meter fünfzig breite Himmelbett des Schauspielers eingeweiht hatten, eine Sonderanfertigung, die Schlieffen für dreitausend Mark übernommen hatte, einen Bruchteil der Originalkosten, stand Schmerling noch immer im Garten, wieder schaute er.

Sie fuhren in das nächstgelegene Restaurant, zwei Dörfer weiter, die Sieben Raben. Die Bedienung fragte: »Sie wollen doch nicht etwa was essen?« Die Küche sei geschlossen. Gegrüßt hatte die Frau nicht.

Die Tatsache, dass Klaus von Schlieffen wie ein Mann aussah, der ohne Weiteres zur Zahlung von Trinkgeld in für diese Region exorbitanter Höhe in der Lage war, ein Mann, der die Sieben Raben wieder und wieder, fast jeden Abend, zu besuchen und jedes Mal eine Zeche in hier nie da gewesener Höhe zu hinterlassen imstande gewesen wäre, vorausgesetzt, er fühlte sich wohl, all dies nützte ihm, wie er nicht zum ersten Mal feststellte, in dieser Gegend nicht das Geringste.

Also versuchten sie ihr Glück in der nächstgelegenen Stadt, deren Namen Schlieffen erst auf der Karte suchen musste, bevor er sie in sein Navigationsgerät eingab. Dort fanden sie eine Pizzeria, in der sie die einzigen Gäste waren. Die Kellnerin und der Mann hinter der Theke sprachen miteinander ein slawisches Idiom, Polnisch wahrscheinlich, oder Kryptokaschubisch, wie Schlieffen N. lächelnd zuflüsterte. Er frage N., ob sie die Blicke von Schmerling bemerkt habe. N. lachte, er müsse nicht eifersüchtig sein. Obwohl, sie werde sich den Gärtner mal genauer anschauen; womöglich sei er ihr Typ.

N. war diesmal anders als sonst. Während der Fahrt war sie schweigsam gewesen. Schlieffen hatte gespürt, dass sie ihn immer wieder von der Seite ansah. Auch jetzt wirkte sie verträumt, spielte mit ihrer Serviette und gab einsilbige Antworten, dabei wirkte sie nicht unfreundlich.

»Ist was?«, fragte Schlieffen. Ihm war bewusst, wie sehr er selber es hasste, wenn jemand ihm diese Frage stellte.

»Wart's ab«, sagte N. »Du wirst schon sehen.«

Klaus von Schlieffen war kein Freund von Überraschungen. »Da bin ich aber gespannt«, sagte er. »Das ist ja wie Weihnachten, das ist schön. Das wird unser erstes gemeinsames Weihnachten, mitten im Sommer.«

»Ach, Bärchen«, sagte N., und streichelte unter der Tischdecke seine Schenkel. »Mein Bärchen.«

Am folgenden Morgen wachte Klaus von Schlieffen in dem Bewusstsein auf, dass er und N. sich nicht, wie bei ihren anderen Verabredungen in den vergangenen Monaten, am Abend ein zweites Mal geliebt hatten, oder sogar ein drittes Mal. Das hatte er fest vorgehabt, aber wegen der vielen Fahrerei war er einfach zu müde gewesen. Die verdammte Bedienung in den Sieben Raben war daran schuld. Schlieffen tastete im Bett nach dem Körper von N., er fand nichts. Erschrocken richtete er sich auf. Dann erst fielen ihm die Sondermaße des Schauspielerbettes wieder ein, und er ließ sich beruhigt zurückfallen. N. war da, N. schlief einen Meter fünfzig von ihm entfernt, sie schnarchte auf eine reizende, feminine Weise, die kaum zu hören war.

Er drehte sich auf die andere Seite, um noch ein wenig zu schlummern und Kräfte zu tanken. Doch N. war ebenfalls wach geworden und rollte sich, leise grunzend, in seine Richtung. Klaus von Schlieffen verstand die Botschaft, umso besser, im Grunde hatte er ja auch schon genug Kräfte gesammelt. Als er, etwa zehn Minuten später, vorsichtig sein Knie aus der Kniebeuge von N. wieder herauswand, beschloss er, aus dem Fenster zu schauen, um sich über das Wetter zu informieren. Er blickte in die Augen von Schmerling, der am Fenster stand, das Hemd weit aufgeknöpft, in der halb erhobenen Hand eine Heckenschere. Schmerling nickte ihm zu. Er lächelte.

Klaus von Schlieffen sprang aus dem Bett. N. schrie erschrocken, er sagte »Moment!«, streifte seinen Morgenmantel über, schlüpfte in seine Sandaletten, rannte zur Haustür, öffnete sie, rannte hinaus, rannte zuerst in die falsche Richtung, machte kehrt, stand schließlich vor dem Schlafzimmerfenster. Schmerling war verschwunden.

Als Schlieffen N. die Geschichte atemlos erzählte, wobei er auch die Heckenschere erwähnte, lachte N., er habe sich da bestimmt nur etwas eingebildet. Er sei ja geradezu besessen von diesem Gärtner, den werde sie sich jetzt noch genauer anschauen, diesen angsteinflößenden Hengst.

»Wenn ich besessen bin, dann von dir«, sagte Schlieffen und lächelte spitzbübisch, er beugte sich herab zu N., küsste sie, so zärtlich er konnte, und fuhr mit seiner linken Hand unter ihr Nachthemd.

In Wirklichkeit ärgerte sich Schlieffen maßlos. Der Versuch, N. seinen Ärger nicht spüren zu lassen, bereitete ihm körperliche Schmerzen. Zum ersten Mal seit fast drei Jahren, seit der Thalassotherapie, spürte Klaus von Schlieffen seine Bandscheiben.

Während des Frühstücks fasste Schlieffen den Entschluss, das Gärtnerhaus aufzusuchen. Das heißt, ein eigentliches Gärtnerhaus im historischen Sinn gab es nicht mehr, der Gärtner wohnte im Dorf, einige hundert Meter entfernt. Zu N. sagte Schlieffen, dass er beabsichtige, eine Angel zu kaufen. Im Dorf gab es einen Anglershop. Seine Vermutung, dass N. ihn dabei nicht unbedingt werde begleiten wollen, erwies sich als richtig.

Das sonnige Wetter der vergangenen Tage wich allmählich. Es war kühler geworden und windiger. Die Vögel flogen tief. Während er dem Dorf zustrebte, sah Klaus von Schlieffen eine Wolkenwand, die wie Nebel über dem Waldsaum am Horizont aufstieg.

Als Schmerling die Tür öffnete, wortlos, spürte Schlieffen einen dumpfen, schweren Hauch, aus dem seine empfindliche Nase die Gerüche von Hautschuppen, Hühnern, ungelüfteter Bettwäsche und Insektenvertilgungsmittel herausfilterte. Schlieffen grüßte, entschuldigte sich für die Störung und sagte, dass er es sehr schätzen würde, wenn der Gärtner die notwendigen Arbeiten in den Zeiten seiner Abwesenheit erledigte, er sei, wenn er sein Wochenendhaus besuche, gerne ungestört. Dies sei ja auch der Sinn eines solchen Hauses. Im Übrigen, fügte er höflichkeitshalber hinzu, sei er mit der Arbeit des Gärtners durchaus zufrieden.

Schmerling starrte ihn an. Schlieffen bemerkte, dass der Gärtner über verschiedene Variationen des Anstarrens verfügte, die lüsterne kannte er bereits. Dies hier schien die passiv-aggressive zu sein.

»Ist was?«, fragte Schmerling. Schon wieder diese Formulierung.

»Wieso, wie, was soll sein?«, antwortete Klaus von Schlieffen. Er hatte doch alles gesagt, was zu sagen war.

»Ich hab das Holz im Schuppen aufschichten müssen. Sie können den Schuppen nicht benutzen, wenn überall Holz rumliegt.«

»Also, mein lieber Herr Schmerling, genau das meine ich, so etwas geht doch sicher auch in der nächsten Woche.«

»Ich hab auch andere Sachen, die getan werden müssen. Sie sind nicht mein einziger Kunde.«

Klaus von Schlieffen gab sich einen Ruck. »Es ist einfach so, dass ich es nicht mag, wenn morgens ein fremder Mensch an meinem Schlafzimmerfenster steht. Verzeihen Sie, ich habe mich falsch ausgedrückt. Ich würde es auch nicht mögen, wenn einer meiner Bekannten, ein Kollege oder ein Familienmitglied morgens am Fenster meines Schlafzimmers stünde. Ich mag es einfach generell nicht. Und starren Sie bitte nicht meine Freundin auf diese Weise an. Ersparen Sie mir zu beschreiben, was für eine Weise dies ist.«

Schmerling trat einen Schritt nach vorn. Instinktiv wich Schlieffen zurück. Schmerling hob seine Hand und stieß

Schlieffen an die Brust, nicht fest, aber fest genug, um ihn einen weiteren Schritt zurücktaumeln zu lassen.

Er hat mich angefasst, dachte Klaus von Schlieffen. Unglaublich, der Kerl fasst mich an.

»Schon gut«, sagte Schmerling, »schon gut. Kaufen Sie sich Vorhänge.«

Dann drehte er sich um, ging wieder hinein und schloss, ohne Eile, die Tür. Schlieffen hörte, wie von innen ein Riegel vorgeschoben wurde.

Das war wirklich unglaublich. Legte der Mann keinen Wert auf seinen Arbeitsplatz? Und wenn Schlieffen ihn entließ, denn eine andere Wahl hatte er ja praktisch nicht, was bedeutete das für seine Stellung im Dorf, wie würden seine Wochenenden aussehen, wenn alle ihn hassten? Hatte der Schauspieler womöglich nicht wegen finanzieller Schwierigkeiten, sondern wegen genau dieser Probleme das Haus so günstig veräußert?

Schlieffen betrat, in Gedanken versunken, den Angelshop. Der Laden war so dunkel, dass er eine Weile brauchte, um sich zu orientieren. An der Kasse saß eine junge Frau, die Kaugummi kaute.

»Ich möchte eine Angel kaufen. Ein einfaches Modell. Etwas für Anfänger.«

Die Frau zuckte mit den Achseln. Dann deutete sie auf den Laden. »Schauen Sie sich um.«

»Etwas für Anfänger. Was gibt es denn da?«

Die Frau sagte: »Wenn Sie nicht angeln können, dann lernen Sie erst mal angeln, und dann kommen Sie wieder.«

Schlieffen hatte das Gefühl, in einen Albtraum geraten zu sein. Das gab es doch nicht, das war doch Wahnsinn.

Das Wetter wurde auch immer schlechter. Es regnete nicht, noch nicht, aber der Wind war noch stärker geworden und zerrte an seinem Jackett wie ein ungeduldiger Gläubiger.

Als er wieder zu Hause ankam – zu Hause! War dies sein Zuhause? Würde es jemals sein Zuhause sein? –, hatte N. die CD eingelegt, die sie für ihn aufgenommen hatte, irgendetwas von Robbie Willliams.

»Na, wo hat denn das Bärchen seine Angel?«, fragte N., und Schlieffen sagte: »Die verkaufen ihre Angeln nicht an jeden, nicht an mich jedenfalls. Ich bin auch bei dem Gärtner gewesen, da war noch was zu regeln. Stell dir vor, der hat mich angefasst, der ist tätlich geworden, der ist verrückt. Dieser Mensch ist verrückt.«

N. küsste ihn. Dann sagte sie: »Vater, mein Vater, gleich fasst er mich an. Erlkönig hat mir ein Leids getan.«

Sie fasste seine Hand und führte ihn in den Living Room. »Es gibt eine Überraschung, Bärchen.«

Auf dem Beistelltisch lag eine Pappschachtel. »Weißt du, was das ist?« Klaus von Schlieffen hatte keine Ahnung. Er sagte: »Eine Pappschachtel. Jetzt lass mich doch mal erzählen.«

»Das ist ein Schwangerschaftstest. Da ist ein Plastikstäbchen drin und ein Plastikbecher. Man soll das Stäbchen ein paar Sekunden lang in den mit Urin gefüllten Becher reintun. Dann legt man das Stäbchen auf ein Stück Papier. Siehst du das kleine Fenster? Da, in dem Stab. Wenn in dem Fenster zwei Striche erscheinen, dann heißt das: positiv. Ich geh jetzt aufs Klo. Und dann warten wir ein paar Minuten.«

Klaus von Schlieffen ließ sich auf das Sofa fallen, das er ebenfalls von dem Schauspieler übernommen hatte. In sich spürte er eine große Leere und die Sehnsucht nach Ruhe. Er sagte: »Wie wunderbar. Ich freu mich so. Du, ich bin so glücklich.« Das konnte als Botschaft erst mal nicht verkehrt sein.

Gleichzeitig fühlte Klaus von Schlieffen, wie die große Leere aus seinem Inneren wich und stattdessen kaltes Entsetzen sich in ihm ausbreitete. Bei Frauen ab Ende dreißig war er mit der Verhütung nachlässig, das stimmte. Da konnte doch eigentlich nicht mehr viel anbrennen.

Warum er? N. hatte mit Männern schon viele unangenehme und fragwürdige Erfahrungen gemacht, das wusste er, wie konnte sie da ausgerechnet ihn als Gefährten ihrer späten Mutterschaft ins Auge fassen? Er sah sich selber ja keineswegs unkritisch. Klaus von Schlieffen fiel ein, dass er wohlhabend war. Das konnte ein Motiv sein. Ein anderes Motiv fiel ihm eigentlich nicht ein. N. war auch schon mit anderen wohlhabenden Männern zusammen gewesen, aber damals war sie jünger, und jetzt tickte natürlich ihre biologische Uhr, diese Uhr tickte sogar ziemlich laut.

N. strahlte, ihr Lächeln war einfach spektakulär. »Wart erst mal ab, bevor du dich so freust«, sagte sie. »Die Tests haben eine Zuverlässigkeit von über neunundneunzig Prozent. Du, du, du. Bärchen, Bärchen, Bärchen.«

Sie verschwand im Bad. Draußen war es beinahe finster inzwischen, der Wind, fast schon ein Sturm, rüttelte an den Fensterläden, die offen standen, die alten Weiden hinten am Moor waren immer noch gut zu sehen, ein Nebelstreif umfloss sie wie ein Schleier. Schlieffen stellte die CD ab, er hörte freiwillig nur Klassik. Popmusik ertrug er höchstens im Bett, wenn Frauen ihre Lieblingssongs auflegten. Über dieses Thema, ein Kind und so weiter, war niemals gesprochen worden. Das ging doch so nicht.

Nein, doch, genau so ging das.

N. kam zurück. In ihrer Hand hielt sie ein hellgrünes Etwas aus Plastik, es sah eher wie ein Löffel aus, weniger wie ein Stäbchen.

Schlieffen zog N. an sich und flüsterte ihr ins Ohr: »Du und ich, du und ich und noch jemand.«

Das war wirklich eine große Scheiße. Das Haus, die Angel, Schmerling, das Kind, all diese Dinge verschmolzen in seinem Kopf. Er würde in Berlin erst mal einen Termin mit seinem Rechtsanwalt machen und sich seine Optionen erklären lassen, erstens, was N. und das Kind betraf, zweitens in Sachen Schmerling. Der Mann hatte schließlich nur einen mündlichen Arbeitsvertrag. Ach, und drittens wollte er den Anwalt fragen, ob er das Haus gegebenenfalls an den Schauspieler zurückgeben könnte. Er hatte keine Lust mehr auf diesen ganzen Stress.

N. trug das Stäbchen oder Löffelchen, das jetzt auf der Pappschachtel lag, hinaus auf die Terrasse. Wegen der Überraschung. Schlieffen fragte sich, ob der Wind oder Sturm die ganze Angelegenheit nicht wegwehen würde, nun, die Terrasse lag einigermaßen geschützt.

Sie saßen nebeneinander auf dem Sofa. N. redete.

Schlieffen hatte Schwierigkeiten, ihr zuzuhören. Ein Kind, vielleicht wäre das gar nicht so schlecht. Ein weiteres Glied in der langen Kette der Schlieffens. Viele der lästigen Begleiterscheinungen, die so ein neues Schlieffengeschöpf mit sich brachte, ließen sich gewiss mit Hilfe von Personal regeln. Wenn er N. nur etwas besser kennen würde. Sie war süß, aber auch anstrengend, eigentlich kreisten ihre Gedanken immer nur um sie selbst.

Schlieffen hörte, wie das Gartentor sich öffnete. Das Tor musste dringend geölt werden. Er wollte aufstehen, nachschauen, aber N. redete und redete. Er strich ihr übers Haar.

Ein schlechter Moment, um wegzugehen. Als Klaus von Schlieffen aus dem Fenster schaute, sah er Schmerling, der, eine Heckenschere über der Schulter, vorbeiging und ihm die Andeutung eines Winkens zukommen ließ. Bei diesem Wetter?

N. stand auf und ging hinaus. Als sie mit leeren Händen wiederkam, erkannte er an ihrem Gesicht das Ergebnis. Klaus von Schlieffen stand auf, er umarmte N., er flüsterte ihr ins Ohr: »Das nächste Mal dann eben, komm, wir versuchen es gleich wieder.« Diesmal würde er vorsichtiger sein, das schwor er sich.

N. drückte sich an ihn, sagte: »Wirklich, Bärchen, das willst du, das würdest du machen?« Er sagte: »Ich hätte mich so gefreut.«

Ob er sich noch an das erinnere, was sie kurz vor dem Test gesagt habe. Es sei sehr seltsam. Schlieffen erinnerte sich nicht. »Ich habe aus dem Erlkönig zitiert, dem Gedicht von Goethe. Weißt du noch, wie das Gedicht aufhört, kennst du die letzte Zeile? In seinen Armen das Kind war tot.«

Ja, das war seltsam.

Draußen, direkt vor der Terrassentür, stand Schmerling, im dichter werdenden Spätsommernebel war er jetzt kaum noch zu erkennen.

17

Das ist lange her, ich habe Kopfschmerzen. Ich bin krank, lassen Sie mich doch in Ruhe. Warum wollen Sie das überhaupt wissen? Sind Sie Journalist, schreiben Sie eine Biographie? Sind Sie von der Polizei? Wissen Sie was, Sie können auch weiter die Klappe halten, egal, wer Sie sind. Ich habe Zeit. Ich erzähle Ihnen was, machen Sie damit, was Sie wollen. In ein paar Monaten ist für mich sowieso alles vorbei.

Ich war mit N. genau zwei Jahre zusammen und vier Tage. Kennengelernt haben wir uns über Robert Wegner, den kennen Sie sicher. Der Fotograf. Ein alter Freund von mir. N. und ich wollten heiraten, Kinder, das volle Programm, obwohl sie altersmäßig wirklich schon hart an der Grenze war. Kurz bevor wir uns kennengelernt haben, hat sie ein Kind verloren, dritter Monat. Der Vater war so ein Adliger, der in Mecklenburg in einem ergaunerten Schloss gesessen und die Menschheit tyrannisiert hat. In einem Wort, ein Oberarschloch. Der Schwangerschaftstest war negativ, und wissen Sie auch, warum? Sie hat den Teststab vor die Tür gelegt, um das Ergebnis abzuwarten, warum tut man so was, keine Ahnung. Dort draußen hat der Gärtner mal eben kurz über den Stab gepinkelt, um das Ergebnis zu verfälschen und um dem Arschloch eins auszuwischen. Das hat er ihm erzählt, als der ihn rausgeschmissen hat.

Kann stimmen, kann auch gelogen sein. Sie jedenfalls fährt mit dem Grafen zum Helikopterskiing nach Kanada, hat keine Ahnung, dabei verliert sie das Kind und im Anschluss daran jedes Interesse an diesem Typ.

Es passieren eben die verrücktesten Sachen. Das ist alles gar nicht so einfach.

Fragen Sie irgendjemanden, Mann oder Frau, Alter zwanzig oder dreißig: Was ist dein Plan, wie soll dein Leben aussehen? Neun von zehn Leuten werden Ihnen das Gleiche erzählen. Das Haus am See, zwei alte Leutchen händchenhaltend auf einer Bank, die Enkel, der ruhige Schlaf. Es klappt nie. Die Leute könnten ihre Vorstellungen ändern. Tun sie aber nicht. Vielleicht wird eines Tages eine Pille erfunden, oder sie operieren die Gehirne. Dann geht es.

N. hatte diesen Freund, Benno, den sie schon aus der Schule kannte. Sie haben auch zusammen studiert, er war immer scharf auf sie, hat immer mal was probiert, sagte N., aber es lief angeblich nie was. Er war nicht ihr Typ. Was für ein Hundeleben, sagte ich zu N., da zieht man sich doch als Verschmähter zurück, oder man lässt sich als Umworbene meinetwegen kurz drauf ein, und hinterher ist Ruhe im Objekt.

Ich wüsste eben nicht, sagte N., dass es auch echte Freundschaft zwischen Männern und Frauen geben kann, ob ich nicht *Harry und Sally* gesehen hätte.

Doch, kann es, sagte ich, gibt es, obwohl *Harry und Sally* doch eher die gegenteilige These vertritt. Aber zwischen einem Typ, der scharf auf eine Frau ist, und dieser betreffenden Frau ist meine Prognose für eine tiefe, selbstlose Freundschaft skeptisch bis negativ.

Das mit Benno sei ihre Sache.

Nein, nicht ganz, habe ich gesagt.

Am Samstag wollten wir zusammen kochen, am Freitagabend ruft sie an und sagt, es klappt nicht, morgen zieht Benno für eine Weile bei mir ein. In Bennos Wohnung sind die Handwerker, er lässt sich ein neues Bad einbauen, alles voller Staub in Bennos Wohnung.

Benno hat doch Geld, sage ich. Benno hat doch die Firma von seinem Vater geerbt, das hatte sie mir nämlich erzählt. Benno kann sich ein Hotelzimmer nehmen, und Benno hat doch so viele andere Freunde, der ist doch so kontaktfreudig, ein Freund der ganzen Welt, anders als ich. Wieso jetzt das, frage ich, wieso du.

Sie: Wenn ein Freund mich braucht, bin ich für ihn da. Ich habe das gern, ich helfe gern Freunden. Meine Freunde schicke ich nicht ins Hotel.

Aber ich bin doch auch dein Freund, und ich leide darunter, da gibt es einen klassischen Zielkonflikt, weißt du, da haben wir zwei Freundschaften, die leider nicht gleichzeitig bedient werden können.

Mach dir keine Sorgen.

Ich mache mir keine Sorgen, sage ich, nein, ich leide. Ich finde das, offen gesagt, negativ. Wenn du mit Benno unbedingt was machen willst, dann mach es meinetwegen, und erzähle mir in dreißig Jahren davon, wenn wir vor dem Haus am See unter unserem Apfelbaum sitzen, und gib mir vorher bitte eine Valium, falls mein Kreislauf das noch zulässt. Aber wenn der scharfe Benno jeden Abend in deiner Wohnung herumturnt, dann beeinträchtigt das meine Lebensqualität, dann liegt Staub auf meiner Lebensqualität. Ich glaube, ich muss mir in meinem Gehirn ein neues Bad einbauen lassen, darf ich so lange bei dir wohnen?

Sie sagt: Ach, du, Eifersucht ist so was von unsexy.

Am Abend bin ich zu N. gefahren und habe, natürlich erst

nach Einbruch der Dämmerung, vor ihrer Wohnung hinter einem Lieferwagen Posten bezogen. Ich habe ihr Fenster beobachtet, aber da waren nur Schatten zu sehen.

Schatten hier, Schatten dort. Schatten, die sich bewegten.

Wenn die Frau, die du liebst, mit anderen was macht, dann können Sie sich damit abfinden, meiner Ansicht nach geht das, ich kann das. Ich will nur nicht wissen, wann und wo, das ist mir zu viel. Das soll gefälligst in einer Grauzone stattfinden, und möglichst nicht gleich in den ersten Monaten. Ein paar Monate Treue sollten schon sein, oder verlange ich zu viel vom Leben?

Ich bin dann nach Hause gefahren und habe diesen Benno im Internet gesucht, tatsächlich stand seine Adresse in irgendeinem blöden Forum, in dem er seine politischen Allerweltsansichten zum Besten gibt. Ich bin dann mal hingefahren. Nur zum Zeitvertreib. Es war so ungefähr elf, halb zwölf. Feine Gegend. Es brannte Licht. Die Handwerker können es um diese Uhrzeit wohl kaum gewesen sein, die sich im Licht der Designerlampen gegenseitig einen runterholen. Ich habe geklingelt, der Summer ging, ich bin mit dem Aufzug hochgefahren, Dachgeschoss. Wissen Sie, die Bennos dieser Erde wohnen alle im Dachgeschoss und in Berlin Mitte.

Ich hätte auch bei N. klingeln können. Das wäre aber, nach N.s Diagnose, unsexy gewesen. Also dachte ich, nehme ich halt die sexy Variante und plaudere mit der Freundin von diesem Benno, so was wird er ja wohl haben, eine Freundin hat auch der letzte Depp. Ich rede mit Bennos Freundin über den Fortgang der Bauarbeiten und gehe mit ihr die Kataloge für Badkacheln durch.

Als ich aus dem Aufzug kam, stand da ein Typ, im seidenen Morgenmantel, verdammt will ich sein, wenn der nicht nach reichem Söhnchen, Firmenerben und Dummschwätzer aussah.

Wer sind Sie denn? Was wollen Sie? Angst hatte er jedenfalls nicht.

Ich suche N., sagte ich, die N. hat mir ein Buch geliehen, *Liebe in den Zeiten der Cholera,* das möchte ich ihr zurückbringen, sie wollte es ganz dringend, so ein tolles Buch.

Welche N.?

Ihre alte Freundin, Ihre Kommilitonin, Mensch, Benno, essen Sie mal Ginseng. Jedes Glas Latte macchiato zerstört zehntausend Hirnzellen, wussten Sie das eigentlich schon?

Ach so, ja, also die N., von der habe ich lange nichts gehört, wieso sollte die hier sein?

Darf ich mal Ihr Bad benutzen?

Ich glaube, Sie sollten gehen.

Mach ich, Benno. Es ist nur so, dass ich von der N., im Gegensatz zu Ihnen, relativ oft was höre, ich bin sogar quasi ihr Lebensgefährte. Das Letzte, was ich gehört habe, war, dass Sie mit ihr zusammenziehen, weil Dachgeschosse allein nicht glücklich machen, und deswegen bin ich gekommen. Ich werde Ihnen nämlich jetzt Ihre Därme aus dem Leib reißen und sie kunstvoll um Ihr Bidet knoten, das, soweit ich weiß, gerade mit Blattgold verkleidet wird, die Sache mit den Därmen ist ein uralter aztekischer Freundschaftsritus, das machen die, wenn zwei Männer aus verschiedenen Stämmen sich begegnen, danach werde ich Ihnen das Du anbieten und dann, seien Sie unbesorgt, Benno, dann gehe ich. Vorher lege ich Ihnen sogar noch Ihre Lieblings-CD ein.

Er hatte keine Ahnung. Er wusste nicht mal, wo N. wohnt. Der Kontakt sei vor drei, vier Jahren abgerissen und sei auch davor nicht sehr eng gewesen. Bei einem Schulfest habe er, vor über zwanzig Jahren, mal mit N. ein bisschen herumgeknutscht, daraus sei nichts geworden, weil N., wie sie ihm charmanterweise gesagt habe, nur mit Männern von mindestens ein Meter siebzig etwas Ernstes anfange, er sei aber eins fünfundsechzig. Ich bin eins zweiundsiebzig, der Himmel sei mein Zeuge.

Ich bin daraufhin wirklich extrem neugierig geworden, auf den Herrn, der N. tatsächlich Gesellschaft leistete. Benno hieß er jedenfalls nicht. Es war schon spät, halb eins, aber vor zwei schläft N. nie. Schon gar nicht, wenn die Leidenschaft sie gepackt hat.

Das Würdelose und Klischeehafte des Settings, in dem ich mich bewegte, war mir durchaus bewusst. Wissen Sie, in der Liebe darf man nicht unbedingt Originalität erwarten. Es ist letztlich immer das Gleiche, auch wenn es Ihren Narzissmus möglicherweise kränkt, dass Sie nichts wesentlich anderes empfinden als Ihr Urgroßvater. Den Fortschritt überlassen Sie mal besser den Autobauern und den Computerfuzzies.

Die Möglichkeiten, Sex zu machen, sind doch auch beschränkt. Ich weiß, wovon ich rede, ich habe mit N. versucht, das *Kamasutra* nachzuturnen, neunzig Prozent von diesen Positionen sind akademische Scheiße. Falls Sie jemanden treffen, der behauptet, er habe im Sex etwas Neues erfunden, wissen Sie sofort, dass es sich um einen Spinner handelt.

Ich klingle bei N., sie an der Sprechanlage: Wer da?

Ich sage: Baby, lass uns den dummen Streit wegen Benno vergessen, ich vertraue dir, ich war so was von blöd. Und vor allem tue ich dem Benno unrecht, der ist bestimmt ein ganz Lieber, deine Freunde sind meine Freunde. Ich habe eine Flasche Champagner dabei, die trinken wir jetzt zu dritt, der Benno, du und ich, und versöhnen uns. Im Ernst. Ganz, ganz schön.

Sie: Kannst hochkommen.

In ihrer Wohnung ist niemand, das merke ich gleich, kein Typ. Nur das übliche Chaos, Schlüpfer hängen über der Lampe, Socken liegen im Bidet, alles teures Zeug, schade, wenn das so vergammelt. Auch eine teure Bluse muss man ordentlich aufhängen. Aber das hat mir nichts ausgemacht, das war N., so war sie eben, und fertig.

Wo ist denn der Benno? Weißt du, auf den Benno hab ich mich richtig gefreut, dass ich den endlich mal kennenlerne, ich hab schon gedacht, du versteckst den vor mir, den lieben Kerl. Ich laufe durch die Wohnung und rufe: Benno! Benno! Komm raus, macht nichts, wenn deine Unterhose ein Loch hat, du kriegst jetzt erst mal schön was zu trinken, dann rauchen wir einen Joint, und für deine neue Badewanne habe ich dir extra ein Entchen mitgebracht, das blinkt, wenn es mit Wasser in Berührung kommt. Sei nicht so scheu, Benno, Rehlein!

Benno ist nicht da, sagt sie. Der ist gar nicht gekommen. Das mit dem Bad hat sich verschoben.

Sie erzählt das ganz normal, völlig natürlich, als ob sie selber dran glaubt.

Ich sage, okay, ich sage laut, oder vielleicht schreie ich sogar, dass ich Bescheid weiß. Dein Benno ist eine Erfindung, ich war grad bei dem in der Wohnung. Den gibt es gar nicht, oder nicht in dieser Form. Was für ein Scheißspiel spielen wir hier, Verstecken vielleicht, oder Fang den Hut?

Sie weint. Sie weint, stellen Sie sich vor. Dann schreit sie, raus, raus du, lass mich allein. Als ich nicht gleich gehe, hält sie sich mit den Händen beide Ohren zu und stößt einen lang gezogenen, schrillen Schrei aus, wie ein Tier, falls es überhaupt Tiere gibt, die solche Schreie im Repertoire haben.

Sie sah dabei richtig gut aus. Zerstrubbelte Haare, tränenfeuchte Augen, völlig aufgelöst, aber gut.

Einerseits wollte ich sie in die Arme nehmen, andererseits war ich wütend. Ich habe meine Wut niedergekämpft, und habe sie umarmt, oder es versucht, aber sie hat versucht, mich zu schlagen. Ich habe ihr die Hände festgehalten, aber meine Wut auf sie war sofort wieder da. Das war's dann wohl, habe ich geschrien, mich siehst du nie wieder.

Ich will gehen, sie hält mich fest. Ich will sie küssen, sie haut mir mit voller Kraft ins Gesicht, meine Haut platzt. Dieser Ringkampf verwandelt sich innerhalb von Sekunden in den schönsten Geschlechtsverkehr. Wir haben gefickt, anders kann man's nicht ausdrücken. Ich habe aus der Nase geblutet, sogar aus den Augen habe ich geblutet. Das Bett, der Teppich, die Tapete, alles voller Blut. Wir haben die Bettdecke zerrissen und uns in den Federn gewälzt. Die Nachbarn haben gegen die Wände geklopft, von oben, von unten, scheißegal.

Surfen Sie? Stellen Sie sich vor, dass Sie mitten in einem Tropengewitter nachts durch die Brandung surfen, und ständig, zack, zack, schlagen von allen Seiten Blitze in Sie ein, aber Sie spüren diese Blitze kaum, Sie sind unverwundbar. Das habe ich nie wieder erlebt, und jetzt ist es sowieso zu spät.

Am übernächsten Tag kam eine SMS. Das war damals, Ende der Neunziger, noch was ganz Exklusives. Wir würden nicht zusammenpassen, Schluss, aus. Eine SMS, verstehen Sie, kein Gespräch, kein Anruf, nicht mal eine E-Mail. Sie ging nicht ans Telefon, sie hat nicht mehr aufgemacht. Das war nicht das erste Mal, dass ich sie oder sie mich zum Teufel gejagt hat. Sie war schnell sauer, und ich bin stolz. Wenn man mich anlügt oder beleidigt, mach ich den Laden dicht, zumindest für eine Weile. Das ging hin und her. Aber diesmal hat sie es ernst gemeint.

Daran krepiere ich. Deswegen bin ich krank geworden. Lachen Sie ruhig. Höre ich mich selbstmitleidig an? Einverstanden. Haben Sie ruhig Mitleid mit den aussterbenden Gelbbauchunken oder den ungeborenen Kindern oder mit den unschuldigen Stasiopfern, je nachdem, wie Sie weltanschaulich drauf sind. Ich habe eben Mitleid mit mir selber. Auch ich gehöre zu einer interessanten Spezies, die man vermissen wird.

Ich hätte gerne verstanden, was genau damals passiert ist. Ich habe sogar versucht, mich selber kritisch zu sehen. Arbeitshypothese: Vielleicht bin ich ein Arschloch. Aber ich bin nicht dahintergestiegen. In Google steht auch nichts Neueres über sie. Falls Sie etwas über N. herausfinden, wo sie ist, was sie macht, lassen Sie es mich wissen, ja?

Ein bisschen Zeit habe ich noch. Sie dürfen ihr sagen, wo ich bin. Sagen Sie ihr, dass ich alles bereue, dass ich mich nach ihr sehne, sagen Sie ihr einfach alles, was sie hören will, das werden Sie schon mitkriegen.

18

Nehmen Sie sich ruhig noch etwas. Es ist genug da. Ich kann auch ein bisschen Käse aus dem Kühlschrank holen.

Läuft das Mikro? Zeigen Sie mal. Super Gerät. Alle Achtung.

Haben Sie auch mit Raffael gesprochen? Gut. Ein netter Typ, wirklich lieb. Aber er redet viel Mist. Ich erzähle Ihnen, wie es in dieser Nacht wirklich gewesen ist.

Also, N. und ich sind ungefähr zehn Monate zusammen gewesen. Ich habe sie schon ziemlich lange gekannt, aus der Schulzeit, ein gewisses beiderseitiges Interesse war, glaube ich, immer da. Irgendwann hat es dann geklappt, wir waren schon weit über dreißig. Oder vierzig? Egal. Sie hat gewollt, dass wir uns einmal in der Woche sehen, genau einmal, und das Wochenende zusammen verbringen, abwechselnd bei ihr und bei mir, und zwar das Wochenende von Samstagmorgen bis Montagmorgen, außer, wenn einer von uns beruflich etwas vorhat, was bei mir ungefähr einmal im Monat der Fall war, bei ihr ein- bis zweimal. Alles andere war ihr zu eng.

Am Anfang geht man natürlich auf so was ein. Man will die Frau. Deswegen macht man erst mal alles mit.

Sie hat gesagt, dass die Männer sich nicht entscheiden können. Was mich betrifft, ich habe mit Entscheidungen kein Problem. Im Betrieb muss ich jeden Tag Entscheidungen treffen. Meiner Ansicht nach ist sie es, die sich nicht entscheiden kann.

Sie hat in unserer gemeinsamen Zeit oft Männer getroffen, sie ist mit Kollegen oder flüchtigen Bekannten ausgegangen, außerdem mit den sogenannten alten Freunden. Jede Frau hat doch zwei oder drei von diesen Anglertypen in petto, die seit Jahren geduldig mit ihrer Gerte am Rande des Flusses stehen und drauf hoffen, dass sie vielleicht doch noch mal anbeißt, wenn sie nur geduldig sind.

Sie ist auch alleine auf Partys gegangen. Ich hätte mir ein Signal gewünscht, in der Art, der ist es, schaut, für den habe ich mich entschieden. Das ist jetzt mein Leben. Wenn der Kunde keine Bestellung aufgibt, dann wird auch keine Ware geliefert, verstehen Sie?

Wir machen Fingerpflaster. Wenn Sie sich in die Fingerkuppe schneiden, oben, neben dem Nagel, dann haftet da kein normales Pflaster, wegen der Krümmung des Fingers. Dann müssen Sie sich eine Art Fingerhandschuh überziehen, der sieht ein bisschen wie ein Kondom aus. Ein Nischenprodukt. Viele quälen sich lieber tagelang mit den normalen Pflastern herum, die sich nach zwei Stunden wieder gelöst haben, statt dass sie sich einfach ein Fingerpflaster kaufen.

Also, sie ruft mich an, das war an einem Donnerstag.

»Am Samstag klappt es nicht, ich bin bei Raffael eingeladen.«

Ich dachte zuerst, es geht um eine Party. Ich wäre gerne mal mit ihr auf eine Party gegangen, klar, auch, um ein bisschen mit ihr anzugeben.

»Nein«, sagt sie, »keine Party. Raffael und ich wollen zusammen kochen.«

Wir haben eine Vereinbarung gehabt. Eine Vereinbarung

ist eine Vereinbarung. Das Wochenende von Samstag bis Montag. Das Kochen mit diesem Typ konnte sie doch sehr gut an einem der anderen vier Abende erledigen. Ich hatte mir extra dieses Wochenende frei gehalten. Wenn ich gewusst hätte, dass sie was anderes vorhat, hätte ich versucht, was mit meiner Tochter zu unternehmen. Da habe ich sowieso ein schlechtes Gewissen.

Sie sagt: »Dann übernachte ich eben von Freitag auf Samstag bei dir, und am Samstagmorgen gehen wir zusammen einkaufen.«

Sie war verärgert. Das war ich aber auch.

Ich: »Wenn dich Raffael am Donnerstag für den Samstag einlädt, dann darf man so was wohl eine spontane Einladung nennen. Da kann man doch sagen, tut mir leid, ich bin schon verabredet. Oder man kann sagen, ja, gern, mein Freund kommt dann aber mit. Obwohl ich auf einen Abend mit einem Raffael alles andere als scharf bin. Falls aber die Verabredung älteren Datums sein sollte, dann ist es gemein, mir das erst jetzt mitzuteilen, am Vortag, denn, wie gesagt, mein Wochenende liegt da wie eine gemähte Wiese. Für dich gemäht und nach glückhafter Vereinigung duftend. Der Gedanke, am Samstag alleine *Wetten dass* anzuschauen, denn was anderes wird mir wohl kaum übrig bleiben, während du mit Raffael kochst, dieser Gedanke hat etwas Unschönes für mich.«

So ungefähr habe ich das gesagt. An den tatsächlichen Wortlaut kann ich mich nicht mehr erinnern. Ich war aggressiv und sarkastisch. Sie hat wortlos aufgelegt.

Verstehen Sie, bei N. weiß man einfach nicht, wie man es richtig machen soll. Warum hatte sie denn diese Planwirtschaft vorgeschlagen? Sie hat das doch so gewollt. Und dann habe ich mich darauf eingestellt. Ich kann mich auch auf

Spontaneität einstellen, kein Problem. Aber nicht auf beides gleichzeitig. Man ist eine Flipperkugel und soll sich auch noch gut dabei fühlen.

Wollen Sie nicht doch ein bisschen Käse? Gut, dass ich mich mal aussprechen kann.

Sie hat super verdient zu der Zeit, sie hat diese Moderationen gemacht, und schwer feministisch war sie auch, aber raten Sie mal, wer im Restaurant immer die Rechnung zahlen musste.

Jetzt wäre es für mich natürlich angebracht gewesen, zurückzurufen und mich zu entschuldigen. Solche Gesten gefallen ihr. Aber das konnte ich nicht. Verletzter Stolz. Andererseits, sie will starke, selbstbewusste Typen. Dann darf sie diese Typen nicht demütigen. Die Typen sollen selbstbewusst und stark sein und gleichzeitig sensibel und verständnisvoll. Viel Glück bei der Suche.

Ich hoffte, dass sie anruft. Ich wusste, je länger das Schweigen dauerte, desto schwieriger würde es für mich werden, meinerseits anzurufen. Dann wäre ich eine Burg, die nach langer Belagerung die Waffen streckt. Ich hoffte, dass sie anruft, wirklich.

Am Freitagmorgen also passiert's, sie ruft an.

»Bei dem Essen mit Raffael am Samstag bleibt es.«

»Gut. In Ordnung. Dann sehen wir uns heute Abend?«

Ich wollte eigentlich vorschlagen, dass ich chinesisch koche. Aber das hätte wie ein bescheuertes Duell mit diesem Raffael gewirkt, der sehr wahrscheinlich sowieso besser chinesisch kocht als ich. Als langjähriger Single muss er das Kochen ja draufhaben. Bei mir hat früher immer meine Frau gekocht, ich habe eingekauft. Wäre schlauer gewesen, ich hätte gekocht. Sagen Sie mal einer attraktiven Frau: »Du, Süße, ich kann super einkaufen!«

Jedenfalls erzählt N., dass sie an diesem Abend auch nicht kann, und zwar, weil sie an ihrem Treatment arbeiten muss.

»Tom hat angerufen, das Treatment soll bis zum Montag fertig sein, keine Ahnung, warum der auf einmal so viel Druck macht. Ist jedenfalls ein gutes Zeichen. Ich muss heute lang arbeiten. Wenn du magst, komme ich hinterher noch vorbei. Gegen Mitternacht.«

»So spät erst?«

Das war natürlich idiotisch. Das klang nach dem Jammern einer einsamen, frustrierten Hausfrau. Das klang nicht sexy.

»Mal sehen«, sagt N., »vielleicht habe ich ja Lust, bei dir zu arbeiten. Dann komme ich schon um sechs.«

»Wie du magst. Ich bin zu Hause.«

Für N. war ich jemand, der sowieso immer da ist und wartet und zu dem man geht, wenn gerade nichts Aufregenderes zur Verfügung steht. Legen wir heute eben mal beim lieben alten Benno an.

N. lebt ganz in der Gegenwart, wissen Sie. Sie ist desinteressiert an der Vergangenheit und an der Zukunft. Hier und heute muss möglichst viel Gewinn reinkommen, das allein ist wichtig.

Es gibt jede Menge Firmen, die genau diese Strategie verfolgen, und was kommt dabei raus? Die stürzen alle irgendwann ab. Du musst dir Stammkunden aufbauen, du brauchst eine kompetente und motivierte Belegschaft, du darfst nicht alles in diese Scheißcallcenter auslagern, zumindest nicht als Mittelständler.

Ich gebe Ihnen ein Beispiel. Sie hat zwei- oder dreimal vorgeschlagen, dass wir einen Tanzkurs anfangen, obwohl es doch unmöglich war, so oft wollte sie mich gar nicht sehen. Am nächsten Tag hatte sie das sowieso vergessen. Ich durfte sie aber auf gar keinen Fall an solche Vorschläge erinnern, das hätte Streit bedeutet. Auf so eine Verbindlichkeit wie einen Tanzkurs hätte sie sich niemals ernsthaft festlegen können.

Bei den anderen Männern war es wahrscheinlich genauso. Bei den anderen vergaß sie wahrscheinlich, dass es mich gab und dass wir verabredet waren. Das hatte nichts mit Feindseligkeit oder damit zu tun, dass sie mich demütigen wollte. Sie war sprunghaft wie ein Kind, und ich musste mich darauf einstellen. Meine Bedürfnisse waren scheißegal.

»Ja, super«, sage ich. »Ich freue mich, egal, wann du kommst. Ich bin ab sechs zu Hause. Vielleicht liest du mir dein Treatment vor. Aber nur, wenn du magst.«

Von dem Treatment wusste ich bis dahin gar nichts. Keine Ahnung, worum es da ging.

Nachmittags um drei ruft N. wieder an.

»Ich hab ganz vergessen, dass ich heute eine Freundin vom Bahnhof abholen muss.«

Sie nannte einen Namen, den ich nicht kannte. Diese Freundin, aus Hamburg, wollte das Wochenende in Berlin verbringen. Deswegen konnte N. erst am nächsten Morgen, also am Samstagmorgen um zehn, zu mir kommen. Wir würden dann, wie verabredet, zusammen einkaufen gehen.

Was war in der Zwischenzeit eigentlich aus dem Treatment geworden? Hat das überhaupt gestimmt, musste sie für diesen Tom tatsächlich ein Treatment fertig schreiben, oder war das nur eine Ausrede, und wenn ja, für was?

Wenn du bei N. anfängst, über so etwas nachzudenken, die Puzzlesteine zusammenzusetzen, dann bist du auf der Straße in die Hölle.

Ich habe, um Zeit zu gewinnen und mich zu beruhigen, die Lüge erfunden, dass ich dringend auf die Toilette muss und nur ganz kurz sprechen kann. Ich habe gesagt, gut, mach, was du willst. Aber halte mich auf dem Laufenden.

»Du klingst komisch.«

»Es ist dringend«, antworte ich.

Zwanzig Minuten später ruft sie wieder an. Sie ist nicht allerbester Stimmung.

»Also, hör zu, ich habe gerade noch mal mit meiner Freundin gesprochen. Dir ist es ja offenbar nicht recht, dass ich mich mit ihr treffe. Weißt du, wir haben uns seit Jahren nicht gesehen. Aber ist nicht so schlimm. Sie ist sowieso müde. Morgen hat sie eine Frühstücksverabredung und muss um acht raus. Wir gehen kurz zusammen essen, und dann komme ich. So um zehn.«

Um acht Uhr ruft N. wieder an. Jetzt ist ihre Laune gut. Sie ist unterwegs zu mir. In zehn Minuten sei sie da. Die Freundin sei doch nicht nach Berlin gefahren. Zu müde. Und die Verabredung mit der Freundin, morgen früh, ist geplatzt.

Um neun klingelt es an der Tür. Sie ist tatsächlich da. Dass ich miese Laune habe, sieht sie natürlich sofort.

N. sagt, dass sie ihr altes Leben für mich nicht komplett aufgeben will. Das könne ich wirklich nicht verlangen. Da hätte ich bei meiner Frau bleiben sollen, wenn ich so etwas will, eine Mutti.

Ich antworte, dass sie sich nicht aufführen soll wie eine schwer erziehbare Jugendliche.

Ich sage: »Du willst eine Familie und die Freiheit, heute mit diesem, morgen mit jenem. Man kann nicht alles gleichzeitig haben. Das ist nur in der Werbung so. Du kannst in Wirklichkeit kein Geschirrspülmittel zur Handpflege benutzen. In Wirklichkeit muss man sich entscheiden, ob man mit den Händen spülen will oder ob man sie eincremt.«

Sie: »Red nicht mit mir, als ob ich blöd wäre.«

Nie verallgemeinern! Nie das Wort »nie« und nie das Wort »immer« verwenden! So steht es in den Beziehungsratgebern. Das ist wie mit den Zehn Geboten. Jeder kennt die Zehn Gebote. Wenige halten sich dran.

Ich: »Bei den Geschirrspülmitteln gibt es die All-in-one-Version. Calgonit Powerball, mit Reiniger, mit Klarspülfunktion, mit Salzfunktion, mit Glanzaktivstoffen. Das Leben ist kein Calgonit Powerball.«

Sie: »Fick dich ins Knie.«

Sind Sie wirklich sicher, dass Sie keinen Käse möchten? Pecorino. Sehr gut. Ich hole einfach mal ein bisschen davon, dann können Sie zugreifen oder es lassen, ganz wie Sie möchten.

Sie ist dann gegangen. Der Abend war aber noch nicht zu Ende.

Um halb zwölf klingelt es. Auf dem Überwachungsmonitor sehe ich, dass unten ein Typ steht. Südländisches Aussehen, wie es immer in den Fahndungsmeldungen heißt.

Habe ich Angst? Nein. Der Typ ist klein und schmächtig, ich bin gut austrainiert, und wenn ich hier in der Wohnung auf den richtigen Knopf drücke, kommt innerhalb von zehn Minuten jemand vom Wachdienst. Außerdem habe ich eine Gassprühdose, die stecke ich in die Tasche von meinem Morgenmantel. Dann lasse ich ihn rein. Ich war neugierig, verstehen Sie.

Er sieht ziemlich fertig aus, hat auch schon einiges getrunken. Er sucht N., redet wirres Zeug, über ein Buch, das er ihr angeblich geliehen hat oder sie ihm. Ich stelle mich dumm, ich sage, dass ich sie seit einer Ewigkeit nicht mehr gesehen habe. Wie er überhaupt auf die Idee kommt, dass sie hier sein könnte.

Na, ich würde doch demnächst bei N. einziehen. Das hätte

sie ihm erzählt. Er sei Raffael, ihr Lebensgefährte. Er heult fast. Dass bei ihr noch nebenher was lief, habe ich geahnt, aber ich hätte eher auf Doubek getippt, einen alten gemeinsamen Freund, der Kontakt zwischen ihr und ihm war zu der Zeit wieder ein bisschen intensiver geworden. Ich lasse ihn nicht in meine Karten schauen, ich sage nur, dass ich keine aktuellen Umzugspläne hege und in letzter Zeit wenig Kontakt mit N. hatte. Das stimmt ja auch irgendwie.

Er zittert. Er tut mir leid. Ich bitte ihn rein, koche ihm einen Kaffee.

Wundert Sie das? Er kommt mir vor wie ein verirrtes Vögelchen, ein schwaches, liebeskrankes Vögelchen, obwohl er versucht, starke Sprüche abzulassen. In der Wirtschaft lernen Sie, dass es nicht darauf ankommt, was einer erzählt. Wir sind mit unserem Preisangebot bis ans Limit gegangen! Wir können nicht früher liefern! Es lügen doch sowieso alle. Ich sehe mir den Sprecher genau an, und dann weiß ich, wo wirklich sein Limit liegt.

»Mach dir keine Sorgen«, sage ich. »Sie will dich nur eifersüchtig machen, und warum? Weil sie Angst hat, dich zu verlieren. Geh hin, fahr hin, jetzt gleich.«

Er schaut mich dankbar an. Wir umarmen uns. Er krallt sich an meine Schulter und schluchzt. »Ja, ich fahre hin. Danke, Benno.«

»Nicht jetzt gleich«, sage ich. »Du hast einen in der Krone. Iss erst mal was. Kochst du gern, Raffael?«

Er schüttelt den Kopf, nee, Kochen ist nicht sein Ding. Ich hole den Wok, und dann setzen wir uns an den Küchentisch, schneiden Frühlingszwiebeln, Knoblauch und Basilikum klein, braten die Mischung im Wok kurz an, dann gebe ich tiefgekühlte Shrimps und ein bisschen Butter dazu. Raffael darf in der Zwischenzeit asiatische Nudeln und zwei, drei Tassen Instant-Gemüsebrühe kochen. Das mischen wir dann alles im Wok und geben noch Limettensaft und Sambal Oelek dazu. Ganz einfach.

Meine Shrimps-Spezialpasta, in zwanzig Minuten auf dem Tisch.

Wir gehen raus auf die Dachterrasse. Ich stecke ein paar Kerzen an und lege die CD ein, die N. mir aufgenommen hat. Sie hat einen guten Musikgeschmack, aber die CD war mehr so ironisch gemeint, Schmusesongs, Oldies, grauenhaft, aber lustig. Gleich beim ersten Song, »I'm not in love«, zehn cc, fängt er wieder an zu heulen. »Das ist ihr Lieblingslied, das hat sie mir gebrannt.«

Ihr Lieblingslied, dass ich nicht lache. Ich sage, tut mir leid, Raffael, so eine Scheiße, tut mir so leid, Zufall, N. und ich, wir waren zusammen in der Schule, damals ist das eben in Rheinland-Pfalz ein Hit gewesen, Moment, ich lege was anderes auf.

Ich nehme Richard Wagner, den Walkürenritt, leise, wegen der Nachbarn. Nach dem Essen sitzen wir beide da, schauen über Berlin, der Mond ist fast voll, ich lege den Arm um Raffaels Schulter, keine Angst, sage ich, aber ich habe im Moment grad auch eine schwierige Phase, mit meiner Freundin, das läuft alles gar nicht gut, das steht auf der Kippe, und ich hab Angst vorm Alleinsein. Weiter nichts, ich mach dich schon nicht an.

Raffael fragt: »Was ist denn euer Problem?«

Ich sage, sie kann sich nicht entscheiden. Du darfst nicht lockerlassen, sagt Raffael. Das ist wie im Fußball, der Siegeswille ist das Entscheidende.

Dann geh jetzt mal besser, sage ich, und zeig Siegeswillen.

Raffael sagt: »Hat sehr gut geschmeckt. Ich würde mich

gerne revanchieren, dürfen N. und ich dich mal einladen?« Ich sage, klar, gern. Bring das jetzt erst mal in Ordnung.

Am nächsten Tag kam von N. die SMS. Wir passen nicht zusammen, danke für die schöne Zeit. Zweiundfünfzig Zeichen, es hätte für den gleichen Preis ruhig etwas ausführlicher ausfallen dürfen. Ich habe mich gewundert, dass ich nie wieder etwas gehört habe, weder von ihr noch von Raffael. Wissen Sie vielleicht etwas?

Oh. Jetzt habe ich den Käse ganz alleine gegessen.

19

N. ist ein paar Tage bei ihren Eltern gewesen, die sind alt und krank. Auf der Autofahrt zum Möbelhaus erzählt N., dass sie bei dieser Gelegenheit auch zu einer Beerdigung gegangen ist. Einer ihrer Lehrer, den sie damals wohl ziemlich gut fand. Ein paar aus ihrer alten Klasse waren auch da.

Nett war es.

Der Lehrer hat selbst die Beerdigungsmusik zusammengestellt, und da sei, zwischen drei oder vier Jazz- und Klassikstücken, auch ein Song dabei gewesen, den sie einmal für ihn aufgenommen hatte, »Stairway to Heaven«, Led Zeppelin. Das fand sie rührend.

War da etwa was zwischen dir und diesem Lehrer, fragt Groll in ironischem Ton. Wenn er sich nach so vielen Jahren erinnert.

Er sagt immer wieder Sachen, für die es ihm sofort, eine Sekunde danach, leid tut. N. erzählt nicht weiter. Ein großes Problem zwischen ihm und N. besteht darin, dass sie ihm dumme Bemerkungen nicht verzeiht.

Als sie, nach einer Viertelstunde, einen Parkplatz gefunden haben, gehen sie als Erstes zum Kinderparadies. Paula ist guter Laune, sie freut sich auf das Kinderparadies. Allerdings hasst sie es, sich jünger machen zu müssen. Paula ist fast neun, das Paradies nimmt nur Kinder bis zu sieben Jahren auf. Sie haben dort ein kleines Kino, in dem alte Walt-Disney-Filme laufen, und eine Art Planschbecken, das, statt mit Wasser, mit bunten Plastikbällen gefüllt ist.

Hier hat man wirklich an alles gedacht. Groll bewundert diese Perfektion, da überwindet er sogar die Abneigung, die er ansonsten gegen Großkonzerne hegt. Vor der Möbelhalle gibt es einen Platz, wo die Kunden ihre Hunde anleinen können, dort stehen nicht nur Wassernäpfe wie anderswo, sondern es liegen auch Matratzen auf dem Boden oder etwas, das aussieht wie eine Matratze, damit die Hunde sich bequem hinlegen können und es warm haben. In der großen Empfangshalle steht ein Ersatzteilautomat, an dem die Kunden sich für eine Münze ein paar Schrauben oder Zapfen oder Stifte ziehen können. Sie müssen sich dazu nicht den weiten Weg durch das Möbelhaus antun. Zusammen mit den Ersatzschrauben gibt der Automat einen Bon für ein Freigetränk heraus, den man im Restaurant des Möbelhauses einlösen kann.

Der tiefere Sinn des Geschenks ist natürlich, dass die Kunden sich, obwohl sie schnell an ihre Schrauben herankommen, eine Weile in dem Möbelhaus aufhalten und sein Angebot zur Kenntnis nehmen, aber in guter Stimmung, ohne dass ihre Kauflust vorher durch den mühsamen Kampf um ein paar billige Schrauben gebremst wurde. Das war wirklich alles bis ins Letzte durchdacht.

Groll und N. haben eine Liste dabei: Billy-Regale für Paulas Zimmer, und zwar helle, keine schwarzen, wie bei allen anderen, ein Gästebett für Groll, das in der Wohnung von N. aufgestellt werden soll – sie haben beschlossen, bei getrennten Wohnungen zu bleiben, erst mal, und Groll kann nicht einschlafen, wenn noch jemand anderer im Bett liegt –, dazu diverser Kleinkram, Servietten sowieso, Kerzen, Teelichter, ein Schneidebrett für die Küche, man kocht jetzt öfter gemeinsam, ein Bilderrahmen für das Foto, das sie zu dritt auf dem Weihnachtsmarkt zeigt, und ein CD-Ständer oder ein CD-Regal, je nachdem. N. schenkt Groll gerne selbst gebrannte CDs, zuletzt eine CD von Madonna, die Groll für überschätzt hält, was er auch sagt. Oder hat er es sich verbissen? Er weiß es nicht mehr genau. »Stairway to Heaven« hält er jedenfalls für besser als alles, was er von Madonna kennt.

Er wird darauf bestehen, dass sie die Kosten genau auseinanderdividieren. Das braucht er für sein Selbstwertgefühl. Groll hat Philosophie und Germanistik studiert, *summa cum laude*, das muss man sich einmal vorstellen. Magister, nicht Lehramt. Lehramt wäre klüger gewesen. Jetzt arbeitet er in einem Callcenter. Ein bisschen was vom Erbe der Eltern ist auch noch übrig, das schon. Manchmal überweist Paulas Mutter ihm ein paar Euro, aber darauf ist kein Verlass. Paulas Mutter lebt als Porträtmalerin an der Algarve, der Portugiese, der zu diesem Lebensmodell ursprünglich dazugehörte, hat sich in der Zwischenzeit wohl verflüchtigt.

N. ist ein paar Jahre älter als Groll, und sie verdient mehr als er, beim Fernsehen, überhaupt, er passt nicht in ihr Beuteschema. Dieser Satz fiel gleich am ersten Abend: Du passt nicht in mein Beuteschema. N. ist schwer enttäuscht worden, N. macht eine schwierige Phase durch, beruflich und privat. Das war nun vor einigen Monaten die Chance von Groll, sie war in diesem Moment gerade günstig zu haben. Sonderangebot. Einem wie dir hätte ich vor zwanzig Jahren nicht mal meine Telefonnummer gegeben. Solche Sachen sagt sie zu ihm.

Groll arbeitet bei der BC Phone Company, was die Abkürzung »BC« bedeutet, weiß er nicht. Berlin Calling? Es interessiert ihn nur mäßig. BC sitzt im Dachgeschoss eines Verlagsgebäudes, ein großer Raum, gefüllt mit kleinen Schreibtischen. Er gehört zum sogenannten Outbound. Der Inbound nimmt Gespräche an, naturgemäß meistens Beschwerden, der Inbound braucht Nerven wie Drahtseile, da müssten sie eigentlich lauter Diplompsychologen einstellen. Der Outbound ruft selber an und versucht, neue Abonnenten zu gewinnen, klar, der Outbound ist beliebter. Inbound und Outbound sind wie Defensive und Offensive. Man ist lieber in der Offensive.

Das Großraumbüro, in dem sie sitzen, nennt Groll in seinen Gedanken die Gesindestube. Ohne die unauffällige, für die anderen unsichtbare Arbeit des Gesindes würde der Verlag innerhalb von drei Monaten zugrunde gehen. Sie tun zweifellos eine extrem nützliche und wichtige Arbeit und sind dabei die am geringsten angesehenen Mitarbeiter des Hauses, wie früher die Dienstmädchen. Die Redakteure sehen durch sie hindurch, als seien sie Luft, sie gehören ja auch, *de iure*, wie Groll es nennt, zu einer anderen Firma.

Groll ist in dieser untersten Kaste immerhin ein Mitglied der Oberschicht. Er machte Warmakquise. Kaltakquise bedeutet, dass die angerufene Person von der Zeitung noch nie gehört hat und dementsprechend distanziert eingestellt ist. Im Falle der Warmakquise gab es früher schon mal ein Abo oder ein Probeabo.

Groll ist erfolgreich, weil die potenziellen Abonnenten, meistens doch wohl Akademiker, in ihm schon nach wenigen Sätzen ihresgleichen erkennen. Er weiß über die Autoren Bescheid, mit ihm lässt es sich am Telefon über die politische Linie der Zeitung und die Qualität des Feuilletons diskutieren. Ein philologisches Studium, denkt er manchmal, ist im Grunde eine ideale Vorbereitung für den Outbound.

Alle Stellen sind auf zwei Jahre befristet. Nach zwei Jahren werden die Angestellten entweder entlassen, oder ihr Arbeitsverhältnis verwandelt sich in ein unbefristetes. Groll ist, ein paar Wochen vor Ablauf der Frist, zu seiner Chefin gegangen. Er war eigentlich optimistisch. Er wollte es wissen, so oder so. Top oder Flop.

Seine Chefin – mag er sie? Diese Frage stellt sich nicht. Sie ist in seinem Alter. Sie arbeitet ungefähr genauso lange in der Firma wie er. Einmal, als er an ihrem Büro vorbeiging, an einer Milchglastür, hat Groll sie schreien hören, vielleicht schrie sie da gerade einen ihrer Untergebenen an. Davor hat Groll Angst, oder beinahe Angst. Er kann es nicht ertragen, wenn man ihn anschreit. Oder hat sie einfach nur so geschrien? Aus Verzweiflung?

Während er die Frage stellt, die Frage nach seiner Zukunft im Outbound, klingelt zweimal das Telefon. Die Chefin hebt nicht ab. Sie schaut nur einmal kurz aus dem Fenster. Dann sagt sie ihm, dass die Firma sehr zufrieden mit ihm sei. Er mache gute Abschlüsse. Wenn die Lage nur besser wäre.

Es gibt aber einen Weg, sagt sie. Der Verlag hat wieder eine neue Firma gegründet, die BGTS, Berliner Gesellschaft für Telefonkontakt und Strategie. Diese neue Firma sei in der Lage, ihm einen neuen Zweijahresvertrag anzubieten. Für Sie ändert sich damit gar nichts, eine bloße Formalie. Wunderbar, sagte Groll. Sehr gut.

Groll versucht, aus der Art, wie sie spricht, herauszulesen, ob sie ihn wirklich schätzt oder ob sie das nur dahersagt, weil es Vorschrift ist. Am Telefon, bei den Kunden, kann er aus den Stimmen so einiges herauslesen. Hier, Fehlanzeige.

Bei Ikea müssen Groll und N. erst einmal durch die Möbelausstellung laufen, ein weiter, gewundener Weg, ungefähr wie der Lauf der Mosel. Bei den Billy-Regalen gibt es zwei Sorten von Hell. Ein dunkles Hell und ein helles Hell. Buche und Birke. Da hätte man Paula fragen müssen, die hat schon ihren eigenen Geschmack. Ach, das entscheiden wir jetzt einfach, sagt Groll.

Nein, hey, das geht nicht, ich lauf schon, sagt N. Sie geht also zurück in das Kinderparadies, um Paula zu fragen. Paula weiß es auch nicht genau. Eher Buche.

Siehst du, sagte Groll. Es ist ihr egal. Ich kenne Paula. Bei der musst du nicht so ein Bohei machen.

Groll hat sich geärgert, weil N. ihm zu verstehen gegeben hat, dass er die Wünsche seiner Tochter nicht ernst nimmt, im Grunde also, dass er ein schlechter Vater sei. Groll weiß selbst, dass er nicht alles richtig macht, deswegen schmerzt ihn diese indirekte Kritik besonders.

Was bist du denn so aggressiv, fragt N., das macht doch überhaupt keine Mühe, die paar Meter zu laufen.

Als Kunde sucht man sich ein Möbelstück aus, ein Bett zum Beispiel, und geht zu einem der Schreibtische, an denen Mitarbeiter des Möbelhauses sitzen. Besser als der Outbound, denkt Groll, direkter Kontakt zu Menschen. Dort bekommt man eine Rechnung, die an der Kasse zu bezahlen ist. Mit der bezahlten Rechnung muss man an der Warenausgabe warten, bis die Nummer aufgerufen wird, die einem zugeteilt wurde, ein bisschen wie im Arbeitsamt.

Bei dem Bett geht es um die Frage: Zählt der Geschmack von N. oder der Geschmack von Groll? N. will etwas Klares, Schlichtes, am besten Bauhaus. Für Groll darf es ruhig ein bisschen verschnörkelt sein. Das Leben, sagt sich Groll, ist schnörkellos genug.

Ich muss drin schlafen, sagt Groll laut.

Ich muss es in meiner Wohnung stehen haben, sagt N., und du musst überhaupt nicht drin schlafen, du darfst vielleicht drin schlafen. Vielleicht!

Das Bauhaus hat überhaupt keine Betten gemacht, sagt Groll. Nur Sessel und so was. Sicher ist er sich nicht.

Wenn sie stehen bleiben, werden sie von anderen Kunden weitergeschoben. Groll spürt einen Einkaufswagen, der sich in seine Wade drückt. Am Samstag zu Ikea, das machen echt nur die Idioten. Als ob man nicht freie Tage unter der Woche hätte, ab und an.

Dann taucht das Restaurant auf, und sie essen Köttbullar. N. zahlt. Das verrechnen wir hinterher, sagt Groll. Wie breit soll das Bett überhaupt sein? Ein Meter vierzig, meint N., dann können auch mal zwei Leute drin schlafen.

Wieso denn zwei, sagt Groll, ich will keine zwei Leute in meinem Bett. Zwei ist einer zu viel. *Variatio delectat,* antwortet N., ein bisschen Humor hat sie wohl schon.

Groll erzählt, dass er dem neuen Vertrag zugestimmt hat, mit dieser BGTS, mündlich, nur mündlich. Nichts Schriftliches. Das ist jetzt drei Wochen her, *cum grano salis.* Man kommt ja nicht dazu, mal was zu erzählen. Bist ja immer beschäftigt.

Hab ja einen Job, sagt N., hab ja auch meine Probleme. Interessierst du dich ja auch nicht groß für.

Verwendet Groll wirklich so oft das Füllwort »ja«? Darauf muss er achten. Warum ist N. so gereizt?

Jedenfalls, der Zweijahresvertrag ist inzwischen abgelaufen, sagt Groll, und ich mache immer noch meine Arbeit, obwohl es keinen neuen Vertrag gibt, keinen unterschriebenen zumindest.

Am Freitag ruft sie mich zu sich, die Chefin, meine ich. Wie geht's? Alles in Ordnung bei Ihnen? Freut mich sehr, ach so, eine Sache, auf dem neuen Vertrag fehlt noch Ihre Unterschrift, Herr Groll. Das müssen wir schnell erledigen.

Ich war mental vorbereitet, sagt Groll. Ich lehne mich zurück, alles dreht sich in meinem Kopf. Trotz mentaler Vorbereitung.

Ich erkläre, dass wir jetzt *de facto* und *de iure* eine völlig neue Situation haben, weil mein Vertrag nunmehr automatisch entfristet ist, so steht es nämlich im Gesetz. Warum sollte ich also unterschreiben?

Sie: Um des Betriebsfriedens willen.

Ich: Um des lieben Friedens willen soll ich auf mein Recht verzichten? Das kann ich mir nicht leisten, so eine Chamberlainpolitik.

Sie wird eine Spur lauter. Ich würde aus ihrem Fehler Profit schlagen. Das schafft einen Präzedenzfall, das bringt sie in eine unmögliche Situation.

Sie sagt, dass ich undankbar sei. Die befristeten Verträge sind die einzige Möglichkeit, Arbeitsplätze zu erhalten. Verstehen Sie das denn nicht.

Sie macht eine Pause.

Dann, noch lauter: Wissen Sie was? Wir erhöhen Ihren Stundenlohn um einen Euro. Acht fünfzig ab sofort. Wir heben die Prämien an. Sie sind doch ein Guter. Sie sind doch vernünftig. Ich ändere jetzt die Zahlen, handschriftlich, und fertig. Die letzten Sätze schreit sie mit aller Kraft.

Stell dir vor, dass dir jemand »Sie sind doch ein Guter!« ins Gesicht schreit.

Groll nimmt den neuen Vertrag. Er liest ihn durch. Ganz langsam. Er will ruhig bleiben, will nicht die Nerven verlieren. Er ist bereit zu unterschreiben.

Die Chefin bekommt Flecken im Gesicht, wie ein Leopard.

Ein Leopardenweibchen. Dann reißt sie Groll den Vertrag wieder aus der Hand. Er wolle sich auf ihre Kosten doch nur bereichern. Dabei spricht sie jedes einzelne Wort eine Spur lauter aus als das vorherige, das letzte Wort, »bereichern«, brüllt sie mit aller Kraft.

Dabei war die Prämienerhöhung doch ihr Vorschlag, sagt Groll. Ich war mucksmäuschenstill. Ich wollte doch bloß nicht die Nerven verlieren.

Die Chefin greift zum Telefon, ruft irgendwo an. Ist die Entfristung von Groll noch möglich, geht das? Ja? Dann machen wir es. Wir entfristen Groll. Bitte den Vertrag entsprechend ändern und an Groll schicken.

Sie legt auf. Sie sagt, so, jetzt haben Sie, was Sie wollten. Auf Wiedersehen.

N. hat, während Groll über den Outbound erzählt, ihr Köttbullar restlos aufgegessen. Da haben wir wohl etwas zu feiern, sagt N. und legt ihr Besteck zusammen.

Ich weiß nicht, antwortet Groll. Die hasst mich jetzt.

In der Markthalle lädt N. einen Wok auf den Wagen, und einen Webteppich, und dann auch noch einen Fleischklopfer.

Das stand aber nicht auf der Liste, sagt Groll. Lass uns lieber nach den CD-Ständern kucken, oder den CD-Regalen, überhaupt, wer braucht einen Fleischklopfer. Nur weil er billig ist. Du kaufst immer den letzten Scheiß, wenn er nur billig ist, bei Tchibo ist es genauso.

Das tut ihm, nachdem er es gesagt hatte, sofort leid.

Ich bin wohl wie deine Chefin, sagt N. Wow, das war jetzt aber weit unter der Gürtellinie, sagt Groll.

Er setzt sich auf einen Pflanzenständer, Böresund. N. geht langsam weiter.

Verzeih mir, ruft Groll ihr laut hinterher, verzeih mir, ich bin deiner nicht würdig, Aber sag nur ein Wort, und dann wird meine Seele gesund.

War das denn alles nur wegen der Bemerkung, die er auf der Fahrt über den toten Lehrer gemacht hatte? Er spricht viel über sich, von N. und ihrer Vergangenheit und den Enttäuschungen, die sie erwähnt hat, weiß er kaum etwas. Er war in den letzten Jahren so oft mit Paula alleine, der kann er solche Dinge doch nicht erzählen. Da hat sich bei ihm was angestaut, ein Mitteilungsbedürfnis. N. lässt sich die Fäden aber auch einzeln aus der Nase ziehen. Von sich aus erzählt die gar nichts.

Will er N. überhaupt, in dem Sinne, dass er mit ihr sein weiteres Leben verbringen möchte? Das weiß er nicht genau. Damit fängt's schon mal an. Das ergibt sich irgendwie, oder auch nicht.

Kurz vor der Kasse holt er N. ein. Erzähl mir von dem Lehrer, sagt er.

Der Lehrer war ein Arschloch, sagt N., wenn du's unbedingt wissen willst, ich hatte was mit dem, er war ein Arschloch, aber ich habe ihm verziehen, ein guter Lehrer war er trotzdem.

Ich kann auch nicht anders, ruft Groll. Stell dir einfach vor, du seist dreißig Jahre älter – er rechnete kurz, ja, das war realistisch –, du bist dreißig Jahre älter, und du denkst an mich, den Groll, der ein Arschloch war, aber der nicht anders konnte und der, auf der anderen Seite, wenn du dich daran erinnerst, auch was hatte, doch, doch, der hatte was. Der war nicht viel schlechter als die anderen. Dieses Gefühl, das Gefühl von in dreißig Jahren, das versuchst du heute schon zu haben. Dann wird es was mit uns.

N. geht weiter. Sie schiebt den Einkaufswagen. Groll stützt sich an die Kommode Sjegerflöd, ihm wird schwindlig, hoffentlich kein Gehirntumor. Die Rechnung wird man sich zu gegebener Zeit schon aufteilen. Er wird jetzt Paula im Kinderparadies abholen, Paula und er werden ein Taxi nehmen. In ein paar Tagen wird er N. anrufen. Wenigstens ist er nicht arbeitslos.

20

Zu dieser Zeit, im frühen Sommer, schlief Grün schlecht. Er stand morgens fast immer um vier auf, setzte sich auf die Terrasse, hörte den Vögeln zu und wartete darauf, dass ihm etwas einfiel. Um sieben wurde seine Frau wach, schlurfte, noch im Halbschlaf, durch die Terrassentür, murmelte etwas, stellte ihm seine Lieblingstasse auf den Tisch, gefüllt mit Kaffee, bis dahin war ihm nichts eingefallen. Von jetzt an würde ihm erst recht nichts einfallen. Er schlug die Zeitung auf und suchte nach den Börsenkursen. So ging das seit Wochen.

Die Show, deren Moderator er war, lief seit elf Jahren. Die Quoten sanken, nach einer so langen Zeit war das beinahe selbstverständlich. Zum Glück sanken sie langsam. Grün glaubte, dass die Show, nach den Maßstäben des Senders, immer noch ziemlich gut war, zumindest unterhaltsam, vielleicht war sie im Lauf der Zeit sogar besser geworden. Wenn wir heute neu herauskämen, sagte er sich, dann wären wir eine Sensation.

Grün stand vor einer schwierigen Entscheidung. Er konnte sich noch einmal etwas Neues suchen, neues Konzept, neuer Anlauf, neues Risiko. Oder er konnte sich dazu entschließen, mit der Show weiterzumachen bis zum bitteren Ende. Danach das Altenteil. Das Haus in Spanien endlich ausnützen, das er vor zwanzig Jahren gekauft und in dem er seitdem nur vier oder fünf Urlaube verbracht hatte. Das aktuelle Programm verfolgte er ohnehin kaum noch, die neuen Leute, die neuen Methoden, davon wusste er wenig. Wahrscheinlich stand er unter Zeitdruck. Falls er noch einmal durchstarten wollte, musste sein Kurs im Sender immer noch hoch genug sein, damit sie dort bereit waren oder sich zumindest verpflichtet fühlten, ihm etwas Neues anzuvertrauen. Sein Kurs war gesunken, das stand fest. Aber wie tief? Er wusste es nicht. Genauso wenig wusste er, wozu er überhaupt Lust hatte. Das war ja die wichtigste und die schwierigste Frage. Wozu habe ich Lust? Was macht mich heiß, wofür kann ich brennen, was holt die letzten fünf Prozent aus mir heraus?

Jeden Morgen um vier saß Grün auf seiner Terrasse und stellte sich diese Frage.

Spätestens mit Anfang sechzig wollte er aufhören. Nein, er musste, danach wird es peinlich, außer du machst eine Nachrichtensendung oder ein Wissenschaftsmagazin. Kann man aus Löwenzahn Benzin machen? Haben Wale einen Orgasmus? Wo kommen wir her, wo gehen wir hin? Grün wollte nicht wissen, wo er hinging. Allein schon die Frage machte ihn nervös.

Er hätte rechtzeitig eine Produktionsfirma gründen sollen. Die Show selbst produzieren, junge Talente entdecken, Rückzug hinter den Vorhang. Und hinter dem Vorhang die Hand aufhalten. Nie mehr Lampenfieber. Nur noch Rechnungen unterschreiben. Er war zu risikoscheu gewesen. Weil ich nicht vom Zehnmeterbrett gesprungen bin, sagte er sich, muss ich jetzt vor aller Augen die Treppen des Sprungturms wieder heruntersteigen.

Röhricht ging mit ihm essen. Das tat er einmal im Quartal, seit vielen Jahren, seit er sein Chef war. Damals waren sie beide noch bei einem anderen Sender gewesen, und Grün war eine Hoffnung, er sah gut aus, er war heiß. Röhricht hatte einen Blick für Leute, deren Potenzial nicht ausgeschöpft war.

Sie saßen am Wasser. Grün fragte sich, ob das Gewässer die Spree war oder die Havel oder einer von diesen Kanälen. Für ihn sah das alles vollkommen gleich aus, die gleiche braune Soße. Er überwand sich zu fragen, aber Röhricht wusste es auch nicht.

Grün wartete darauf, dass Röhricht ihm ein Signal sinkender Wertschätzung sandte. Er spürte eine Mischung aus Ungeduld und Angst, wie ein Soldat, der will, dass die unvermeidliche Schlacht endlich beginnt. Das Abendessen dauerte zwei Stunden, wie immer. Frühstück, unter Profis, eine Stunde, Abendessen zwei Stunden. Wenn seine Jackentasche nach neunzig Minuten anfängt zu piepen, wenn er eine dringende SMS bekommt, wenn er seufzt, entschuldigen Sie, mein Bester, das Studio, Probleme, muss leider weg, wenn er das bringt, dann. Röhrichts Jackett blieb stumm. Noch, sagte sich Grün, bin ich sein Problem Nummer eins.

Wenn Röhricht etwas beabsichtigt, dachte Grün, dann zeigt er es einem nicht. Deswegen hat er es so weit gebracht.

Grün entschloss sich zur Offensive. Mal ehrlich, sollen wir etwas ändern, Röhricht? Sollen wir Sex in die Show hineinbringen? Das war eine naheliegende, leider etwas vage Idee. Wenn jemand sich im Fernsehen auszieht, wirkt das natürlich trashig, achtziger Jahre, Tutti Frutti. Andererseits sind die Zuschauer abgebrühter als früher, jeder landet doch beim Zappen irgendwann bei den Erotikclips oder bei den barbusigen Moderatorinnen der Verkaufssender. Man muss es nur ironisch machen. Sagte Grün. Röhricht war skeptisch. Das könnte draußen als Verzweiflungstat verstanden werden. So schlecht stünden sie auch wieder nicht da. An einer Quizshow lässt sich wenig ändern, sagte Röhricht. Vielleicht bei der Musik. Rockiger.

Am Anfang hatte die Show Grün Spaß gemacht. Man durfte nicht so tun, als sei es etwas anderes als das, was es ist. Man durfte es nicht ernst nehmen. Nach Grüns Ansicht waren viele Leute nur deswegen unglücklich in ihren Jobs, weil sie das Ganze ernst nahmen. Nichts wirkt bei Ihnen peinlich, Grün, sagte Röhricht oft. Weil der Zuschauer erkennt, dass Sie wissen, was Sie tun. Solange Sie als Moderator drüberstehen, geht unten eine ganze Menge.

War Röhricht anders als sonst? Grün wusste es nicht. Zum Abschied ein Händedruck, auffällig kurz.

Grün nahm ein Taxi, er fuhr zur Bar 25. Die Bar lag ebenfalls am Wasser, sie war aus Brettern provisorisch zusammengenagelt und sollte wohl an einen Saloon erinnern. Grün war sich ziemlich sicher, dass ihn hier niemand erkennen würde. Diese Leute schauten sich seinen Sender nicht an, die surften alle im Internet. Im Halbdunkel bewegten sich dunkel gekleidete Gestalten, beleuchtete Schiffe glitten vorüber, auch auf den Schiffen wurde gefeiert. Das gibt es nur in Berlin, dachte Grün und ärgerte sich gleichzeitig über diesen Gedanken. Fällt mir denn gar nichts Originelles mehr ein? Er setzte sich ans Ufer und trank schnell. Eine Frau am Tresen fiel ihm auf, sie starrte ihn an. Sie war älter als das übrige Publikum, genau wie er, sie sah gut aus, fand Grün, sein Typ war sie allerdings nicht unbedingt.

Nach ein paar Minuten stand die Frau auf, bezahlte, sie ging in Richtung Ausgang. Auf ihrem Weg kam sie an Grün vorbei. Ohne ihn anzusehen, steckte sie ihm einen Zettel in seine Jackentasche. Er spürte kurz ihren Arm und konnte ihr Parfüm riechen.

Grün wartete einige Minuten, bevor er die Adresse las. Es war nicht weit, eine Straße in Mitte. Außer der Adresse und einem Nachnamen, den er nicht kannte, stand nichts auf dem Zettel.

Das Haus lag in der Nähe der Kastanienallee. Die Frau wohnte im dritten Stock. Sie trug ein blaues Herrenhemd, jetzt, im Licht des Flurs, konnte Grün sie besser sehen. Er schätzte sie auf Mitte vierzig. Grün sagte: »So etwas sollte man nicht tun. Das ist gefährlich. Einfach jemanden in die Wohnung reinlassen, ich könnte doch Gott weiß was für ein Freak sein.« Während er sprach, wurde ihm bewusst, dass er dummes Zeug redete.

Die Frau schwieg. Grün hatte nicht den Eindruck, dass sie betrunken war oder unter Drogen stand. Er selber hatte schon einiges getankt. Er konnte noch einigermaßen klar denken, aber er war sich nicht sicher, ob es noch für eine Erektion reichte, von dem Stress der ungewöhnlichen Situation mal ganz abgesehen. Die Frau nahm seine Hand und führte ihn in ihr Schlafzimmer. Ihre Wohnung war relativ teuer eingerichtet und aufgeräumt, das beruhigte Grün. Ein Freak war auch diese Frau nicht.

Neben dem Bett stand ein kleiner Karton mit Präservativen, aus dem Drogeriemarkt, zwanzig Stück, der Karton war nicht angebrochen. Grün erwartete, dass die Frau den Karton öffnen würde, aber das tat sie nicht, auch er unternahm nichts in dieser Richtung.

Grün musste wenig tun, die Frau war sehr entschlossen. Grün hatte keine Probleme. Die Frau hatte keine unüblichen Wünsche. Es dauerte ungefähr zwanzig Minuten. Ein interessantes Erlebnis, dachte Grün währenddessen, aber ich hätte mir so etwas, alles in allem, doch aufregender vorgestellt. Gegen Ende hörte Grün, wie sein Handy klingelte, es steckte in seinem Jackett, draußen auf dem Flurboden.

»Das wollte ich schon vor Jahren«, sagte die Frau. »Aber du wolltest ja nie. Du hast mich auflaufen lassen. Du warst damals mit Simone zusammen, stimmt's?«

Mit dem Namen Simone konnte Grün nicht das Geringste anfangen. Er versuchte sich an die Frau zu erinnern, die neben ihm lag. War sie, vor Jahren, mal Praktikantin in der Sendung gewesen? Oder in der Sendung, die er davor moderiert hatte? Es gab so viele Praktikanten. Aber wenigstens eine vage Erinnerung hätte doch in ihm aufleuchten müssen, diese Frau war gut erhalten, sie konnte sich nicht sehr verändert haben.

»Mit Simone ist nie was gelaufen«, sagte Grün.

Das glaube sie nicht, sagte die Frau. Aber es sei ja jetzt egal. Als sie ihn so habe sitzen sehen, allein in der Bar, irgendwie traurig, da sei ihr die Idee mit dem Zettel gekommen. Einfach ein Zettel, eine Adresse, ohne das übliche Drumherum. Jetzt oder nie. Entscheide dich. So was habe ich noch nie gemacht, sagte sie. Du hast mich so angesehen.

»Wie habe ich dich denn angesehen?«, fragte Grün.

»Als ob du dazu bereit wärst, dich zu entscheiden.«

»Im ersten Moment habe ich dich gar nicht erkannt«, sagte Grün. »Du hast die Haare anders, oder?«

»Länger.«

Grün fragte, ob er rauchen dürfe. »Auf dem Balkon. Wenn wir zusammenbleiben, musst du es dir aber abgewöhnen. Gehst du noch manchmal ins Spielcasino?«

Grün hatte noch nie in seinem Leben ein Spielcasino betreten. Da war er sich sicher.

Er sagte: »Nicht mehr so oft.«

Inzwischen vermutete er, dass die Frau sein Gesicht aus

dem Fernsehen kannte und dass in ihrem Gehirn eine Art Kurzschluss, so etwas gab es bestimmt, dieses ihr bekannte Gesicht in einem anderen Zusammenhang reproduzierte, Montagefehler. Grün erinnerte sich an einen Bestseller, in dem ein Mann seine Frau mit einem Hut verwechselt, im Vergleich dazu war der Irrtum dieser Frau eine Bagatelle.

Es war immer noch warm draußen. Auf dem Balkon schmiegte die Frau sich an ihn, dann flüsterte sie ihm ins Ohr: »Ach, Grün, komm, Grün, gehen wir wieder rein.«

Grün streichelte die Frau, um Zeit zu gewinnen. Dann fragte er: »Wo haben wir uns eigentlich zum ersten Mal gesehen? Du, ich glaube, das weiß ich gar nicht mehr, beim ersten Mal habe ich gar nicht auf dich geachtet.«

Die Frau küsste Grün. »Lenk nicht ab. Keine Spielchen, diesmal nicht.«

In diesem Moment klingelte Grüns Handy, zum zweiten Mal in dieser Nacht. Das Jackett lag immer noch im Flur auf dem Boden. Wie spät war es? Zwei? Drei?

»Das kann wichtig sein«, sagte Grün und ging zurück in die Wohnung. Er war fast wieder nüchtern, deswegen merkte er, dass der andere Mann nicht nüchtern war. Er nannte seinen Namen nicht, Grün kannte die Stimme, jemand aus dem Sender, Moment, war das vielleicht Blinker, der Assistent von Röhricht?

»Ich hab dich nicht angerufen, Grün, verstehst du? Sie verhandeln mit Nachfolgern. Röhricht sagt, bis zum Ende der Staffel gibt er dir noch, er will das ordentlich zu Ende führen. Sie verhandeln mit Nachfolgern, verstehst du?«

Der Mann redete und redete, vielleicht ist er auf Koks, dachte Grün und sagte, danke, du bist ein echter Freund, interessant, Röhricht, das Schwein, heute Abend war ich noch mit ihm essen. Plötzlich hörte das Gespräch auf. Grün wollte sich die Nummer des Anrufers ansehen, aber die Nummer war unterdrückt. Ist das wirklich Blinker gewesen?

Es fängt an, dachte Grün. Die Kombattanten beziehen ihre Startpositionen. Die Truppen sortieren sich. Ich pokere auf eine Abfindung, ich kann sie unter Druck setzen, ich kann damit drohen, dass ich sofort hinschmeiße. Er war müde. Er wollte nach Hause. Die Frau sagte leise: »Bleib bei mir, schlaf hier, bleib wenigstens noch eine Viertelstunde.«

Grün sagte: »Meine Tochter ist krank, du, das war eben das Krankenhaus, ich muss sofort hin.« Er war stolz auf diese Idee, kranke Kinder waren wahrscheinlich das beste Argument bei Singlefrauen, Kinder, da kennen sie sich nicht aus, da haben sie Respekt.

»Seit wann hast du denn eine Tochter?«, sagte die Frau. »Wie alt ist sie denn?«

Das sei eine lange Geschichte, sagte Grün, er habe es furchtbar eilig. Er gab der Frau seine private Handynummer. Vielleicht war das ein Fehler, aber sie wollte die Nummer haben, und Grün hatte nicht die Kraft zu einer Diskussion.

Draußen wurde es allmählich Morgen. Grün ging in der Straßenmitte, auf der Markierung. Keine Autos. Vogelgezwitscher. Das ist schön, dachte Grün. So schön. Vier Uhr. Die Schlacht beginnt.

Wie hieß die Frau? Er hatte ihren Nachnamen, er würde herausfinden, wer sie war. Grün suchte in seinen Taschen nach dem Zettel, den sie ihm gegeben hatte. Er hatte den Zettel nicht mehr. Grün setzte sich auf den Bordstein und lehnte sich gegen einen Baum, die leere Straße lag vor ihm wie eine Bühne, sie fiel sanft ab, weiter unten blinkten die Ampeln. Wie auf einem Berggipfel, dachte Grün. Dann schlief er langsam ein.

21

Gerster suchte, obwohl das alles nun schon Jahre zurücklag, immer noch die Orte auf, an denen sie sich regelmäßig getroffen hatten, in der Hoffnung, N. zu sehen. Drei- oder viermal pro Woche, sooft er konnte, saß er in der Bar am Kanalufer, in der sie manchmal gemeinsam gewesen waren, und trank dort unter den neugierigen Blicken des jugendlichen Publikums schlechten Wein und selbst gemachten Holunderfusel. Er war immer allein dort. Aber sie kam nicht. Sie ging jetzt woandershin, mit anderen.

Was würde er tun, sollte sie tatsächlich auftauchen? Würde er sich verstecken, sie nur von ferne beobachten? Würde er zu ihr gehen? Würde er freundlich winken, dann die Bar verlassen? Wäre er distanziert, kumpelhaft, beleidigt, ein schlechter oder ein guter Verlierer? Er wusste es nicht.

N. hatte gesagt, sie sollten Freunde bleiben. Das Übliche. Gescheiterte Liebe galt als idealer Dünger für eine schöne Freundschaft. Wenn sich die Sache in Freundschaft verwandeln lässt, wo, fragte sich Gerster, steckte dann das Problem? Eigentlich käme dann als Trennungsgrund nur schlechter Sex infrage. Aber gerade das klappte angeblich oft bis zum Schluss.

N. hatte gesagt, sie melde sich im Frühling. Ruf mich nicht an, warte auf den Frühling, dann geht es irgendwie weiter, freundschaftlich, mal sehen, wart's ab. Das waren die Worte.

Der Sommer ging zu Ende. Wieder einer. Ihre Wunden waren vermutlich geheilt. Der Zyklus beginnt von Neuem, ein neuer Gerster wird ihre Füße streicheln und sie zum Lachen bringen, ein neuer Gerster verglüht an ihrem Himmel. Er rechnete jetzt nicht mehr damit, dass eine Nachricht von ihr in seinem Briefkasten lag, sein Herz klopfte nicht mehr, wenn spätabends das Telefon klingelte. Aber er war nicht geheilt. Immer noch folgte er auf der Straße hin und wieder Frauen, die ihn von ferne an N. erinnerten. Aber selbst wenn sie es tatsächlich wäre, würde sie doch längst eine andere sein.

Manchmal sprach er mit N., in seiner Phantasie. Er erzählte ihr von seinem Tag, hörte ihre Meinung, stellte Fragen und bekam auch Antworten. Er erzählte ihr von ihrer gemeinsamen Geschichte, jedes Mal klang die Geschichte ein wenig anders.

Es gab Tage, an denen Gerster sich schämte, es gab Tage, an denen er N. hasste. Immer wieder spulte er den Film zurück, um die Stelle zu finden, falls es sie gab, an der sein entscheidender Fehler zu sehen war. Manchmal stellte er sich N. als eine dieser Mathematikaufgaben vor, zu denen die besten Köpfe seit Jahrzehnten keine Lösung finden. Jetzt, in dieser Phase, löste sich ihr Bild allmählich von der realen Person. Gerster baute sich in seinem Kopf eine ideale Vorstellung aus dem besseren Teil seiner Erinnerungen, einen neuen, schönen Film über ihre Zeit, aus dem er alle dunklen Bilder und alle hässlichen Szenen herausschnitt und den er sich anschaute, wenn sein Schmerz wieder einmal aufwallte, ohne Hoffnung und ohne Bedauern. Nur zur Beruhigung.

Einmal traf er sie tatsächlich. Es war bei einem Sommerfest, ungefähr zwei Jahre nach ihrer Trennung. Eigentlich war es beinahe schon Herbst. Am frühen Abend zogen Wolken über den Schwielowsee, ein Wind kräuselte die Papierservietten mit dem Senderlogo. Dass N. erscheinen würde, war nicht unwahrscheinlich.

Gerster ging aus Trotz hin. Aus Trotz war er sogar mutterseelenallein übers Wochenende nach St. Moritz gefahren, wo er einen romantischen Kurzurlaub mit N. verbracht hatte, um sich selber zu beweisen, dass er imstande war, den Geistern der Vergangenheit tapfer ins Auge zu blicken.

Ich lasse mir St. Moritz nicht verderben. St. Moritz bleibt mein.

Das Erstaunen war groß, als er am Eingang auftauchte. Gerster trug Sandalen und ein kurzärmeliges Hemd, kein Jackett. Es war schließlich ein Gartenfest, oder? Immerhin hatte er lange Hosen an. Und er war noch relativ nüchtern.

Röhricht schoss auf ihn zu, Gerster, wie geht es Ihnen, lassen Sie uns in den nächsten Wochen wieder einmal essen gehen, lassen Sie uns in aller Ruhe die Lage checken. Röhricht stand unter Druck, wegen des Todes von Grün. Der war eigentlich nicht zu ersetzen. Eines Morgens hatte Grün an einer Berliner Straßenkreuzung gesessen, an eine Laterne gelehnt wie ein Schlafender, mit geschlossenen Augen, lächelnd sogar, und die Passanten hatten Grün, den viele ganz sicher erkannten, in Ruhe gelassen, das ist eben Berlin, bis er, gegen zehn Uhr, langsam zusammensackte, auf die Straße rollte und einen Lastwagen zu einem völlig unnötigen Ausweichmanöver veranlasste, denn Grün war da schon seit Stunden einem Leiden erlegen, von dem keiner wusste, auch nicht er selber.

Das Essen mit Röhricht würde wahrscheinlich auf den Vorschlag hinauslaufen, im Hintergrund als Berater mitzuwirken, Gerster, mit seiner unschätzbaren Erfahrung, mit seinem Riecher, mit seinen Instinkten, würde, falls er Lust dazu hatte, Texte schreiben dürfen für einen sympathischen, analphabetischen Jungmoderator.

Die Band war erstaunlich gut. Sie spielten Jazzstandards, milden Spätsommerblues und ein paar erträgliche Popsongs. Man nickte Gerster zu, sagte Hallo, einige blieben stehen und wechselten ein paar Sätze mit ihm. Nur fünfhundert Euro hatte die Band gekostet, die muss man sich merken, diese Jungs. Wussten Sie, dass Röhricht aus eigener Tasche für das Sommerfest aufkam?

Andere drehten sich elegant weg und vermieden ein Zusammentreffen.

Gerster trank langsam und unterhielt sich ungefähr eine halbe Stunde lang mit den Leuten vom Catering, er wusste nicht einmal während des Gespräches, worüber.

Als er gehen wollte, zufrieden über den Abend, alles in allem, kam N. Sie begleitete Jean-Jacques Néro, der kürzlich den Sprung von der Morgensendung in den frühen Abend geschafft hatte, ein Talent, ein Mann der Zukunft, hieß es. Gerster kannte seine Sendung nicht, was ging ihn die Zukunft an. Néro sollte eine neue Dating-Show moderieren. Die Person, die einen Partner sucht, sollte tatsächlich mit jedem der drei Kandidaten eine Nacht verbringen, das wurde natürlich nicht im Detail gezeigt, aber man sah das Drumherum und vom eigentlichen Akt ein paar Fotos, alles im Rahmen der Gesetze. Es würde die übliche Aufregung geben, die sich vorhersehen und gezielt anheizen ließ, und jeder würde sich die Show deshalb erst einmal ansehen. Ob sich das dauerhaft hielt, hing letzten Endes, wie immer, von der Qualität des Moderators und dem Unterhaltungswert der Kandidaten ab. Néro war ein lockiger, sehr gut aussehender Typ, also, mit so einem Moderator würden sie die Show jedenfalls nicht ironisch anlegen.

Auf keinen Fall wollte Gerster in diesem Moment allein in der Menge stehen oder allein das Fest verlassen. Er fing ein Gespräch mit einer ihm flüchtig bekannten Tonfrau an, die gerade mit vollem Teller vom Büfett kam und eigentlich zurückwollte zu der Gruppe, mit der sie vorher geredet hatte. Aber den üblichen Scheiß konnte sie schließlich genauso gut mit Gerster reden.

Herr Gerster, hallo, ich hätte nicht gedacht, dass Sie mich erkennen. Das ging so hin und her. Nach zwei Minuten hatte N. Gerster entdeckt, ihre Blicke kreuzten sich, sie sagte etwas zu Néro und kam.

Sie sagte: Hey, Bärchen.

Schweigen. Abgang der Tonfrau.

N. sagte, dass sie Moderationstexte für Jean-Jacques und für die Kandidaten schreiben werde, eventuell solle sie sogar in seinem Urlaub moderieren. Die Riesenchance.

Gerster gratulierte ihr, er sagte: Ich bin sicher, du kannst das.

Natürlich könne sie das, sagte N., jeder könne das. Die Frage ist nicht, sagte sie, ob man das kann, sondern ob man das machen darf.

N. fragte, wie lange Gerster auf dem Fest bleiben wolle, sie könnten zusammen spazieren gehen, später, nachdem sie mit den Leuten geredet hatte, die für den Job wichtig waren.

Gerster machte in den folgenden Stunden Konversation mit Journalisten, mit Drehbuchautorinnen, mit Cutterinnen und Cuttern, mit Medienredakteurinnen und Medienredakteuren, er redete noch einmal längere Zeit mit der Tonfrau und sogar kurz mit Röhrichts gefürchteter Sekretärin, einer verbitterten und dementsprechend bösartigen promovierten

Anthropologin, die den Männern, insgesamt, als Gattung, die Schuld an einer Berufstätigkeit gab, die ihrer Qualifikation nicht entsprach. Gerster fragte sie, ob sie denn nie einen Gedanken an die zahlreichen arbeitslosen männlichen, von einer gut bezahlten Sekretärsstelle träumenden Anthropologen verschwende. Er sagte, Lebenskunst bestehe doch darin, sich an dem zu erfreuen, was man hat, statt das zu begehren, was man nicht hat, die Nichtbeherzigung dieser simplen Regel sei das Grundproblem unserer Zivilisation. Aber nichts für ungut, er selber halte sich auch nicht immer an diese Regel. Die Sekretärin machte er sich damit nicht zur Freundin, das spürte er.

N. näherte sich ihm gegen halb zwei. Aus dem Augenwinkel heraus hatte Gerster beobachtet, wie sie von Gruppe zu Gruppe schlenderte und dabei ihr Flirtgesicht zeigte, aufgestülpte Lippen, große, fragende Augen, wie sie sich in Gartenstühlen räkelte und beide Arme nach hinten beugte, als ob sie ihren Nacken massieren wolle, ständig gefolgt von zwei oder drei Typen, die sie scheinbar nicht beachtete. Der schöne Néro redete mit Röhricht und tat so, als ob er sie vergessen hätte. Um halb zwei also stand sie aus einem Gartenstuhl auf, schlug in der langsam lichter werdenden Menge zwei, drei Haken, um ihre Verfolger abzuschütteln, tauchte an einer dunkleren Stelle des Gartens kurz in das Bambusgehölz des Röhrichtgartens, was die Verfolger endgültig resignieren ließ, kam an anderer Stelle wieder hervor und fasste Gersters Arm.

Lass uns gehen, sagte sie.

N. hakte sich unter, zog Gerster wieder zurück in den Bambusurwald, der auf Rindenmulch wucherte, leicht abschüssiges Gelände, zu einem Teich hin, einem Zierteich sehr wahrscheinlich.

Am Ufer des Teichs seufzte N., legte Gerster beide Arme um den Nacken und küsste ihn. Gerster fasste sie hier an, sie fasste ihn dort an. Es war keine beiläufige, zerstreute Zärtlichkeit zwischen ihnen, sondern eine zielgerichtete, die sich selbst nicht genug ist.

Lass uns gehen, sagte Gerster.

Nein, antwortete N., nein, das will ich nicht. Dann geht alles wieder von vorne los.

Einmal im Monat vielleicht, sagte Gerster. Lass es uns einfach versuchen. Ganz vorsichtig.

Ich muss Abstand gewinnen, sagte N., und neue Erfahrungen sammeln. Du solltest auch neue Erfahrungen sammeln. Ich mag Männer, die ihr eigenes Leben leben. Keine Hündchen, die mir schwanzwedelnd hinterherlaufen und mich um Streicheleinheiten anflehen.

Im Frühling melde ich mich wieder, sagte sie, es wird warm sein, wir werden in den Zoo gehen.

In diesem Moment begann es zu regnen, zuerst nur einzelne Tropfen, dann, nach einigen Sekunden, explodierte der Regen, die Tropfen wurden hart wie Glaskugeln, ein kaltes Trommelfeuer, eine klare Aussage.

N. hielt ihn fest. Bleib noch ein bisschen, sagte sie. Sie standen bewegungslos im Regen und ließen sich beschießen, der Bambus ächzte und knackte, der Regen wurde immer noch stärker. Sie zitterten vor Kälte. N. flüsterte Gerster ins Ohr, Bärchen, wie schade, wie schade, ich will ohne dich nicht leben, nein, es geht wirklich nicht. Dann löste sie sich, das Wasser lief ihr neben beiden Ohren den Hals hinab und verschwand in ihrem Kragen. Ich muss wieder zurück, sagte N., warte ein paar Sekunden, bevor du nachkommst, ich rufe dich morgen an.

Gerster kauerte unter einem Baum und versuchte, sich

eine Zigarette anzuzünden, aber die Zigarette war zu nass. Der Teich begann überzulaufen. Wasserzungen suchten sich Wege zwischen den Blumenbeeten, durch das Bambus sah er die Lichter der Villa und schattenhaft die Reste der Festgesellschaft, die sich unter dem Terrassendach sammelte, er hörte Lachen. An seinen Schuhen klebte Schlamm. Als er sich der Villa näherte, sah er N., die unter der Terrasse stand und ein Handtuch über ihren Schultern trug. Néro hielt ihre Schultern und trocknete sie ab. N. lächelte und redete, während Néro ihre Schultern abtrocknete, Röhricht stand auch dabei.

N. war älter geworden. In dem Licht der Terrasse sah man das. Er konnte da unmöglich hingehen, zu diesen Leuten.

Neben der Villa führte im Halbdunkel ein gepflasterter Weg zu einem Seiteneingang, diesen Weg schlug er ein, während es immer noch regnete. Er fand ein Tor, das verschlossen war, und kletterte über dieses Tor, hoffend, dass es keine Alarmanlage gab, mit Sirene und Flutlicht. Von dem Tor aus konnte er den Parkplatz sehen, wo sein Auto stand. Als er gerade im Begriff war, schwankend, aber erfolgreich das Tor zu bezwingen, bemerkte er, dass auf dem Parkplatz die Tonfrau stand. Sie hatte ihm einen Zettel mit ihrer Telefonnummer gegeben. Sie stand da, unter einem Schirm, und schaute ihm zu. Ihr Gesicht konnte er nicht erkennen. Als Gerster auf der anderen Seite des Zauns gelandet war, klappte sie den Schirm zu, stieg in ihren Wagen und fuhr davon.

Jetzt war also der nächste Morgen gekommen, und der Frühling war gekommen und wieder gegangen, und der Sommer war da, ein anderer Sommer folgte ihm, und noch einer. Gerster ging, Woche für Woche, in diese Bar, von der er wusste, dass sie die Lieblingsbar von N. gewesen war und in der sie so oft zusammen gesessen hatten. Man kannte ihn. Man hatte sich an ihn gewöhnt. Gerster wartete, und er wusste nicht, was er tun würde, wenn N. tatsächlich kam. Und wenn es bei dem Sommerfest nicht geregnet hätte? Was dann? Er wollte, dass es aufhörte, aber es hörte einfach nicht auf.

22

Viel Zeit habe ich nicht, so viel sage ich gleich. Ich arbeite. Wenn Sie ein Buch schreiben, sind Sie anders als sonst, in einer besonderen Verfassung. Man ist ein egozentrisches Monster. Ich meine, ein noch größeres Monster als sowieso. Man kümmert sich nicht um Freunde oder um die Familie, falls vorhanden, man geht nicht ans Telefon. Du versuchst, dich zu konzentrieren. Wenn du dieser Sache nicht absolute Priorität einräumst, kannst du es vergessen.

Ich spreche Ihnen ein bisschen was in mein Aufnahmegerät. Schauen Sie halt. Bringen Sie's in eine Form. Sie wollten, dass ich ehrlich bin, das werde ich sein, das bin ich meistens.

Ich habe zu der Zeit gearbeitet, wie jetzt. Die Geschichte, die ich zu erzählen hatte, war nicht das Problem, eher die Form, die ich ihr gebe. Ich wollte versuchen, eine exemplarische Biographie der Gegenwart zu erzählen, in lauter Fragmenten, in Momentaufnahmen, in Bruchstücken, wie immer Sie es nennen wollen. Weil das Leben eben so ist. Man nimmt es nicht als eine Linie wahr, die von Punkt A nach Punkt B führt, womöglich mit einer Pointe am Schluss. Das Leben ist kein Spielfilm. Im Leben wiederholt sich zum Beispiel vieles, anderes verläuft im Sand, wie erzählt man das? Erinnern Sie sich. An ein bestimmtes Jahr, an eine Phase Ihres Lebens, vielleicht die Schulzeit. Was sehen Sie? Eine Geschichte? Nein. Sie sehen Szenen und Gesichter. Da habe ich den gekannt und die, und da war dies oder das.

Während ich geschrieben habe, hat die Geschichte sich, wie das hin und wieder passiert, selbstständig gemacht. Sie sollte gar nicht rund werden, wie man gern sagt, das Unrunde war nicht das Problem, sondern dass die Person, deren Leben ich erzählen wollte, mehr und mehr in den Hintergrund geraten ist. Sie war wie ein Schatten, wie ein Phantom, während ich über die Leute schrieb, die ihr begegneten, die Kräfte, denen sie ausgesetzt war, so dass man am Ende alle möglichen Personen und Situationen beisammenhatte, ein Leben, durchaus, auch eine Chronologie, schon irgendwie, aber in der Mitte, im Zentrum, eine Leerstelle. In der Mitte war eben das Ich. In der Mitte könnte jeder sein.

Durch Entpersonalisierung wurde die Hauptfigur zwar undeutlich, sie war im Grunde keine Hauptfigur mehr, gleichzeitig konnte ich die Hauptfigur dadurch aber exemplarischer erscheinen lassen, ein bisschen wie im epischen Theater. Ich fachsimpele. Ich hatte, wie gesagt, keine Ahnung, wie weit ich gekommen war, ob das trägt, aber das Problem, von dem ich spreche, also die Inkongruenz zwischen den Funktionieren der Erinnerung und dem Funktionieren des Geschichtenerzählens, dieses Problem ist so alt wie die Menschheit. Das heißt, auch ich werde keine Lösung finden, ich kann nur darauf hinweisen.

Ich war an einem Punkt, an dem ich dachte, eine kleine Abwechslung kann nicht schaden. Du musst jetzt mal raus aus deinem Tunnel. Also habe ich die Einladung zur Buchmesse angenommen. Zwei, drei Termine, mehr war es in dem Jahr für mich nicht. Gespräche mit Leuten, die man lange nicht gesehen hat, ein oder zwei Partys, das gibt mir wieder einen Schub, habe ich gedacht. Das brauch ich jetzt.

Zwei Tage vor der Messe kam die Mail von N., ob ich mich noch an sie erinnere, ob ich Lust hätte, sie zu treffen, sie sei auch in Frankfurt. Dazu die Handynummer.

Klar, ich habe mich an N. erinnert. Ich habe drei Jahre lang für sie geschwärmt, wir waren in derselben Schulklasse. Ich hatte keine Chancen bei ihr, sie war auf der Schule ein oder zwei Jahre mit Benno zusammen, so einem typischen Arztsöhnchen, und dann wohl noch mit einem Tschechen, Doubek, den viele nicht mochten, ich fand ihn ganz sympathisch. Der hat damals mit Drogen gehandelt, später ist er, wie ich gehört habe, mit Kneipen reich geworden, jetzt dealt er in der Politik. Wegen seiner Vergangenheit muss er wahrscheinlich immer in der zweiten Reihe bleiben, schade, ein guter Mann. Ich war in unserer Klasse das Hautproblem aus der letzten Reihe.

Auf der Messe war es schön. Ich saß beim Verlag, am Stand, jede Viertelstunde kommt ein Bekannter oder eine Bekannte vorbei. Wir haben uns gegenseitig auf den neuesten Stand gebracht, was machst du so, arbeitest du an was, und dann weiter, der oder die Nächste. Mehr wollte ich gar nicht.

Mit N. war ich um siebzehn Uhr verabredet, da ist die Messe schon fast zu Ende. Aber sie kam eine Stunde früher. Ich habe sie zuerst gar nicht erkannt. Sie war dick geworden, besser gesagt, sie wirkte aufgeschwemmt. Sie sah fertig aus. In so einem Moment erschrickt man, weil man im Spiegel der anderen sieht, dass man selber auch älter geworden ist. Aber mit mir ist die Zeit etwas gnädiger umgegangen als mit N., das will ich zumindest hoffen.

Natürlich habe ich mir nichts anmerken lassen. Das Wetter war super, wir haben uns draußen hingesetzt. Sie hat innerhalb von vierzig Minuten einen Dreiviertelliter Wein in sich reinlaufen lassen und fast ununterbrochen geredet.

Was kriege ich noch zusammen? Sie war arbeitslos. Vorher war sie, ach, ich weiß es nicht mehr. Irgendwas beim Fernsehen. Aber in der Verwaltung. Früher hatte sie zwei, drei Moderationen, davon wusste ich nichts, ich sehe nicht fern. Sie versuchte zu schreiben. Sie hatte so einen Fernkurs belegt, für teuer Geld. Ich habe mich getraut, ihr zu sagen, dass sie ihr Geld mal lieber in neue Zähne investiert hätte. Ihre Zähne sahen aus wie das Holocaustmahnmal. Und sie erzählte Männergeschichten. Mit den Männern hat sie wohl kein Glück gehabt. Das ist bei den gut aussehenden Frauen nach meiner Erfahrung häufiger der Fall als bei den weniger gut aussehenden. Die denken, sie haben es leicht, sie müssen nur aussuchen und Bedingungen stellen. In Wirklichkeit ist es für sie genauso schwierig wie für alle anderen auch. Nur, sie wissen es nicht. Und natürlich sind immer die anderen schuld.

Das nervt mich, nicht speziell bei N. oder bei Frauen, sondern generell. Alle sagen sie, ich hab's schwer. Mein Chef, die Männer, die Regierung, die Verhältnisse, die bösen Menschen. Wenn es keine Menschen gäbe, wäre ich der liebe Gott. Eine Scheißhaltung.

Gehen wir noch wo hin? Das hat sie gefragt. Eigentlich wollte ich nicht, war müde, aber, na ja. Ich hab sie zu einem Empfang mitgenommen.

Bei dem Empfang war es dann eigentlich ganz nett. Ich habe N. als »Schulkameradin« vorgestellt, damit kein falscher Eindruck entsteht. Pinsky ist zu uns gestoßen, den kennen Sie sicher auch, ein Schleimer, ein schwacher Autor, aber unterhaltsam. Pinsky flirtete mit N., aber sie hatte es mehr mit mir. Die alten Zeiten. War doch schön. Ich habe nach Benno und Doubek gefragt. Mit Benno hatte sie keinen Kontakt mehr. Mit Doubek telefonierte sie hin und wieder. Kürzlich hätte sie aber Born wiedergetroffen, ob ich mich an den noch erinnere? Null Erinnerung. Born? N. war schon halb hinüber, sie lallte schon ein bisschen.

Kürzlich hat sie ihn also wieder getroffen, in einer Berliner Bar, und es hat sofort wieder gefunkt. Nach zwanzig Jahren Pause. Das war die schönste Nacht meines Lebens, sagt sie. Bis jetzt. Solche Sachen passieren.

Ich sagte zu ihr, dass es so etwas nicht gibt, eine schöne Nacht ist eine schöne Nacht, und basta. Das beste Essen meines Lebens, der tollste Typ meines Lebens, die schönste Bahnunterführung meines Lebens, alles Quatsch und Metaphysik. Schön ist schön. Scheiße ist Scheiße. Mir war auch nicht recht, dass es zwischen uns so persönlich wurde.

Er heißt jetzt anders, sagt sie. Er heißt Grün. Nein, er hieß Grün, und wir wollten uns wiedersehen, es war Liebe, er ist am Morgen gegangen, zu seiner kranken Tochter, und dann habe ich ein paar Tage später in der Zeitung gelesen, dass er gestorben ist.

Er ist einfach gestorben, verstehst du? Einfach abgehauen.

Das kannst du ihm nicht vorwerfen, sage ich. Das war bestimmt keine Absicht.

Es hat mich aus der Bahn geworfen, Christian. Deswegen geht's mir nicht so gut zurzeit.

Ich sage das Übliche. Das wird schon wieder. Man kommt drüber weg. Eine Narbe bleibt, ein paar Narben trägt jeder spazieren.

Pinsky steht neben uns. Pinsky sagt: Mir ist das Gleiche passiert. Ich habe eine Jugendfreundin gehabt, da war nie was, nur eben so ein Gefühl von Nähe, jahrelang habe ich immer wieder an sie denken müssen. Im vergangenen Jahr haben wir uns dann gefunden. Am Tag nach unserer ersten Nacht bekam sie die Diagnose. Sieben gemeinsame Monate hatten wir. Ich habe sie gepflegt.

Schweigen.

Eine Stunde später sitzen wir an der Hotelbar, N., Pinsky und ich. Wir sind auf Whisky umgestiegen. N. hört zu, Pinsky erzählt von der Chemo seiner Freundin. Der Haarausfall ist gar nicht schlimm. Das spürt man nicht. Du hast aber Depressionen, Atemnot, alle Sorten von Schmerzen. Hinterher bist du entweder fürs Erste geheilt, oder der Tod kommt dir nicht mehr so schlimm vor. Der Tod kommt dir weniger unangenehm vor als die Chemo. Das heißt, von einer Chemo profitierst du auf jeden Fall.

Grün ist schnell gestorben, sagt N., und Pinsky antwortet: »Das ist das Schönste, was einem passieren kann.«

Begreifen Sie, was da abging? Die morbideste Angrabungsaktion, die man sich vorstellen kann. Sie erzählen sich gegenseitig vom Tod ihrer Liebsten und davon, wie toll die waren. Wobei ich die Geschichte von Pinsky für frei erfunden halte, sonst hätte er mir garantiert früher schon mal davon erzählt. Und die Geschichte von N. war, wenn Sie mich fragen, einfach nur ein Hirngespinst.

Pinsky legt seinen Arm um N., Pinsky legt seinen Kopf auf N.s Schulter. Sie kriegt fast nichts mehr mit. Sie war ja schon angezählt, bevor wir uns an die Bar gesetzt haben.

Wir bringen dich nach oben, sagt Pinsky. Du legst dich besser hin.

Sie hat kein Zimmer in diesem Hotel. Sie wohnt bei einer Freundin.

Dann legst du dich jetzt bei mir ein bisschen hin, sagt

Pinsky, und wenn es dir besser geht, fahren der Christian oder ich dich zu deiner Freundin.

Wir stützen N. links und rechts. Ich bin auch schon verdammt müde. Pinsky dagegen, der zwischendrin kurz geschwächelt hatte, wirkt wieder frisch wie eine Frühlingsbrise. Es gibt diese besondere Art von Betrunkenheit. Du trinkst immer weiter, du durchstößt den Nebel, und hinter dem Nebel sieht alles plötzlich wieder ganz klar aus. Das habe ich schon öfter gesehen, ich selber war nie hinter dem Nebel, ich schlafe vorher ein.

Wir gehen am besten zu dir, sagt Pinsky.

N. fällt auf das Bett. Pinsky zieht die Vorhänge zu und holt aus der Minibar zwei Bier.

Wir setzen uns neben N. aufs Bett. Sie rührt sich nicht mehr. Wir trinken Bier. Ich denke, halb so schlimm, morgen habe ich keine Termine. Morgen muss ich nicht fit sein. Das geht schon.

Pinsky zieht N. die Schuhe aus. Danach kommt die Strumpfhose an die Reihe. Dann das Zeug oben herum.

Zuletzt zieht er N. auch die Unterhose aus und schaut sie sich gründlich an. Pinsky zieht sich ebenfalls aus.

Das kannst du nicht machen, sage ich. Pinsky, du spinnst. Lass uns gehen. Ich bin todmüde.

Er ist schon voll dabei. N. wirft den Kopf hin und her, sie murmelt etwas, aber sie kriegt sehr wahrscheinlich nichts mit. Wenn ich nüchtern gewesen wäre, hätte ich etwas unternommen, glauben Sie mir, ich hätte Pinsky weggezogen oder rausgeschmissen oder sonst etwas. Aber ich habe wie ein Halbtoter dagesessen, in einem Sessel neben dem Bett, ein Glas Bier in der Hand, und mir die Bescherung angeschaut.

Widerstand hat sie nicht geleistet. »Nein« hat sie auch

nicht gesagt. Alle Beteiligten knülle, juristisch gesehen ist so etwas vermutlich halb so wild. Nicht dass ich glauben würde, dass so was in Ordnung ist. Verstehen Sie mich nicht falsch.

Pinsky wollte, dass ich mitmache. Habe ich nicht. Das Ganze hat mich aber schon angetörnt. Die arrogante, kluge, schöne N., und nun Pinsky, dieses Ekelpaket, *sic transit gloria mundi.* Gut, ich bin ehrlich. Ich habe mir beim Zuschauen einen runtergeholt. Sie hat schließlich nichts davon gemerkt.

Es hat ewig gedauert bei Pinsky. Der wurde gar nicht fertig. Nach einer Weile ist N. wieder ein bisschen zu sich gekommen. Pinsky hat einen Whisky aus der Minibar geholt und bei ihr eingefüllt, danach war sie wieder ruhig.

Ich fand das widerlich, aber ich wollte auch nicht weggehen. Wer weiß, was er sonst noch alles mit ihr angestellt hätte. Ich dachte, meine Anwesenheit gibt ihr eine gewisse Sicherheit, ich bin die Garantie dafür, dass nichts wirklich Schlimmes passiert. Das Zuschauen wurde mir aber langweilig nach einer gewissen Zeit. Pinsky ist als Rammler genauso öde wie als Autor. Ich habe den Fernseher angestellt und einen alten Spielfilm angeschaut. Dabei bin ich eingeschlafen.

Als ich aufwachte, sind beide weg gewesen. Fragen Sie nicht, wie das Zimmer aussah. Jemand hatte im Bad gekotzt, das habe ich weggewischt und bin dankbar gewesen, weil es wenigstens das Bad gewesen ist und mir der Stress mit dem Hotelteppich erspart geblieben ist.

Und raten Sie mal, wer die Minibarrechnung bezahlt hat.

Von N. habe ich seitdem nichts mehr gehört. Es standen ein paar ältere Sachen über sie im Internet, seit Jahren nichts Neues mehr. Pinsky habe ich bei der nächsten Buchmesse wiedergesehen, aber nur von fern. Er hat mir von Weitem verlegen zugewunken. Der meidet mich seitdem.

Das hat mir alles ganz schön zu schaffen gemacht. Das war nicht einfach für mich. Eine Grenzerfahrung. Ich konnte mich wochenlang nicht auf das Buchprojekt konzentrieren, an dem ich damals gesessen habe. Ich habe viele Wochen verloren, und das verdanke ich Pinsky.

Sie hatten noch eine zweite Frage gestellt. Die Antwort will ich Ihnen nicht schuldig bleiben.

Liebe ist, nach meiner Definition, eine extrem strapazierbare Verbindung zwischen zwei Menschen. Sein Kind liebt man, im Regelfall, auch wenn es zum Mörder wird. Sie können jemanden sehr kritisch sehen, und diese Person trotzdem lieben. Sie werden, wenn es darauf ankommt, für diese Person da sein. Sie können nicht anders. Notfalls machen Sie sich zum Deppen. Liebe bedeutet, dass ihre emotionale Beziehung zu einer Person nahezu unabhängig ist vom Verhalten dieser Person. Wenn jemand Sie so richtig mies behandelt, und Sie freuen sich trotzdem, wenn Sie diese Person sehen, dann ist es Liebe. Halten Sie sich davon fern, falls Sie können.

23

Gleich nach der Landung standen die meisten Passagiere von ihren Sitzen auf. Das Flugzeug rollte langsam aus. Obwohl die Stewardess es ihnen verboten hatte, versuchten die Passagiere, das Handgepäck aus den Fächern über ihren Köpfen herauszuholen.

N. und Lamin blieben sitzen. Ihre Köpfe berührten sich. Die Armstütze zwischen ihren beiden Sitzen war hochgeklappt.

Lamin schaute aus dem Fenster. Er sah Nebelschleier, Tropfen am Fenster, in der Ferne zeichneten sich die Gebäude des Flughafens ab. Er war in Europa.

Im Gang des Flugzeugs standen Männer, Frauen und Kinder, dicht an dicht, in sehr hellem Licht. Sie hatten müde Gesichter, über ihren Schultern hingen Taschen, in ihren Händen trugen sie kleine Reisekoffer. Wenn sie sich bewegten, stießen sie aneinander. Also bewegten sie sich möglichst wenig. Inzwischen war laute Musik zu hören. Lamin kannte den Song, »Get down on it« von Kool and the Gang. Die Menschen im Gang des Flugzeugs erinnerten ihn an eine Herde, Ziegen vielleicht, die sich bei Regen unter einem Baum zusammendrängen.

Ein alter Freund von N. hatte ihnen geholfen, all diese Papiere und Genehmigungen zu bekommen, die sie brauchten, ein Mann, der Doubek hieß. Doubek war Minister oder etwas Ähnliches wie Minister.

Was immer kommen würde, Lamin fühlte sich stark. Er hielt sich für einen optimistischen Menschen. Als Junge war er gläubig gewesen, inzwischen war sein Glaube schwächer geworden, wie eine Welle, die sanft ausläuft. Aber aus seiner Jugend, die ihm heute so fern und von Dunst umgeben schien wie das Flugplatzgebäude da draußen, hatte er die Überzeugung bewahrt, dass auch das Unmögliche geschehen kann. Jederzeit kann alles geschehen, wenn du es willst und wenn eine geheimnisvolle Kraft auf deiner Seite ist, die er heute vielleicht »Schicksal« nennen würde, obwohl er wusste, dass auch dieses Wort zu ungenau war.

Wenn du den anderen nichts geben willst, wirst du allein sein, selbst wenn du reich bist. Wenn du Angst davor hast, etwas von dir zu verlieren, wirst du allein sein. Es gibt immer einen Preis. Das Wertvollste überhaupt ist das Leben, und das Leben fordert deshalb den höchsten Preis, den Tod. So dachte er. Was N. betraf, so war er bereit, zu zahlen, was immer sie verlangte.

Inzwischen sangen Kool and the Gang zum dritten Mal »Get down on it«. Einige der Passagiere hatten sich wieder auf ihre Plätze gesetzt. Andere saßen auf den Stuhllehnen. Das Licht empfanden die meisten als unangenehm, während des Fluges war es dunkel gewesen. Einige schimpften. Andere dösten mit offenen Augen.

N. sagte, dass so etwas an diesem Flughafen öfter vorkomme. Eine Firma sorgt dafür, dass fahrbare Treppen zu den Flugzeugen herangeschafft werden, dieselbe Firma ist für das Entladen des Gepäcks zuständig. Wenn viele Flugzeuge gleichzeitig ankommen, schafft es die Firma nicht, seit Jahren.

Lamin schaute noch einmal hinaus. Das Flugfeld war leer. Keine Maschinen, auch Menschen waren nicht zu sehen.

Nach einer halben Stunde waren die meisten Passagiere wütend. Zumindest ein paar entschuldigende Sätze aus dem Lautsprecher hätte man doch erwarten dürfen. Sie hatten sich inzwischen fast alle wieder gesetzt, ihre Taschen und Koffer standen auf ihren Knien und Schenkeln.

Das geht nicht. Das können die nicht mit uns machen. Einige versuchten, zu telefonieren. An dieser Stelle des Flugfeldes schien der Empfang sehr schlecht zu sein, sie brachten keine Verbindung zustande.

Im Flugzeug wurde es wärmer, obwohl es draußen wahrscheinlich kalt war. Die Stewardessen, vier oder fünf, zeigten sich nicht. Vermutlich saßen sie hinter dem Vorhang, der den Passagierraum von einem kleinen Vorraum trennte, in dem es zwei Toiletten gab und den Ausgang. Im hinteren Teil des Flugzeuges lag ein ähnlicher Raum. Lamin drehte sich vorsichtig um, dort hinten war der Vorhang geöffnet. Der hintere Raum wirkte unaufgeräumt, zwei aufgeblätterte Zeitschriften lagen dort auf dem Boden, außerdem ein zerknüllter Plastikbecher, der bei der Landung irgendwo herausgefallen war.

Ein wütender Mann, der ein buntes Hemd trug, ging nach vorn und zog den Vorhang beiseite. Die Plätze, auf denen die Stewardessen gesessen hatten, waren leer.

Der Mann, dessen Wut nun noch größer wurde, versuchte, die Tür zur Pilotenkanzel zu öffnen. Zuerst rüttelte er vorsichtig an ihr. Dann setzte er seine ganze Kraft ein, um den Stahlbügel zu bewegen, der dieser Tür das Aussehen eines Banktresors gab. Ein zweiter Mann kam ihm zu Hilfe, doch auch zu zweit richteten sie nichts aus. Sie klopften und schlugen gegen die Tür, es kam keine Antwort.

Konnte es sein, dass die Besatzung und die Stewardessen das Flugzeug verlassen hatten? Welcher Sinn konnte dahinterstecken? Und wie hatten sie das nur gemacht, ganz ohne Treppe?

N. und Lamin blieben ruhig. Abstürzen können wir jedenfalls nicht, sagte N., sie glaubte an eine unwahrscheinliche Verkettung von Zufällen und Pannen. Bestimmt würden morgen die Zeitungen darüber berichten. Es gebe in Deutschland Fernsehshows, in denen Leute schwierigen oder unerklärlichen Situationen ausgesetzt würden. Versteckte Kameras zeichneten ihre Reaktionen auf. N. sagte, dass sie an einer solchen Show sogar einmal mitgearbeitet hatte. Vielleicht spielten sie gerade in einer Show mit, ohne es zu wissen.

Die meisten anderen Passagiere waren weniger gelassen. Sie redeten laut, sie bestätigten einander, wie unverschämt sie fanden, was die Fluggesellschaft mit ihnen tat. Viele drückten auf ihren Handys herum, die immer noch keine Verbindung fanden. Kinder weinten.

Die beiden Männer, die versucht hatten, die Tür zum Cockpit zu öffnen, arbeiteten nun an den Ausgangstüren, deren Hebel sich aber nicht bewegen ließen. Eine ältere Frau warnte sie. Das sei Sachbeschädigung. Sie sollten die Nerven behalten und einfach abwarten, wie die anderen auch. Als Nächstes versuchten die Männer mit den kleinen Nothämmern und mit einem Feuerlöscher die Notausgänge in der Mitte des Flugzeuges zu öffnen. Aber das schien, wie sie nach ungefähr einer halben Stunde zugaben, aussichtslos zu sein.

Währenddessen war, ununterbrochen, das Lied zu hören. Lamin kannte inzwischen, ohne es zu wollen, den Text.

What you gonna do? You want to get down? Tell me what you gonna do? Do you want to get down? Tell me. Get down on it.

Hatten N. und er nicht einmal zu diesem Lied getanzt? N. tanzte unbeholfen, ein bisschen eckig, sie war es nicht gewohnt. Sie arbeitete viel und ging selten aus. Seit ungefähr zwei Jahren führte sie eine Galerie mit Kunst aus Asien und Afrika. Davor habe ich eine miese Zeit gehabt, erzählte sie, du würdest mich auf Fotos nicht erkennen, ich war fett, habe gesoffen, war arbeitslos. Alles Scheiße. Bis ich meinen Retter getroffen habe.

Ein Mann hatte ihr die Galerie finanziert und eine Kur. Der Mann hieß Pinsky. Mein Retter, sagte N., warum auch immer. Ich kannte den kaum, und dann ruft der einfach an und fragt, was er für mich tun kann. Ohne Pinskys zinslosen Kredit wäre ich kaputtgegangen. Pinsky. Warum nur. Wir kennen uns kaum, wir stehen uns nicht nahe.

Lamin und N. hatten sich am Strand kennengelernt. Die Frauen saßen oder lagen dort, lasen, hörten Musik aus ihren iPods, bestellten sich Cocktails an den Poolbars und warteten auf Männer. Man sprach sie einfach an. Hey, hast du Lust auf Gesellschaft, willst du ein bisschen spazieren gehen? Brauchst du einen Führer? Soll ich dir helfen, auf dem Markt zu handeln? Man gab ihnen ein kleines Geschenk, eine schöne Muschel oder eine selbst gemachte Kette oder einen Ohrring.

Es war wichtig, nicht zu aufdringlich zu sein, damit konnte man alles verderben. Die erste Begegnung war unverbindlich. Wenn die Frau das Geschenk annahm und es zu einer zweiten Verabredung kam, bedeutete das, man war ein Paar. Im Normalfall blieb man bis zum Ende des Urlaubs zusammen, es konnten ein paar Tage sein oder drei Wochen, selten länger.

Es kam vor, dass Lamin nach dem ersten Treffen keine Lust mehr hatte. Manche dieser Frauen waren herrisch oder arrogant oder geizig. Manche hatten ein schlechtes Gefühl bei dem, was sie taten, und ihr schlechtes Gefühl münzten sie um in Verachtung und Hochmut. So etwas spürte er schnell. Die Frau musste ihm auch ein wenig gefallen, zumindest ein wenig. Während der gemeinsamen Tage nahm er kein Geld, höchstens zum Abschied auf dem Flughafen. Er ließ sich einladen und empfing Geschenke, zum Beispiel iPods oder Fotokameras, die er dann weiterverkaufte. Von den Besitzern der Restaurants und der Diskotheken, die er mit den Frauen besuchte, bekam er eine Provision, auch von den Händlern, bei denen sie einkauften. Er kam zurecht.

An seinem Namen, Lamin, konnten die Leute im Dorf ablesen, dass er ein Erstgeborener war. Als Junge war er ein Einzelgänger gewesen. Einer von denen, die bei einem Fest am Rand sitzen und zuschauen. Es kostete ihn immer noch Überwindung, die Frauen anzusprechen, obwohl er selten einen Korb bekam. Er wirkte stolz, aber er war gar nicht stolz. Die Frauen brachten ihm ihre Sprachen bei, sie erzählten ihm von Büchern und Filmen, die er nicht kannte, von Ländern, die er nie sehen würde. Manchmal verliebte er sich ein wenig. Manchmal kamen Frauen ein zweites Mal.

Am Strand war er seit fünf Jahren, pro Saison lernte er acht bis zehn Frauen kennen. N. sagte ihm, dass sie gar nicht so weit auseinanderlägen, er sei ihr Einundzwanzigster. Das Wort »Liebhaber« wollte sie nicht verwenden. Lamin fragte N., warum sie allein sei. Sie antwortete: »Woher willst du das wissen?«

Er wusste es eben. Man sieht älteren Paaren an, ob sie noch miteinander schlafen oder nicht. Man sieht Menschen an, dass sie allein sind.

N. sagte, als eine Art Antwort auf die Frage, warum sie allein sei, das Beste an Männern seien die Geschichten, die sie auslösen. Diesen Satz habe sie irgendwo gelesen. Ihr Trotz rührte Lamin. Sie gefiel ihm.

Inzwischen warteten sie in dem Flugzeug seit mehr als drei Stunden. Es war Mittag. Die Luft kam ihnen so dickflüssig vor wie Honig. Trotzdem musste von irgendwoher Sauerstoff kommen, sonst wären sie alle längst erstickt. Lamin spürte, dass er müde war. Alle Passagiere waren müde. Kleine Gruppen diskutierten miteinander über ihre Lage, auch N. diskutierte in einer solchen Gruppe. Lamin hörte hin und wieder einzelne Sätze, manchmal verstand er sogar etwas.

Die Luftvorräte reichen nicht ewig. Vielleicht stehen wir auf einem Flugfeld, das nicht mehr benutzt wird. Aber sie müssten uns doch suchen.

Der Kapitän hat Geburtstag. Er bittet nach der Landung die gesamte Crew in die Kabine, um kurz anzustoßen, plötzlich passiert irgendetwas, alle sind bewusstlos oder tot.

Terroristen haben den Tower besetzt. Ein Mitglied der Crew ist Terrorist, er bringt alle übrigen um, jetzt verhandelt er in der Kabine über seine Forderungen, und uns überlässt er uns selber, weil er nur einer ist und weil wir ihn gemeinsam leicht überwältigen könnten.

Oder vielleicht eine Seuche. Vielleicht sind alle anderen tot. Nur oben in der Luft, in den Flugzeugen, haben die Menschen überlebt. Aber was ist mit der Crew?

Es gab bestimmt ein Dutzend solcher Theorien. Alle dachten über die Filme nach, die sie kannten. Ein paar Passagiere durchsuchten das Flugzeug, darunter wieder die beiden Männer, die versucht hatten, die Türen zu öffnen, und die sich selbst inzwischen, ohne dass darüber entschieden oder gesprochen worden wäre, als Führer ihrer Gemeinschaft verstanden. Sie fanden Fertigmenüs und Getränke. Das Essen ließen sie unberührt, einen Teil der Getränke verteilten sie. Jeder bekam ein Glas Mineralwasser oder Saft, die Getränkevorräte waren nicht groß.

Die Männer sagten, zuerst auf Deutsch, dann auf Englisch, dass es noch eine, vielleicht zwei weitere Getränkerationen für jeden gebe, man solle sparsam sein und nicht alles auf einmal verbrauchen. Außerdem sollten die Passagiere so wenig wie möglich die Toiletten benutzen. Wenn die Kapazität der Toiletten erschöpft sei, was früher oder später ohne jeden Zweifel der Fall sein müsse, dann werde ihre Lage noch unangenehmer. Die Männer standen während ihrer Ansprache vorne, in dem kleinen Raum, in dem sie nach der Landung die Stewardessen gesucht hatten.

Am schwierigsten war für die meisten Passagiere, auch für Lamin, auch für N., zu ihrer eigenen Überraschung die Tatsache, dass die Musik sich nicht abstellen ließ. Immer noch lief, in einer Endlosschleife, das Lied »Get down on it« von Kool and the Gang. Der Ton war leise genug, um sich ohne große Mühe zu unterhalten, aber eben doch unüberhörbar.

Einige versuchten, ihre Ohren mit kleinen Papierstöpseln zu verschließen. Das funktionierte nicht, weil ihr Gehirn aus den Bruchstücken von Musik, die es trotz der Barriere erreichten, die Melodie stets wieder neu zusammensetzte. Das Gehirn ließ sich genauso wenig abstellen wie die Musik.

Ein Lied, das man wieder und wieder hört, schien eine ähnliche Wirkung zu besitzen wie ein Wassertropfen, der wieder und wieder auf den Kopf eines gefesselten Gefangenen fällt. Hinter der Langeweile lag der Überdruss, hinter dem Überdruss lag die Wut, hinter der Wut lag die Verzweiflung. Und hinter der Verzweiflung lag vermutlich der Wahnsinn.

Natürlich hatten die beiden Männer versucht, dieses Problem zu lösen. Sie hatten die Musikanlage des Flugzeugs gefunden, die sich nicht unerreichbar hinter der Pilotentür befand, sondern vorne, in ihrer Reichweite. Sie drehten an den Schaltern, bewegten alles, was sich an dieser Maschine bewegen ließ, ohne den geringsten Erfolg. Zuletzt versuchten sie, das Gerät aus seiner Verankerung zu reißen, und scheiterten auch damit.

What you gonna do? You want to get down?

Get down on it, das bedeutete: Gib dir Mühe. Streng dich an. In der ersten Stunde ihrer Gefangenschaft leitete N. aus diesem Text ihre Idee ab, dass jemand sich einen Scherz mit ihnen machte. Inzwischen waren sie zu lange eingesperrt, es ging schon auf den Abend zu, ausgeschlossen, dass irgendein Sender so etwas zu inszenieren wagte.

Und doch, je öfter sie den Refrain hörten, zwanzigmal, fünfzigmal, hundertmal, mal bewusst, mal halb bewusst, mal versuchend, ihn zu ignorieren, was die Sache nicht besser, sondern schlimmer machte, je öfter sie sich anhören mussten, dass sie sich Mühe geben sollten, aber wie, aber womit, desto einleuchtender kam es den meisten Passagieren vor, dass sie, auf geheimnisvolle Weise, eben doch der Gegenstand eines grausamen, vorherbestimmten Spieles waren.

Lamin wusste nicht, welche Gefühle ihn mit N. verbanden. Fast alle Männer, die am Strand arbeiteten, träumten von Europa oder Amerika. Aber ausgerechnet er, dem dieses Glück tatsächlich widerfuhr, hatte sich darüber selten Gedanken gemacht. Vielleicht war es das, was ihn für N. so anziehend machte. Er verlangte nichts. Wenn sie sich unterhielten, lenkte er das Gespräch niemals auf das Thema Zukunft. Er war überrascht, als N. ihm den Handel vorschlug. Sie beschaffte das Visum, kaufte das Flugticket, besorgte ihm einen Job. Er würde fünf Jahre mit ihr zusammenleben, fünf Jahre, in denen er ihr ein treuer, freundlicher, geduldiger und gleichzeitig leidenschaftlicher Gefährte war. Danach gab sie ihn frei, indem sie ihn heiratete und ihm zu einem Pass verhalf. Es stand ihm dann frei, zu gehen oder auch zu bleiben.

Wenn er das Abkommen brach, würde sie dafür sorgen, dass er ausgewiesen und zurückgeschickt wurde, sie hatte die nötigen Verbindungen, dank ihres alten Freundes. Sie glaubten beide, schon nach wenigen Tagen, einander gut genug zu kennen, um zu wissen, dass sie, jeder von ihnen, Verabredungen einhielten.

Sie saßen halb, halb lagen sie auf ihren Sesseln. Alle Passagiere behielten ihre Plätze bei, obwohl es niemanden gab, der sie dazu zwingen konnte. Sie sprachen wenig. Die Temperatur im Flugzeug kam ihnen beinahe unerträglich vor, die Luft tat ihnen beim Atmen weh. Draußen war es inzwischen wieder hell. Das Wetter war schön und klar, das Flughafengebäude schien jetzt ganz nahe zu sein, näher als am Vortag, obwohl ihre Maschine sich, soweit sie wussten, nicht bewegt hatte.

N. schlief, sie träumte. Ihr Kopf bewegte sich, manchmal murmelte sie ein paar Worte, auch Namen. Lamin konnte sie nicht verstehen. Die Musik lief immer noch, *tell me, get down on it,* aber sie störte Lamin nicht mehr so sehr wie vor ein paar Stunden. Er fasste N. an der Hand, ihre Hand war heiß, vielleicht hatte sie Fieber. Er betrachtete diese Hand, lange Finger, gepflegte Nägel, ein dünner Ring, einige kaum sichtbare Narben, die von den Altersflecken stammten, die N. sich von

Lamins Cousin hatte entfernen lassen, kurz vor dem Heimflug. Wie alt war sie? Sicher älter als sechzig. War das Ende, falls dies hier das Ende war, deswegen einfacher für sie? Er würde auf jeden Fall länger durchhalten. Vielleicht wacht sie gar nicht mehr auf, dachte Lamin. Er hätte gerne mehr über sie gewusst. Ich weiß nicht, was für ein Mensch sie ist, ich weiß nicht, warum sie gerade mich ausgesucht hat und ob wir es miteinander ausgehalten hätten. Ich weiß nicht, was ich für sie bin. Glaubt sie, dass sie mich gekauft hat, oder wollte sie mich so sehr, dass sie bereit war, jeden Preis zu zahlen? Oder sind das nur zwei Beschreibungen für die gleiche Sache? Falls sie noch einmal aufwacht, werde ich sie das fragen. Lamin legte den Arm um N. und spürte, wie ihre Schultern im Halbschlaf zuckten, er schaute aus dem Fenster, hörte die Musik und stellte fest, dass er keine Angst hatte. Was auch kommt, dachte er, wir sind zusammen, bis zum Ende.

Harald Martenstein

Wachsen Ananas auf Bäumen?

Wie ich meinem Kind die Welt erkläre

240 Seiten

»Ein Kind zu haben ist manchmal
die letzte Chance, erwachsen zu werden.«
Harald Martenstein

Achtung! Dies ist kein Erziehungsratgeber. Nicht direkt. Der vielfach preisgekrönte ZEIT-Kolumnist, Humorist und Schriftsteller Harald Martenstein beschreibt, was in einem Mann vorgeht, der Vater wird – und der dabei seine eigene Kindheit ein zweites Mal durchlebt.

In »federleichter Prosa« (Barbara Sichtermann), mit Witz und Wärme beschreibt Martenstein die klassischen Stationen einer modernen Eltern-Kind-Beziehung: Fernsehen, Kino, Sushi und Internet. Den ersten gemeinsamen Rucksackurlaub in einem schon damals krisengeschüttelten Griechenland. Den gemeinsamen Besuch beim Christopher-Street-Day und den Kauf eines Weihnachtsbaums am Nachmittag des 24. Dezember. Diskussionen über gesunde Ernährung und über den Unterschied zwischen Gott und dem Osterhasen.